Au royaume de la lumière

Du même auteur

Voyage au pays de toutes les Russies, Quai Voltaire, 1992.
French doctors, Robert Laffont, 1995.
La Route de la drogue, Arléa, 1996, réédité sous le titre *Chasseurs de dragons*, Payot-Voyageurs, 2000.
Lucien Bodard, un aventurier dans le siècle, Plon, 1997 (prix Joseph-Kessel, prix de l'Aventure).
Soudan, les enfants esclaves, Mille et Une Nuits, 1999.
On ne se tue pas pour une femme, Plon, 2000.
Le Faucon afghan, Robert Laffont, 2001 (prix Louis-Pauwels).
Éternités afghanes (avec Reza), Le Chêne/Unesco, 2002.
Je suis de nulle part, Sur les traces d'Ella Maillart, Payot, 2003 (prix Cabourg).
Le Grand Festin de l'Orient, Robert Laffont, 2004.
La Bataille des anges, Albin Michel, 2006.
Kessel, le Nomade éternel, Arthaud, 2006.
La Mort blanche, Albin Michel, 2007.
Sur les routes de la Soie (avec Reza), Hoëbeke, 2007.
Le Tibet est-il une cause perdue ?, Larousse, 2008.
J'aurai de l'or, Robert Laffont, 2008.
Le Barbaresque, Flammarion, 2011 (prix Amerigo-Vespucci).
Conrad, le voyageur de l'inquiétude, Arthaud, 2011.
Les Impunis, un voyage dans la banalité du mal, Robert Laffont, 2013.
La Confession de Massoud, Flammarion, 2013.
L'Enchantement du monde, Flammarion, 2015 (prix des Romancières, prix du Livre européen et méditerranéen).
Jack London, L'Appel du grand ailleurs, Paulsen, 2016.
Frontières, Paulsen, 2016.
Dictionnaire amoureux de Joseph Kessel, Plon, 2019.
L'Arrière-pays, Calmann-Lévy, 2020.
Si je t'oublie Kurdistan, L'Aube, 2020.

Collection d'études et de témoignages fondée par Jean Malaurie
et dirigée par Philippe Charlier

Terre
Humaine
Plon

Au royaume de la lumière

Un voyage en Himalaya

OLIVIER WEBER

Préface de Philippe Charlier

Avec 19 illustrations hors-texte
2 cartes

PLON
www.plon.fr

92, avenue de France
75013 Paris
Tél. : 01 44 16 09 00
Fax : 01 44 16 09 01
www.plon.fr
www.lisez.com

Mise en pages : Graphic Hainaut
Dépôt légal : mai 2021
ISBN : 978-2-259-28331-1
ISSN : 0492-7915

Au marcheur inconnu et néanmoins de fortune

« La vie de chaque homme est un chemin vers soi-même, l'essai d'une voie, l'esquisse d'un sentier. Personne n'est jamais parvenu à être entièrement lui-même, chacun cependant tend à le devenir, l'un dans l'obscurité, l'autre dans davantage de lumière, chacun comme il peut. »

Hermann Hesse

« Seules les pensées que l'on a en marchant valent quelque chose. »

Friedrich Nietzsche

« Toute l'obscurité du monde ne peut cacher la lumière d'une bougie. »

Proverbe kurde

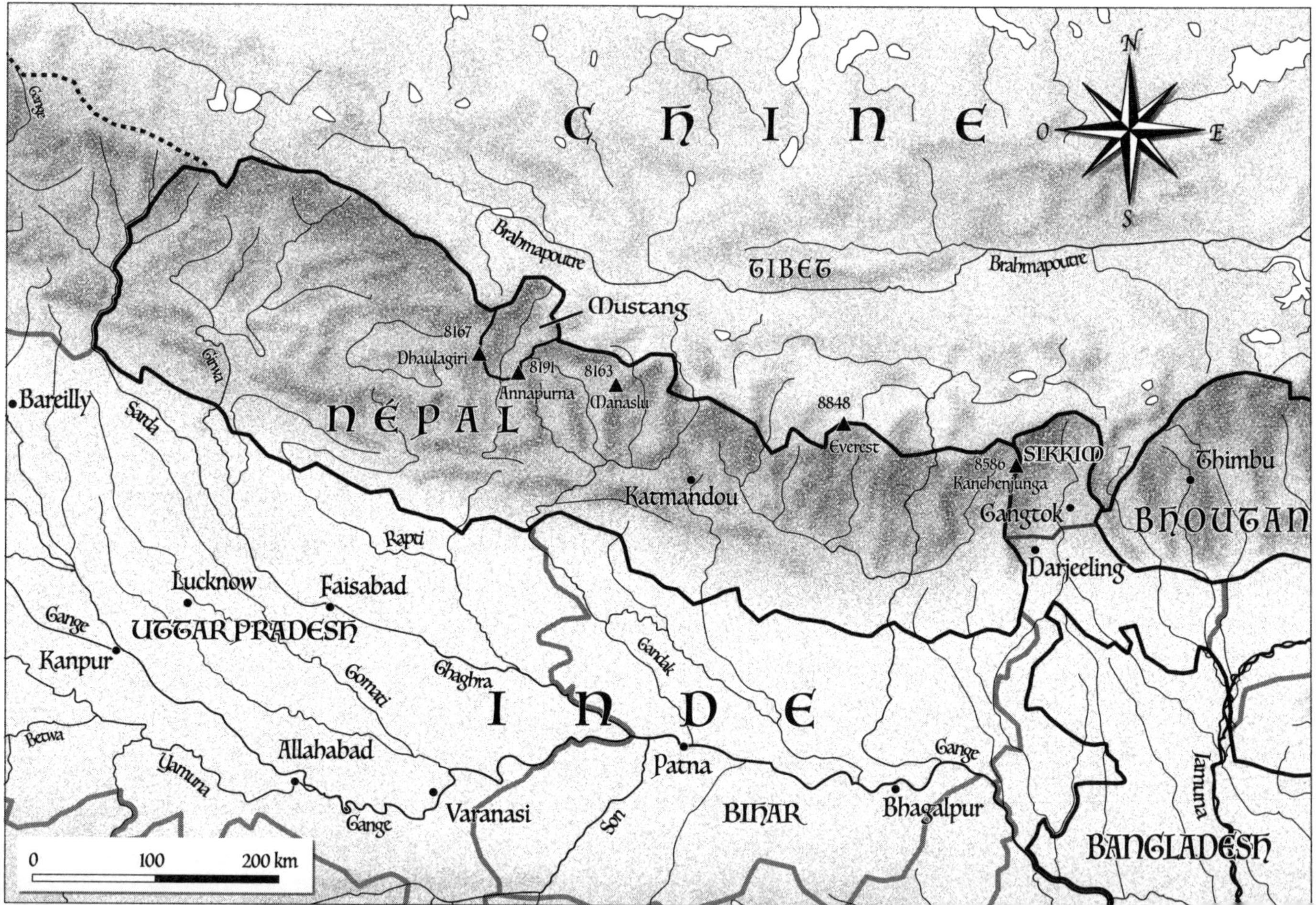
CHINE
N
O
E
S
TIBET
Brahmapoutre
Brahmapoutre
Gange
Mustang
8167
Dhaulagiri
8191
Annapurna
8163
Manaslu
8848
Everest
NÉPAL
SIKKIM
8586
Kanchenjunga
Thimbu
BHOUTAN
Gangtok
Darjeeling
Katmandou
Bareilly
Sarda
Girwa
Rapti
Lucknow
Faisabad
Gange
UTTAR PRADESH
Kanpur
Gomati
Ghaghra
Gandak
INDE
Betwa
Yamuna
Allahabad
Gange
Varanasi
Son
Patna
BIHAR
Gange
Bhagalpur
Jamuna
BANGLADESH
0
100
200 km

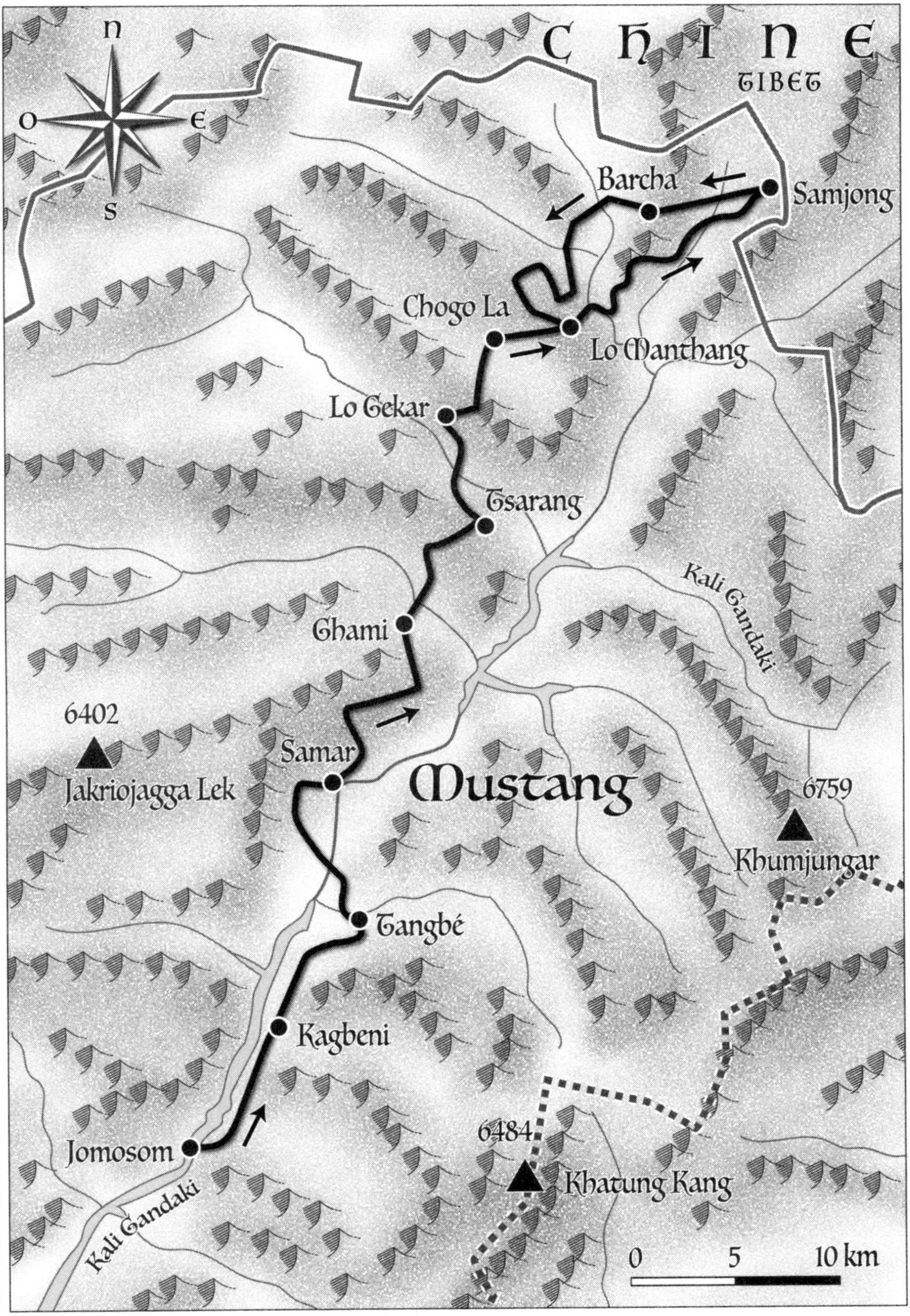
N
O
E
S
CHINE
TIBET
Barcha
Samjong
Chogo La
Lo Manthang
Lo Gekar
Tsarang
Kali Gandaki
Ghami
6402
Jakriojagga Lek
Samar
Mustang
6759
Khumjungar
Tangbé
Kagbeni
6484
Jomosom
Khatung Kang
Kali Gandaki
0
5
10 km

Préface
de Philippe Charlier

« Je suis un piéton, rien de plus. »

(Lettre de Rimbaud à Paul Demeny – 28 août 1871)

Il y a du Kessel, du Conrad et du Cendrars chez Olivier Weber. Pas seulement dans son style, mais aussi dans sa vie. Dire qu'il a bourlingué sous toutes les latitudes serait en dessous de la réalité : son corps en porte encore quelques cicatrices... Afghanistan, Pakistan, Irak, Syrie, Sri Lanka, Amazonie, Érythrée, Sahara Occidental : chaque fois, il y a laissé une partie de lui-même.

Dans ce nouvel ouvrage, il a décidé de prendre de la hauteur, mais aussi encore un peu plus de distance. Direction le Mustang. Probablement un des lieux les plus isolés de l'hémisphère nord. Quarante-cinq kilomètres par quarante-cinq kilomètres de montagnes, coincées au pied de l'Annapurna, entre Népal et Tibet. Et pas de route, au sens moderne du terme. On ne chemine qu'à pied ou à cheval... ou alors on n'avance pas du tout.

Dans cette épopée himalayenne, il ne part pas seul : deux amis l'accompagnent, dont l'un a perdu la vue. Qu'importe, Olivier Weber sera ses yeux et, en retour, se nourrira de ces sensations inédites que le décuplement des autres sens apporte aux aveugles.

Cette alliance – Antigone tenant le bras d'Œdipe –donne à voir le monde autrement, comme ces masques africains occultant la vision du danseur, mais lui offrant une sensation surhumaine, surnaturelle. Magique.

*

Le récit qu'on va lire est autant une introspection – propre à chaque écrivain voyageur – qu'une description détaillée des changements que subit cet ancien royaume qui ne s'est ouvert au monde extérieur qu'en 1992 ! On s'attend parfois à croiser l'ombre d'Alexandra David-Neel, cherchant mystiques et magiciens cheminant vers Lhassa, Fosco Maraini, en route vers le Tibet secret… ou encore Sylvain Tesson, parti sur les traces de la mythique panthère des neiges.

On y suit des pèlerins bouddhistes et hindouistes bravant les dangers de la haute altitude, des yacks opulents avançant avec nonchalance sur les rives de la Kali Gangaki, des bonzes jouant au cricket au pied des murailles lézardées de leur monastère, la dernière reine consort émigrée aux États-Unis dans le plus grand anonymat, l'étrange coutume des maris des montagnes et des maris des plaines, les gras vautours planant au-dessus des restes sanglants de funérailles célestes, une montagne dont chaque relief est l'organe minéralisé d'un démon démembré… mais aussi la pression politique chinoise portée par une prétention hégémonique culturelle et économique. Comment lutter contre « l'empire du milliard » quand on n'est qu'une « baronnie de six mille âmes » ? Comment survivre ?

Le chemin d'Olivier Weber est pavé de livres. Correspondant de guerre, diplomate en charge de la traite des êtres humains, c'est avant tout un lecteur compulsif, faisant dialoguer sur la cime du monde des écrivains buissonniers. Il se nourrit des Upanishads comme des rocs acérés des chemins sur lesquels il use ses vieilles godasses, multipliant les rencontres et les expériences. Sa pérégrination est une longue méditation à peine interrompue par quelques imprévus, son Compostelle de l'Himalaya, une route où l'on apprend autant sur soi que sur les autres, où l'introspection devient presque un devoir, une évidence. Seul, écrasé par des éléments – et des dimensions – qui le dépassent, Olivier Weber et ses compagnons n'ont pas d'autre solution, pour survivre et aller au bout, que de donner un sens à chacun de leurs pas. À prendre appui. Avancer, c'est choisir la bonne pierre : la démarche est autant physique que philosophique.

On parle peu, sur le Toit du monde : soit qu'on économise son souffle, soit qu'on mesure la sagesse des paroles rares. Mais cet isolement stimule une intense réflexion intérieure sur le sens de l'existence humaine, sur les écueils, les obstacles, les épreuves, les « morsures de l'homme »... et les mille et une façons de les dépasser.

Au Pays des Neiges, Olivier Weber avance avec son Tirésias qui l'aide à vaticiner sur ce qui l'environne (et le dépasse). Dans les auberges avec les moines itinérants, dans les monastères avec les moines sédentaires, dans les fermes avec les paysans, dans leurs sacs de couchage sur le bord du chemin, on rentre dans une vie quotidienne dont le rythme est radicalement ralenti. On ne court pas, on s'accorde avec ce qui est alentour, dans une naturelle harmonie.

*

Ce récit est un dernier inventaire avant liquidation. Que restera-t-il du Mustang dans dix ans ? Dans vingt ans ? Alors que le Népal, dans les suites du dramatique tremblement de terre de 2015, est en cours de reconstruction avec l'aide – très visible – de son proche voisin chinois, le Mustang va-t-il subir un sort comparable à celui du Tibet ? On assiste au crépuscule d'un monde, à l'extinction d'une culture dont on voudrait, par ce témoignage, sauver ce qu'il est encore possible.

Les routes d'Olivier Weber ne sont pas imaginaires. Il ne rêve pas, il transmet. Cette collection est heureuse et fière d'accueillir ce récit au milieu d'autres voyageurs et conteurs, qui ont senti battre le cœur du monde, et ont su, avec délicatesse, fougue et sincérité, coucher sur le papier cette expérience de vie.

Vieille promesse

Il s'agissait d'une vieille promesse. Un rêve sans cesse refoulé. Marcher vers le Mustang, partir pour une expédition dans ce petit royaume oublié, au nord-ouest du Népal. S'équiper pour une longue marche vers les confins de la Chine, par-delà les Annapurnas que j'avais découverts à l'âge de vingt ans et tant aimés. Une équipée cette fois-ci pour oublier, après vingt ans de reportages de guerre, effacer les cauchemars, les visages des disparus qui vous hantent la nuit, le fracas de l'humanité que l'on tue, l'atroce dissémination du sentiment d'espérance, le murmure des survivants qui ne regarderont plus jamais le monde comme avant, les balafres que l'on a dans la tête, les conflits engendrés par l'ire des puissants, les croisades morales fondées sur des mensonges, l'engouement martial des nations, les explosions devant les yeux, les sursauts au moindre faux pas. Longtemps j'avais écrit, des romans, des essais, évoquant les champs de bataille et les sanglants paysages, pour relater mais aussi disperser les obus que l'on garde sous le crâne. « Je voulais me mettre à écrire, il avait pris ma place, avouait Cendrars à propos du héros de son *Moravagine*. Il était là, installé au fond de moi-même comme dans un fauteuil. J'avais beau le secouer, me démener, il ne voulait pas changer de place. » Essayez d'écrire après les bombes et la guerre prendra votre place, les bombes resteront dans le fauteuil. La guerre vous fait à l'aurore de la vie des promesses d'épouvante qu'elle tient toujours. « Vous comprenez, il fallait vraiment que j'aille en enfer, écrit Nick Tosches dans *Confessions d'un chasseur d'opium*. J'avais, pour ainsi dire, le mal du pays. » Adolescent, je disais bonjour à mes bêtes. Puis je dis bonjour à des morts. Les paroles de bienvenue étaient devenues des condoléances. De quoi vous rendre autiste sans pardon.

Longtemps j'avais jeté dans les ravins les utopies meurtrières et les idéologismes ravageurs. Cela n'avait pas suffi. J'étais retourné encore et encore dans les tranchées damnées, les maquis perdus, les villes en feu, en proie non pas à la folie de l'adrénaline dont on apprend à se défaire, y compris par l'alpinisme, mais à l'envie d'aller voir, de rapporter les paroles de ces évaporés de la mappemonde, ces oubliés des atlas. La seule drogue que je connus fut celle du témoignage, dont j'ignorais encore qu'on pût le magnifier par le roman.

Et puis un jour tout m'a rattrapé, l'odeur de la guerre et l'horreur de ce que l'on ne peut relater ni coucher sur le papier. Je suis alors parti arpenter les montagnes dans les Alpes du Sud de mon adolescence, quand je vécus dans un hameau avec pour complices de sente le silence et quelques ruminants, où j'appris que les reclus, fût-ce à ciel ouvert, agglutinaient trop de désirs en eux. Des années plus tard, la rédemption n'était pas au rendez-vous. La randonnée ne fut guère suffisante pour ramener le grand air et contrer l'appel du vide.

Il restait le Mustang.

Le syndrome des enclavés

Lorsque j'avais longuement marché dans le massif des Annapurnas, à l'âge de vingt ans, le Mustang demeurait un royaume interdit, à vingt-quatre jours de marche de Katmandou. Isolée par la chaîne de l'Annapurna, cette enclave himalayenne d'une altitude moyenne de cinq mille mètres, plate-forme qui s'enfonce dans le Tibet, ne s'est ouverte qu'en 1992, et encore pour y accéder faut-il bénéficier d'un permis spécial et onéreux. Un ouvrage acheté à Katmandou m'avait longtemps intrigué, celui de l'ethnologue Michel Peissel. Le chercheur et aventurier français, qui résidait dans la capitale népalaise, avait réussi à obtenir un viatique exceptionnel de la part du roi. Un sauf-conduit pour une expédition unique de plusieurs mois, en haute altitude, dans des villages et nids d'aigle que nul étranger n'avait encore traversés. *Mustang, le royaume interdit* devint mon livre de chevet. Je décidai de le conserver précieusement pour le jour où je parviendrais à accomplir mon vieux rêve.

Et ce jour survint.

J'ai glissé dans mon sac le livre de chevet devenu compagnon de route.

Exploration des sentiments

Cela tombait bien. Un ami, Gérard, désirait gambader lui aussi sur les hauts plateaux de l'Himalaya, dans cette contrée mythique qu'il connaissait déjà, et voulait oublier de vieux chagrins. Le seul obstacle, et de taille, c'était que Gérard avait perdu la vue. Nous avions certes organisé une expédition en Sibérie, en plein hiver, pour nous aventurer sur le lac Baïkal et sa couche de glace plus épaisse qu'une muraille de forteresse tsariste. Nous avions bivouaqué par – 20° C au-dessus des grandes profondeurs, nous avions arpenté les hauteurs des monts Khamar-Daban, jusqu'à deux mille mètres d'altitude par grands vents et ravins profonds, nous avions dévalé des pentes en ski de randonnée sans trop savoir avec nos amis montagnards où nous posions les pieds. J'y avais emmené un autre compagnon de route, Toufik, correspondant de guerre et qui pour sa radio avait fréquenté les mêmes champs de bataille que moi, de Kaboul à Bagdad, du Kurdistan à la Cisjordanie. Toufik, qui n'aimait pas le froid, jamais ne s'était plaint. Il avait même lancé une étonnante réplique, le soir à la halte sur la glace, alors que le froid mordait nos peaux : « Je n'ai jamais autant ri que durant cette expédition. » Le périple était certes festif mais l'étrangeté du propos par un temps de blizzard m'avait marqué. Et puis je compris que Toufik tentait d'oublier comme moi le cafard des tranchées, la contemplation sidérante des corps sans vie, le lent silence qui nous saisissait au retour. Au péril de la prostration, nous avions préféré la thérapie par le rire sur le Baïkal, moins dangereux mais tout aussi contagieux. L'insensé donnait du sens. L'irrationnel chassait les brumes du lac et les voiles obscurs du mal. L'enthousiasme des camarades d'expédition y était bien sûr pour beaucoup dans cette circumnavigation au-dessus des eaux saisies par le général Hiver. Et la non-voyance ajoutait un grain de folie à la longue marche, noir sur blanc, avec ses révélations inattendues, ses paysages imaginés, ses émotions partagées. Nous avions songé à Kafka pour sceller le destin, pour qui « la folie du fou avait été si grande qu'elle avait montré au sage sa sagesse ».

Je n'avais qu'une envie dès lors, renouveler l'expérience et cette exploration des sentiments, par-delà les montagnes, par-delà les affres, qui nous donnaient, lorsque nous oubliions de rire, des allures de fracassés en dedans, des airs de gueules cassées pour l'éternité plus un jour. Laisser tomber tous les « Ainsi soit-il ».

Le dernier fief de l'authentique culture tibétaine

Avec Gérard, l'idée d'un pèlerinage commun nous vint à l'esprit. À la fois un périple pour nous, dans des décors de commencement du monde, et un voyage intérieur, dans les décombres de nos mémoires et de notre vision de la nature. Le pari était hasardeux mais en valait la peine, pour nous extraire aussi de ce cortège d'ombres que nous étions devenus, bêtes traquées par nos outils de traçage, fantômes hantés par les hydres que nous avions créées, à la merci de tout enfermement volontaire, téléphone soi-disant intelligent au bout des doigts, puce déjà gravée dans la tête, disque dur neuronal qui oubliait l'émotion et le sentiment, semblant de quête de liberté qui nous plongeait en fait dans l'autoservitude, idéologies qui tentaient de briser la seule utopie qui prévalait, le rêve. Le pèlerinage devenait indispensable.

Je n'étais pourtant pas certain d'y parvenir, de pouvoir emmener un aveugle, de marcher jusqu'au bout de la haute vallée, le dernier fief de l'authentique culture tibétaine, mais aussi d'aller au tréfonds de soi, lors d'une expédition qui serait d'abord celle du silence. Je relus ce qui me paraissait indispensable à la poursuite de ce rêve, *La Vie* de Milarepa, le mythique *L'Usage du monde* de Nicolas Bouvier, *Le Livre tibétain de la vie et de la mort,* sait-on jamais, et *Tintin au Tibet,* oui, de vrais classiques.

Vertige

Le royaume du Mustang nous tendait les bras, enfin. Il me fallait monter l'expédition, ce qui me valut près de deux ans de préparation. Je dus repousser le voyage une première fois, pour diverses raisons, puis une seconde. Vagabonder pendant un mois à la frontière avec la Chine se révélait certes envisageable mais guère aisé, avec les hameaux désertés, les bergers redescendus dans les basses vallées, les nomades aux abonnés absents. Le deuxième départ, à l'automne, fut repoussé, puis un troisième, au printemps. Entre-temps je subis l'accident le plus stupide de ma vie – « tous les accidents sont stupides », me réconfortèrent un chirurgien à l'hôpital puis un écrivain académicien issu lui aussi de la montagne et dont j'admirais les livres au phrasé proustien, lui-même plâtré jusqu'au fémur : je fus renversé à vélo à Paris en rentrant d'un séjour chez les Indiens Tarahumaras du Mexique et après avoir été menacé trois fois par le cartel du Sinaloa du fameux Guzmán, dit El Chapo, incarcéré dans le Colorado. Avec mes amis, j'avais échappé à ses sicaires, les cent mille séides du gang de la poudre blanche et de la poudre tout court. Les talibans m'avaient laissé en vie à quelques reprises, les tueurs d'Al-Qaïda aussi, les obus irakiens m'avaient oublié cent fois, les balles de tireurs d'élite avaient frôlé mes tempes sans les dégarnir, les mines antipersonnel, au Cambodge, en Érythrée, en Afghanistan, au Sahara, n'avaient pas voulu de mes jambes, lesquelles s'étaient fourvoyées sur ces terrains aux graines de mort, les armes des lâches, semées par des armées, des guérillas ou des milliers de barbus, une folle roulette russe au sortir des contrées en feu. Un chauffard me rattrapa sur les berges de la Seine et m'expédia à l'hôpital Cochin. Les champs de bataille m'avaient épargné, pas la circulation parisienne, qui me frappa par l'arrière. Un médecin hospitalier en avait ri : sans doute s'agissait-il des barons de la cocaïne. Mon poumon perforé, ma clavicule en lambeaux et ma cage thoracique en morceaux n'avaient pas accompagné sa plaisanterie, mais le sourire aux lèvres y était, le cœur en survie aussi. J'étais parti sur les hauts plateaux mexicains avec le livre d'Antonin Artaud en poche, *Les Tarahumaras* – « J'ai donc senti qu'il fallait remonter le courant et me distendre dans ma préconscience jusqu'au point où je me verrais évoluer et désirer. Et le peyotl m'y a mené. » Je n'avais pas goûté aux champignons hallucinogènes comme le poète dans les villages indiens mais aux opiacés au retour, piqué dans les veines à Cochin par les aiguilles qui rendraient sage ma douleur. Aux bombes dans la tête s'ajoutaient désormais des os éparpillés dans le corps. Et un sale goût de vertige, inconnu pour moi depuis mes jeunes années en montagne et qui désormais n'allait plus me quitter.

Le vertige, ce garde-fou des bords du vide qui vous rend encore plus fragile et qui ne vous garde guère de la déraison.

« Le vent purifie la route »

Je faillis annuler le voyage sur le Toit du monde, trois mois plus tard. Les praticiens étaient divisés, moi aussi, entre la tête et les jambes. Le manque d'oxygène, moitié moins à pareille altitude, ne représentait pas la meilleure des thérapies. Prendre le petit avion non pressurisé qui s'engouffrait entre le Dhaulagiri et les Annapurnas, dans la vallée la plus profonde du monde avec six mille cinq cents mètres de dénivelé, encore moins. Je me dis que le sort en était jeté. Si nous avions survécu aux tempêtes, nous pouvions affronter les vents de l'Himalaya, même avec le souffle court. Rien ne semblait m'arrêter dans cette quête des hauteurs, celle de retrouver un monde de bienveillance, de parvenir à un acte philosophique, de vivre une expérience spirituelle afin de regarder le monde autrement, par-delà sa noirceur, par-delà les paysages de cruauté que j'avais pu fréquenter et qui menaçaient d'occuper tout l'espace.

Je me rappelai la phrase d'un livre de sagesse hindou, *Les Purânas* : « Le vent purifie la route. » C'était plutôt de bon augure.

Je prendrai la clé des champs, fussent-ils d'altitude, afin de me rouvrir les poumons et de me désembrumer le cerveau, chasser les nuages gris et le remugle des années guérillas. Le dessein n'était autre que de rallier un monastère perdu, en ruine, que nul ne connaissait plus, Purano Kimbu Gompa, à quatre mille mètres et des poussières. Et peut-être n'existait-il même plus, mais qu'importait. Cette aventure-là était tentante, malgré les précipices à venir, les vertiges face au *nada*, au grand néant de nos vies, les pièges d'une rédemption qui reculerait sans cesse le bout de son nez. « La vraie maison de l'amour est toujours une cachette », écrit Romain Gary. La vraie maison intérieure aussi. Il n'était pas sûr cependant que nous puissions accomplir ce vœu. La paix du dedans, ce rêve des insouciants.

Je bouclai ainsi mon sac de voyage.

Fugue

Il paraissait étrange de partir vers le Mustang avec un homme qui avait égaré l'usage de la vue quelques années plus tôt. « Seuls les morts se perdent de vue à jamais », ironisait Elias Canetti dans *Le Livre contre la mort*. Gérard ne les avait pas perdus. Cela nous donnait un point commun, avec tous ces fantômes qui peuplaient ma tête. J'avais trempé la foi dans l'horreur et réservé une dernière valse pour la géhenne. Serions-nous assez fous pour nous aventurer jusque sur les contreforts du Toit du monde, dans ce petit Tibet relégué aux confins des anciens empires, celui du Milieu et celui des Indes britanniques, dans un pays qui devenait leur arrière-cour ? Gérard ne renâcla pas à la tâche. Il s'entraîna, partit dans les Alpes sur des skis de fond ou des raquettes, tomba, se releva. J'étais certain qu'il tiendrait le coup pendant notre errance de près d'un mois, fût-elle à plus de quatre mille mètres d'altitude, dans une enclave de la Haute Asie où les grandes caravanes s'étaient aventurées pendant des siècles, lorsque le royaume daignait ouvrir ses frontières.

Je lui faisais une totale confiance et je pense que la réciproque était vraie. Nous avions besoin des yeux de l'autre. Je savais que son regard d'aveugle compterait pour beaucoup dans cette fugue vers le très haut.

« La chose toujours insaisissable » de Kant

Un autre ami nous accompagnerait. Montagnard spécialiste des expéditions en altitude et en conditions extrêmes, ce qui était pour le moins adéquat nous concernant, deux bras cassés, Pierrot s'enthousiasma pour ce périple car il n'avait jamais pu pénétrer lui non plus au Mustang, malgré ses aventures himalayennes et expéditions en haute altitude. Il avait réalisé un film singulier, *Le Doigt de Dieu*, sur l'ascension d'un pic voisin de La Meije, avec les commentaires d'un grand marcheur devant l'Éternel tout autant que philosophe, Michel Serres. Sa fille Carla, brillante lycéenne, était elle aussi aveugle, et cela le rendait d'autant plus sensible à notre dessein de voir *autrement*, de nous guérir de nos affres, avec la mélancolie en embuscade, « la chose toujours insaisissable » comme le proclamait Kant. Un quatrième larron devait se joindre à l'équipée, Christophe, mais le manque de fonds collectés pour l'expédition ainsi qu'un agenda surchargé l'empêchèrent de venir. Il m'apprit quelques jours avant notre départ que lui aussi avait été victime d'un grave accident, au retour d'une ascension du Yosemite en Californie, un accident tout aussi stupide que le mien car un placard était retombé sur le lit où il dormait, lui valant un sérieux handicap du pied, un comble pour un alpiniste chevronné. Nous en rîmes en nous disant que notre heure n'était pas encore venue. Nous aurions pu jouer, sinon à la parabole de l'aveugle et du paralytique, en tout cas à celle des deux éclopés et du non-voyant.

Le mal aigu de la mélancolie

À l'aéroport, avant de nous envoler pour Katmandou, après un repas de bombance la veille, je vérifiai la petite pharmacie. Pansements, antibiotiques et surtout un médicament contre le MAM, le mal aigu des montagnes, celui qui vous transforme le cerveau et les poumons en œdèmes. Les miens étaient déjà bien atteints, tête et soufflerie, par la guerre et par la chute, et la date de péremption légèrement dépassée ne m'importait guère. On redescendrait plus bas, de trois cents à cinq cents mètres, pour éviter l'explosion des durites, rafistolées de partout depuis peu.

Je constatai que nous n'avions rien contre le MAT, le mal aigu de la tristesse. Sans doute la bière d'orge des nomades pourrait-elle nous calmer, tout autant que le thé au beurre de yack salé. Trois touristes nous bousculèrent l'un à la suite de l'autre, trop affairés tout en déambulant dans le hall à consulter leur téléphone portable. Pas de pardon, pas d'excuses, les chauffards pédestres avaient déjà pris la fuite, rivés à leur écran. Un sourire aurait été au moins un signe de respect, et une bagarre, une marque de reconnaissance. Misère du nombrilisme.

Rien que pour cela, je me dis qu'il était temps de m'extraire du plancher virtuel des vaches.

Les yeux de la sagesse et de la compassion

À Katmandou, à l'auberge Mandala, je pris mon premier breuvage au beurre de yack de l'expédition. C'est une boisson plutôt stimulante, que l'on accepte d'autant mieux que l'on sait que l'on va gravir quelques versants pentus dans la journée. Le thé au beurre de yack salé est à la marche himalayenne ce que la barre énergétique est aux adeptes de la course sur les sentiers de montagne, un revigorant. L'odeur de bouse représente, il est vrai, un véritable dopant pour ceux qui s'attarderaient devant la théière.

Bordé par un monastère qui accueillait nombre de nonnes et moines tibétains, l'hôtel Mandala avait l'avantage de se situer à quelques mètres du grand stupa de Bodnath, le sanctuaire blanc qui ne vous quittait jamais des yeux, avec son regard ombrageux et son point d'interrogation à la place du nez, de quoi vous culpabiliser jusqu'à la fin de vos jours. Il représentait le visage de la sagesse et de la compassion, qui manquaient tant aux hommes. Après tant de batailles, nous en avions bien besoin.

Gérard, lui, ne voyait rien, ni les sourcils broussailleux du stupa ni son nez interrogatif, mais il les devinait comme il avait senti les totems et les statuettes des Bouriates bouddhistes de Sibérie, par – 20° C. Peu de passants reconnaissaient sa canne d'aveugle, comme s'il s'agissait d'un objet inconnu ou inutile. Les badauds ne se poussaient guère. Il nous fallait soit forcer le passage aux endroits étroits afin de protéger Gérard, soit mendier une empathie provisoire. Nous nous fondîmes avec Pierrot dans la foule, grimpâmes sur la terrasse peinte à la chaux du sanctuaire puis contemplâmes d'en face la circumambulation des Népalais et de quelques poignées d'Occidentaux. Pierrot et moi ne pouvions nous empêcher de rire devant le spectacle de certains touristes se plongeant dans une transe obligée qui avait tout l'air d'être soigneusement préparée, en habits de moine. Ils tentaient d'imiter le local, ce sujet qu'il fallait singer à tout prix. Je me rappelai alors le sourire du Dalaï-Lama lorsque je le revis dans les montagnes des Cévennes, qui vivait pleine sérénité lors d'une retraite spirituelle avec Matthieu Ricard et se moquait gentiment des « faux bouddhistes », désirant à tout prix transformer des propos de tolérance en paroles dogmatiques et en un sectarisme soigneusement hiérarchisé.

Là-haut, dans les monastères et les hameaux isolés, nous trouverions des paroles débonnaires. J'étais impatient de quitter Katmandou pour Pokhara puis la vallée de la Kali Gandaki avant de commencer la marche à Jomosom. Je n'étais plus revenu en Himalaya depuis plusieurs années et j'appréhendais ce retour aux sources, cette remontée vers les hautes vallées, en raison de l'attente mais aussi du péril d'y voyager avec un aveugle, de ce défi que nous avions lancé à deux, et même à trois avec Pierrot. Comment gravir des sentiers aussi raides jusqu'aux contreforts de la Chine, descendre vers des ravins pentus, côtoyer les torrents encore fougueux qui emportaient au moindre caprice les ponts de pierre et les passerelles de bois ? J'avais davantage couru les sentiers de la guerre, les tranchées de combattants kurdes ou afghans, les maquis de guérilleros en Afrique ou encore les forêts de trafiquants que les chemins himalayens. J'avais cependant grandi en montagne et vécu dans un hameau d'altitude pendant plusieurs mois à trois heures de marche du plus proche village, dont les gorges étaient paisibles comme des cimetières. Oui, ce retour aux sources me convenait et je savais que mes pas me guideraient vers quelque nouvelle enclave, à la fois loin de tout et au cœur du monde.

Le styliste des horizons

Je sentais bien à Katmandou que l'ami aveugle appréhendait lui aussi ce périple singulier. On trompait ces craintes toutes relatives en déambulant dans les rues de la capitale, qui était devenue bien polluée, avec ses cohortes de camions et d'autres véhicules qui enfumaient la cuvette. Les volutes d'encens étaient battues depuis longtemps. Les yeux de Gérard étaient devenus vifs depuis que nous avions atterri à Katmandou et il exprimait ainsi sa propre impatience. Je n'avais jamais remarqué que les yeux d'un non-voyant pouvaient se révéler aussi expressifs. Il suffisait de le titiller un peu, de lui demander ce qu'il pensait de l'aventure, des longues marches, des expéditions seul ou en bonne compagnie, et le visage de Gérard s'animait, les sourcils s'agrandissaient, le front se plissait, le crâne chauffait. Une phrase de Gérard me revenait sans cesse, celle qu'il m'avait lancée en Sibérie, dans les monts Khamar-Daban : « Je vois aussi bien que toi. » Et c'était vrai qu'il voyait aussi bien que moi, qu'il imaginait, qu'il extrapolait, écoutait, comparait dans sa tête. L'imaginaire des aveugles est une mine pour romancier. Il recomposait les paysages, les dessinait, les transformait au rythme de l'heure et de l'humeur, ces deux métronomes de nos mélancolies. J'imaginais moi-même les décors qu'il orchestrait comme un styliste des horizons, les vallons qu'il restituait, les cimes qu'il atteignait par la pensée. Il nous fallait mesurer ensuite au bivouac les tableaux engrangés, sommes de couleurs, de dentelles blanches, de tours de glace, de fragments d'étang craquelé. La vodka agrandissait encore notre astrolabe. Oui, après le grand lac gelé et ses montagnes insolentes d'hostilité, nous verrions ensemble le Toit du monde, et Pierrot nous y aiderait.

Tout cela composait une belle émulation, susceptible de rehausser les splendeurs du petit Tibet, une enclave bouddhiste oubliée, un ancien royaume aux hautes terres arides qui n'était pas sacrifié, ou pas encore, comme j'allais l'apprendre durant la marche d'approche.

L'éphémère et la société du vide

Le soir, dans le minuscule jardin de l'auberge, le plus grand calme régna après le gong du monastère voisin, signalant l'heure du coucher pour les moines et une courte nuit avant les prières de l'aurore. Le silence… Nous avons oublié ce qu'il signifie, nous avons oublié de nous taire dans nos sociétés bavardes, poutres maîtresses d'une civilisation de l'hyper-rapidité où le trop-plein de mots a tué le mot, où le superficiel le dispute à l'éphémère, où le temps ne compte plus, où l'heure s'est arrêtée au cadran des cerveaux agités. « En tuant le temps on blesse l'éternité », selon le trait de Henry Thoreau, auteur de *Walden ou la vie dans les bois.* La durée moyenne de concentration d'un Européen sur le même sujet est tombée à moins de vingt secondes en raison des innombrables distractions, dont celles des écrans. Une autre étude démontre que la perception de notre environnement change en fonction du niveau de batterie du portable. Si elle s'avère presque déchargée, le taux d'angoisse monte. Le téléphone intelligent nous rend enfermés. La grande foire de la communicabilité tend à l'éparpillement. On croit contribuer à un bien-être mondialisé et l'on tombe dans la dictature de l'ego. L'échange *a priori* empathique a gonflé le nombrilisme. Voici l'ère du narcissisme à selfie. Les Québécois ont inventé une superbe expression pour désigner cette autophoto : l'egoportrait. Bienvenue dans l'ère du vide.

Je préférais celui des ravins himalayesques, avec l'envie d'y jeter nos instruments de torture mentale.

Lieux de perdition et au-delà topographique

Sans doute avons-nous tous des antidotes à la sédentarité, des réflexes de primates pour nous lever à nouveau et nous muer, ne serait-ce qu'un temps, en coureurs d'horizons. Revenir aux origines, regarder nos jambes d'errants perpétuels, comme Abraham, figure absolue du migrant marcheur, retrouver la mémoire des sentiers et l'espoir du cheminement. Je sentais cela en nous regardant déambuler dans Katmandou avant de pouvoir partir vers le Mustang. « Comme une eau, le monde vous traverse et pour un temps vous prête ses couleurs », écrivait Nicolas Bouvier dans *L'Usage du monde*, que je relisais le soir à l'auberge népalaise. Pierrot piaffait d'impatience, Gérard se dérouillait les jambes avant la grande montée, par-delà les Annapurnas et la kyrielle de sommets de sept mille et huit mille mètres qui protégeaient le petit Tibet, à l'écart des routes et à l'abri des moussons, le chemin d'une liberté, et moi je divaguais sur notre petitesse face à l'immensité à laquelle je serais bientôt confronté.

J'avais retrouvé un malencontreux vertige et j'allais au-devant de l'inconnu.

Et c'est précisément cette quête du temps étiré, cette recherche de la méditation contemplative ou de la contemplation méditative qui place la longue marche dans le domaine des possibles. Nous étions tous les trois, Pierrot, Gérard et moi, imprégnés ou légèrement bercés de sagesse orientale, par nos lectures, nos goûts, nos quelques voyages en Haute Asie. Et puis tout prenait forme et se distendait en même temps dans l'auberge Mandala, devant une simple carte du Mustang, que je commençais à connaître par cœur.

Le rêve géographique est une révolution permanente

Il faudrait toujours se méfier des cartes.

Elles nous invitent au voyage avant l'heure.

Elles nous plongent dans l'au-delà topographique, au-delà du raisonnable.

Ces quelques pointillés, on croit n'en faire qu'une bouchée, ou plutôt une enjambée, alors qu'ils vous conduisent au bord de l'épuisement. Ce trait bleu paraît être un simple ru alors qu'il est torrent, propice à vous engloutir au moindre faux pas. Le rêve géographique est une révolution permanente et devrait être remboursé par l'assurance maladie. Ce col, là, au-dessus d'un versant brunâtre ? Il ne donne que sur un autre col. Les sommets jouent à cache-cache. Ce gris tristounet, semé de points ? Les flancs de moraines et les lits de rivières impétueuses se marient et s'amusent à brouiller les pistes, à cerner l'aventurier de pacotille avant qu'il ne périsse d'un arrêt cardiaque face à l'ampleur de la tâche. Les surfaces planes sont trompeuses lorsqu'elles marquent les foisonnements. La topographie est un art du rêve contenu et confronté à la dure réalité des pierres et des sables – « Toute réalité me trouble », écrivait Pessoa dans *Le Livre de l'intranquillité*. La technique du levé des cartes permet aussi des arrogances et des envies de domination. La projection sur le papier devient souvent une projection stratégique. Depuis Amerigo Vespucci, les dessinateurs ès cartes sont les vrais maîtres de l'espace-temps. La cartographie représente ainsi beaucoup de divisions. Poussez-moi cette frontière que je m'y mette ! Les puissances coloniales d'hier traçaient des lignes sur les mappemondes pour se partager le gâteau. Aujourd'hui les nouveaux conquérants que nous sommes effacent sur les cartes les confins gênants pour les remplacer par le désir mondialisé. Enlève ta culture pour que je puisse pousser mes pions.

Là-haut, derrière le Mustang, les Chinois en attente de leurs routes de la Soie ne disaient pas autre chose, avec des plans d'annexion par le négoce et le tourisme, ces deux déferlantes du siècle nouveau.

Horizons espérés et songes enfantés

Mustang, Zanzibar, Samarcande, Îles Salomon, archipel des Galápagos, Cap Tribulation… La litanie des noms d'escale enfante les songes – le « flux constant de rêves » dont parlait Pessoa. Il nous faut sans cesse repousser les horizons espérés. Autant de musées imaginaires qu'il s'agit de conserver aussi. Les atlas sont des lieux de perdition où l'on se noie avant même d'avoir largué les amarres.

Pour l'heure, nous nous noyions dans un verre de bière au Mandala, que nous croyions être le dernier. Tous les chemins semblaient alors mener au Mustang, à cloche-pied s'il le fallait. Carte de l'Himalaya repliée, il nous restait à explorer par l'ivresse, à défaut d'île au trésor, notre enclave de bonne fortune.

Nous ne désirions nul exploit. Point d'envie de crapahuter sur des sommets avec ou sans oxygène, guère de promesses de victoires désespérées, suspendus dans le vide, pour ouvrir une voie, inscrire notre nom sur un quelconque livre de records. Et pourtant le Mustang offrait encore tant de cimes inviolées, entre six mille et sept mille mètres, et quelques-unes au-delà. Mais nombre de ces pics demeuraient sacrés pour les Mustangais, que l'on appelle les Lo Was, les habitants du royaume de Lo. Pourquoi vaincre à tout prix un sommet, s'approprier une victoire sur l'inutile ? Monter, rester une heure à peine sur le faîte étroit, puis redescendre. Nous comprenions tous cette geste de haute altitude, cette conquête de l'inutile, mais l'envie de demeurer sur les contreforts était plus prégnante, le désir de rester à mi-pente avec les nomades, paysans ou bergers, et sans doute quelques contrebandiers des confins, des Tibétains passe-murailles, des bouddhistes que la balafre divisant le Tibet historique, côté chinois et côté non chinois, n'arrêterait en rien dans leurs élans. Le guide qui allait nous accompagner dans l'enclave tenait les mêmes propos.

— Je n'aime pas monter sur les sommets. On en vit certes, des montagnes, mais on pense que ce n'est vraiment pas important d'aller sur leur tête. On préfère les laisser tranquilles, et caresser leurs pieds.

— Elles doivent rester pures, ajoutait son compagnon et guide en second. Ceux qui montent sur les pics les plus hauts doivent considérer d'abord nos valeurs. On comprend leur soif de conquête mais ils doivent savoir aussi que nombre de ces sommets sont sacrés pour nous.

Toponymie sans traces et rose des vents

Oui, nous préférions rester dans le Mustang des hommes, sous les pointes de granit ou de grès, sur les massifs de conglomérats et les dentelles des falaises ocre. Je me souvins d'un voyage au cœur de l'Australie où des marcheurs s'empressaient de gravir Ayers Rock ou le mont Uluru malgré les mises en garde des Aborigènes sur des panneaux, stipulant que la montagne de grès leur était sacrée et que se hisser à son pinacle signifiait un viol de l'esprit des ancêtres. Au pied de la roche, sous le nez d'Aborigènes qui s'évertuaient à peindre le rocher, façonné dans la cosmogonie par les ancêtres du « Temps du rêve », une queue d'hommes blancs en quête de l'assaut final s'était formée, et *idem* le lendemain, avec le sentiment pour beaucoup de défricher des terres vierges ou de déflorer une voisine. Violeurs des mannes des anciens, ils redescendaient avec des visages béats, heureux d'avoir profané le secret avec leurs godillots dernier cri. Piètres explorateurs. Ils convoitent le Graal de l'adrénaline, ils n'obtiennent que le mauvais jus de l'ethnocentration. L'opium de la conquête des peuples, par le glaive hier et aujourd'hui par l'empreinte des pas, devient une lente destruction de notre âme.

On m'indiqua par la suite au fin fond du Mustang quelques sommets que jamais l'homme n'avait encore jamais gravis, et dont l'approche nécessitait une marche de plusieurs semaines. À quoi bon les mentionner ? Leurs noms demeureraient secrets, et c'était mieux ainsi. Des atlas et des portulans il faudrait pouvoir effacer appellations et repères d'escales. Vive l'anonymat cartographique !

La toponymie sans traces est la meilleure rose des vents.

L'angoisse de l'innocence selon Kierkegaard

Tsewang fut notre premier contact avec la population du Mustang. Je le retrouvai derrière l'immense stupa de Bodnath. Son cousin avait construit un monastère où il accueillait sans distinction des moines et des laïcs du Mustang, d'autres contrées du Népal, d'Inde, dont la région du Sikkim, ainsi que du Bhoutan. Guide de montagne, Tsewang arborait un perpétuel sourire aux lèvres, parlait un excellent anglais et se distinguait des autres Lo Was de par son appartenance à la famille royale. Le Mustang en fait n'était plus vraiment un royaume, depuis la mort de son oncle Jigme en 2016, prétexte idéal du côté de la capitale pour rappeler que la monarchie avait été abolie lors de la révolution maoïste huit ans plus tôt. On avait certes laissé le souverain porter sa couronne là-haut, dans cette cité oubliée de Lo Manthang, on avait toléré cette enclave à trône perdue dans la montagne, assez pratique pour faire la nique aux Chinois, mais quand même, dans cette pétaudière que représentent l'Himalaya et son cousin l'Hindou Kouch, il fallait régenter les régents, mettre au pas les roitelets. Vif, courtaud, le pas alerte, l'aristocrate Tsewang inspirait confiance. Il nous présenta les deux autres guides, Wangyé, un montagnard de trente-deux ans sorti du rang pour devenir enseignant puis revenu aux expéditions, et Migmar, joyeux drille de quarante-deux ans né au Tibet. S'il souriait tout le temps, Migmar savait aussi qu'il ne pourrait jamais revenir au pays, depuis sa fuite à vingt ans par les cols de l'Himalaya. Il étudiait sans cesse, lisait la nuit, se remémorait le jour en marchant des passages de livres, principes de philosophie, leçons de spiritualité ou expressions en anglais. Je m'apercevrai peu à peu qu'il était souvent mélancolique, arborant une inquiétude persistante mais qui ne l'empêchait nullement de sourire continuellement et renvoyait à l'angoisse de l'innocence qu'évoquait Kierkegaard. Le prince était visiblement très à l'aise avec ses deux acolytes. Il lui faudrait dénicher le bon chemin, reconnaître les haltes pour le bivouac, éviter d'approcher de trop près la frontière chinoise et ses grands cimetières sous les étoiles, même au pied des cimes perdues, louer quelques chevaux aussi pour les bagages et occasionnellement pour nos postérieurs en cas de fatigue. Je savais qu'avec ce guide hors-pair, de sang royal de surcroît, j'allais goûter aux traditions vraies d'un royaume qui avait disparu, celui du Tibet, enseveli sous la domination chinoise, avec une capitale qui comptait désormais davantage de Hans, l'ethnie majoritaire en Chine, que de Tibétains. Les bordels pullulaient à Lhassa, les centres commerciaux défiguraient la vieille ville surmontée du Potala, l'ancien palais du Dalaï-Lama qui l'avait fui en 1959, les monastères y étaient surveillés, y compris par des caméras. Le Tibet subissait l'épuration.

Survivait sa petite excroissance au cœur de l'Himalaya, le Mustang.

Post-maoïsme et hyper-capitalisme en béton armé

Une incursion au palais royal de Katmandou, terriblement abîmé par le tremblement de terre quatre ans plus tôt, nous mit cependant en alerte. D'immenses panneaux étaient apposés sur les murs en réfection et glorifiaient l'action de la grande et généreuse Chine, qui finançait la rénovation. Aucune mention de l'État népalais, vassal en devenir. Pékin s'invitait partout, dans le choix des bâtiments à préserver et dans la planification des travaux sur plusieurs années. Les nouvelles routes de la Soie du président Xi Jinping prenaient en otage Katmandou la meurtrie. Au Népal, on en frémissait. Mais les citoyens du petit État, pris en tenaille entre l'Inde et le nouvel empire du Milieu, n'avaient pas leur mot à dire. Pour le Mustang, c'était encore pire, coincé entre le marteau et l'enclume, entre censeurs de l'âme côté chinois et autocenseurs de l'esprit côté Occident. La Chine déjà régnait en maître et proposait de construire une ligne ferroviaire du Tibet vers la capitale népalaise, avec un tunnel de plusieurs dizaines de kilomètres sous des sommets de sept mille et huit mille mètres. Restauration du palais royal puis creusement d'un tunnel, non pas en déplaçant les montagnes comme jadis le Yukong de la légende reprise par Mao, mais en les traversant. Le numéro un chinois proposait ainsi au Népal de transformer le « pays enclavé en pays ouvert ». La rénovation comme outil de conquête, en lieu et place de la révolution.

Le Petit Timonier et successeur de Mao s'était réincarné en perceur de murailles. Il rappelait que l'idéologie était un ennemi de la topographie, prompte à changer, avant les frontières, la physionomie des lieux. Les mutations de décors sont les antichambres des révolutions mentales. Les caciques chinois rajoutaient des points à distribuer ou à enlever aux bons citoyens du dedans ou aux bons collaborateurs du dehors, le crédit social. Au mot d'ordre de Guizot, « Enrichissez-vous », ils accolaient la mention : « Et surtout taisez-vous. » J'espérais que les montagnes du Toit du monde nous protégeraient de cette volupté toute matérialiste. J'en eus bien vite des doutes.

Même en Himalaya, le post-maoïsme devenait ainsi un hypercapitalisme en béton très armé. Avant, pour coloniser, les puissances dépêchaient des bataillons au Congo ou aux sources du Nil, avec comme ennemi principal le moustique, ce retors adversaire des armées blanches. Désormais, il suffisait d'injecter des millions de dollars et d'endetter une capitale au nom de l'amitié entre les peuples. La conquête coloniale, le paludisme en moins. À défaut de recevoir de la soie, le pays-escale, lui, se retrouvait à mendier auprès de la Banque mondiale.

Percer l'Himalaya

Percer l'Himalaya, rien de moins que cela ! On pouvait imaginer les bagnards de la minorité ouïghoure bientôt attelés à cette tâche. Au sol, les nouveaux mandarins drainaient des prostituées afin d'améliorer le quotidien des fonctionnaires nommés à Lhassa et aux environs. « Lhassa qui élève ses toits blancs sur le toit nuageux du monde » (Italo Calvino, *Les Villes invisibles*), devenue une perle décatie. Dans les entrailles du Pays des Neiges, les maîtres recyclaient les prisonniers politiques. « Agiter le peuple avant de s'en servir, sage maxime », notait Talleyrand. Naguère, au temps de Mao, l'Orient était rouge. Ses arrières désormais se révéleraient cimentés. Rien n'arrêtait la pieuvre du Milieu. Après les chars, les bulldozers. Il s'agissait de rééduquer en passant les âmes défaillantes, celles trop encombrées de mantras et de prières, les corps imbibés d'idées saugrenues telle la réincarnation. Le communisme patriotique chinois, qui avait réponse à tout et surtout permettait aux caciques étoilés dans leur immense supermarché de rester au pouvoir, ne demandait qu'à laminer tout cela, comme ce fut le cas à Lhassa, trois mille cinq cents mètres d'altitude, trop longtemps rebelle, à croire que le marxisme de l'Extrême-Orient n'était pas soluble dans les hauteurs himalayennes. Les cosaques chinois se promettaient de saccager Katmandou, cette arrière-cour des anciens empires de la Haute Asie et du sous-continent. Un nouveau grand bond en avant, une campagne des Cent Fleurs qui promettait de redresser les esprits défaillants, quitte à faire des trous dans les cimes, avec une noria de camions et une transhumance de coolies, bref, une galéjade pour l'empire du milliard. Bientôt on gravira le Manaslu, huit mille cent soixante-trois mètres, en ressentant des secousses dans les pieds.

La dernière fois que la Chine avait ouvert un royaume dans la contrée, c'était en annexant le Tibet.

Là-haut, le minuscule Mustang allait-il résister ?

Pour l'heure, la présidente népalaise fourbissait ses armes, parlementait, faisait monter les enchères, histoire de ne pas se vendre à vil prix. C'était une maoïste intelligente et lucide comme il en existe peu, et elle connaissait son Mao sur le bout des doigts. *Le Petit Livre rouge* était traduit dans nombre de langues de l'Himalaya. Je m'endormis en souhaitant bonne chance à l'ancienne garde rouge de Katmandou.

Vers le royaume le plus élevé au monde

Le gong du monastère voisin me tira du lit avant l'aube. Il semblait résonner jusque sur ma couche, s'infiltrait dans le duvet, résonnait sur la vitre branlante qui ouvrait sur la petite montagne au nord. Le néant de la sérénité avec tambour et trompette. Une odeur d'encens jaillissait de la cour en contrebas. La prière des jeunes moines, pour certains originaires des contreforts du Mustang, fut un enthousiaste réveille-matin qui augurait des rencontres à venir, là-haut. Leurs chants et mantras s'envolaient en ondes légères par-delà les collines et les montagnes de Shivapuri, à deux mille deux cents mètres. Le *Om Mani Padmé Hûm* que j'entendrais désormais pendant des semaines berçait nos cœurs et répandait une douce liqueur dans les esprits, comme si quelques syllabes engendraient un écho rebondissant sur les parois des veines. Des corbeaux se réveillaient eux aussi et jaillissaient au-dessus du bidonville voisin, aux allées inondées par la dernière petite averse. Aux premières lueurs, j'aperçus depuis le balcon de l'auberge des femmes qui sortaient de leur taudis, les sandales dans la boue, enveloppées dans des saris colorés et proprets, souriantes, visiblement heureuses que la pluie se soit arrêtée. C'était un bon signe pour prendre le chemin des cieux et monter vers les antichambres silencieuses de l'Himalaya, vers le royaume le plus élevé au monde, par-delà la barre des moussons.

Comme moi, Pierrot et Gérard étaient impatients de monter vers les contreforts de la haute montagne. Une certaine appréhension m'envahissait cependant depuis quelques jours et même depuis les préparatifs avant le départ, la crainte d'échouer, de ne pouvoir marcher aussi longtemps à telle altitude avec un corps en déconfiture en raison de l'accident. Je tâchais de chasser ces vaines pensées. La bière d'orge là-haut aiderait sans doute à surmonter ces angoisses, ainsi que la raréfaction de l'oxygène, idéale pour un cerveau malmené.

Tsewang avait récupéré les autorisations et le permis de pénétrer au Mustang, dont le coût élevé était destiné à éviter l'arrivée d'un trop grand nombre de marcheurs et d'expéditions. « On n'y survivrait pas », grommelait Tsewang, pourtant engagé dans la construction d'une auberge dans son village de Tsarang, à trois mille six cents mètres. Les habitants de l'enclave, étaient affairés à défendre leur environnement tout en refusant de devenir les grands oubliés de l'engouement touristique pour cette contrée de l'Himalaya. Comment faire ? Tsewang avait bien quelques idées et promettait d'en parler « là-haut ».

Il nous fallait prendre encore deux avions, l'un pour Pokhara, à l'ouest de la capitale, puis un second, si la météo le permettait, un minuscule appareil qui devait s'insinuer entre deux des montagnes les plus hautes de la planète.

Poétique du non-voyant

À bord du bimoteur qui daigna décoller malgré une première alerte météo à six heures du matin, je vis les montagnes surgir comme des cabris. Le vent était encore clément. Quelques heures plus tard, le souffle céleste naviguerait entre les parois, tourbillonnerait, bousculerait toutes les certitudes, rebondirait sur les versants pour secouer le moindre fétu, interdisant aux oiseaux d'acier de parader. Les à-pics verts devenaient rocheux et pelés, plongeant vers les profondeurs comme des gorgones suspendues. Les ravines ne demandaient qu'à bouillonner au printemps, chargées des neiges qui n'étaient pas toutes éternelles.

Gérard imaginait le paysage, ou plutôt l'extrapolait, car il avait déjà volé au-dessus de cette vallée, considérée comme la plus profonde au monde, la Kali Gandaki. Je l'avais contournée à pied, depuis les hauteurs, à vingt ans, avant de succomber à une dysenterie en altitude en raison d'une eau infectée. J'avais poursuivi ma course solitaire en me tenant le ventre et en m'oubliant fréquemment sur le sentier, dès que les paysans, nomades et sherpas n'étaient plus en vue. La marche avait quelque chose du Petit Poucet. J'avais en mémoire une randonnée avec boyaux. Tout est dans les tripes, c'est bien connu.

Assis de l'autre côté du minuscule couloir, Pierrot, lui, ne savait plus où donner de l'objectif. Il photographiait, il filmait, lui qui adorait la montagne, devenu alpin par goût et aussi par sentiment. Nous avions de quoi décrire les décors à Gérard. Pierrot voyait pour deux.

Le Dhaulagiri, « la montagne blanche », dressait son triangle typique, celui qui avait effrayé et fasciné des myriades d'alpinistes. Les montagnes sont le reflet de nos angoisses. Il suffit de les gravir pour atténuer nos effrois. Une danse au bord de l'abîme. Le plus sage est de savoir que, lorsqu'elles nous résistent, nous devrions en prendre de la graine et nous contenter du cheminement. La non-ascension est un défi qui nous laisse vivants.

« La montagne blanche » se détectait à des lieues à la ronde, et même au bout du monde, connue de nombreux montagnards qui n'étaient jamais venus au Népal. Le Dhaulagiri, à la fois montagne vénérée et tueuse d'hommes, paraissait si proche, presque à portée de piolet, avec sa fameuse face sud, attirante de lumière et aux pièges soigneusement dissimulés, comme une déesse intrigante de beauté et de mystère.

Cathédrales de pierre

Jouant avec les engouffrements du vent, l'avion virevoltait entre les parois, les pilotes concentrés sur les nuages et les instruments de navigation, aux données lunatiques. À droite de l'appareil, les Annapurnas tanguaient, dans une géographie compliquée de chaos, de torsions et de roches tourmentées que saupoudrait la neige en volées. Il s'agissait d'un tableau magique qui changeait au gré des caprices célestes, ces bouffées d'air qui balayaient les sommets, exhalaisons des dieux muant les décors d'altitude en un clin d'œil comme des machinistes dans d'immenses coulisses de théâtre. J'ignorais encore qui tirait les ficelles. Tsewang me dit que je l'apprendrais « là-haut », dans son fief.

Le pilote de gauche se cabra sur le manche à balai. Nous avions passé le col et les contreforts du magique Nilgiri qui gardait de ses cathédrales de pierre aux auréoles nuageuses l'entrée de la haute vallée et du royaume de Lo. Derrière moi des Indiens qui voyageaient pour le pèlerinage à Muktinath, l'enjeu d'une vie et réglé à prix d'or, tentaient de gérer les soubresauts de l'avion et ceux de leur estomac. Quelques collations du matin furent envoyées dans des sacs en papier, avec plus ou moins de bonheur et dans un concert de hoquets qui se mariaient au flot de prières. Muktinath était une bourgade sacrée pour les hindous, accrochée à près de quatre mille mètres sur des versants gris que les torrents de la fonte des neiges ravinaient régulièrement au printemps. Hormis cette enclave dédiée à Shiva et autres divinités du panthéon de l'hindouisme, celui qui donnait mal à la tête avec ses trois mille noms et beaucoup de bras, les hautes terres derrière l'Annapurna étaient consacrées à Bouddha. Je me demandais comment le bouddhisme avait bien pu planter ses moulins à prière à pareille altitude, et ce dès le VIIIe siècle. Avec l'enclave dans l'enclave et les vallées adjacentes, cohabitaient deux des plus anciennes religions du monde qui permettaient aux deux tiers de l'humanité de croire encore en la réincarnation. C'était le cas de mes voisins de l'arrière de la cabine et dont les vomissements scandés de mantras laissaient croire que le renouvellement du corps et la métamorphose étaient proches, après un sérieux curetage des boyaux. Ils avaient payé une fortune leur voyage auprès d'une agence indienne, le périple d'une vie, et pour rien au monde ne l'auraient manqué. « Du pèlerinage-business », me dit l'un d'eux.

Je sentais que nous approchions d'un autre univers.

La « montagne blanche » et la « rivière noire »

Le petit insecte d'acier piqua entre les montagnes, frôla un versant non plus enneigé mais désormais pierreux et se posa sur la piste de Jomosom, bourgade d'altitude qui s'apprêtait aux grands froids. Quelques passagers derrière moi égrenaient frénétiquement leur rosaire, et je regrettai de ne pas en avoir un. Gérard respira, Pierrot photographia, je maugréai que l'on ait été si vite, à peine le temps d'admirer les sommets de huit mille et la vertigineuse vallée de la Kali Gandaki. « Montagne blanche », « rivière noire », j'aimais ces noms, si évocateurs, de notre toit et de nos fondations provisoires. Les ailes grises du petit avion étaient un mélange des deux, parfait pour se poser sans trop de fracas.

Nous entamâmes la marche d'acclimatation le jour même, vers Kagbeni, à quelques heures de Jomosom, un bourg paisible qui sentait autant le kérosène que la bouse de vache et ne s'animait que lorsque l'avion se posait aux aurores et pour quelques minutes, si le vent le permettait. L'aventure commençait véritablement aux portes de la bourgade, au-delà du petit pont jeté sur la furie des eaux descendues en cavalcade du Toit du monde, à travers le jardinet à gauche de la piste accrochée au flanc de la montagne, puis par la sente qui plongeait vers le lit du fleuve, rusant avec les passages infranchissables entrecoupés de dards minéraux tel un subtil fil d'Ariane dans l'impossible.

La Kali Gandaki agitait ses eaux boueuses, rocheuses même, tant elles charriaient les pierres et la terre des hauteurs. On comprenait tout de suite que ce n'était pas le genre de torrent à se la couler douce. Je fus impressionné par son débit et par la perspective de finir dans son bouillon d'éternité au moindre faux pas, la tête fracassée contre un rocher craché par l'Himalaya. La nouvelle piste longeait la rivière, zébrant l'antichambre du Mustang comme l'annonciation d'une route à venir, jusqu'aux confins du Népal, face à l'ogre chinois. Des drapés de roches se déployaient en coquilles d'huîtres sur les parois à notre droite. Des cimes à coiffes de fées se transformaient peu à peu en champignons non hallucinogènes mais à tête d'halluciné. On avait envie de souffler sur ces collerettes de cumulus, telle Junon dans *Les Métamorphoses* d'Ovide : « Et s'élançant du haut de l'Olympe sur la terre, elle commande aux nuages de s'éloigner. » La montagne annonçait des promesses fantastiques, des paysages irréels pour mieux nous attirer dans ses rets, comme si nous n'étions pas déjà convaincus d'un tel envoûtement. En amont, à quatre mille mètres d'altitude, nous aurions des chevaux de bât, musclés, habitués aux sentes raides et au spectacle des ravins. Pour l'heure, les cœurs s'échauffaient, dans tous les sens du terme, aiguisés par la perspective, cet art de la profondeur qui renvoie aux âmes. Un paysage tout en lignes de fuite, c'est-à-dire tentateur, tel un labyrinthe qui cacherait des trésors au bout de son sinueux parcours. Le grand Annapurna nous toisait, pharaon de granit qui engloutissait régulièrement ses apprentis conquérants, ceux qui croyaient pouvoir le dominer et qui n'en étaient que les serfs. Inversion de la hiérarchie au-dessus des sept mille mètres, la fameuse zone de la mort comme l'appellent les himalayistes.

Le limes *des anciens empires*

Un tracteur sans cabine nous dépassa. Le conducteur, âgé d'une vingtaine d'années, était coiffé d'un casque intégral. Vu la profondeur du ravin, ce choix me parut raisonnable. Coincé entre montagnes et torrent, juché sur une falaise menacée d'érosion et qui semblait avoir renoncé au sentiment de pérennité, le village de Kagbeni nous ouvrit ses portes avec un crâne de mouflon surmontant un passage souterrain. Les divinités saluaient de leur totem tandis qu'une vieille paysanne édentée à la tunique colorée souriait entre deux séances de prière. Un berger ramenait nonchalamment ses chèvres des hauteurs et la poussière dessinait un voile éphémère dans de douces lueurs qu'un décorateur facétieux s'évertuait à mettre en scène à chaque oscillation du troupeau. « Le soleil n'est jamais si beau qu'un jour où l'on se met en route », écrivait Giono dans *Les Grands Chemins.*

Le Mustang débutait aux portes de ce village fortifié. Gérard retrouva le sourire.

Le royaume de la lumière nous tendait ses bras.

Dans le village, près d'un balconnet qui surplombait le torrent, juste après le mur de prières aux moulins de bois polis par les siècles et qui devaient renfermer tous les espoirs de l'endroit, un panneau marquait l'entrée officielle de l'enclave. Il indiquait que tout étranger devait s'acquitter du coût du permis et qu'une entrée non enregistrée serait considérée comme un grave délit. Tsewang était très fier de montrer ce panneau aux lettres jaunes qu'il considérait comme un poste frontalier, sans agent ou douanier cependant, car disait-il, « tout se sait ici », sous-entendant que le moindre fautif, le huron qui oserait dépasser cette marque sur la rue dallée serait bien vite repéré voire dénoncé lors du franchissement de la limite en sens inverse. La frontière était donc inscrite ici, sur les pavés de la ruelle de sortie du village, au-dessus de la grande lessiveuse de la Kali Gandaki qui se heurtait au flanc de la montagne à l'occident et semblait creuser sous la paroi soutenant le village. « Il n'est rien que l'homme redoute davantage que le contact de l'inconnu », écrivait Elias Canetti dans *Masse et puissance*, l'une de ses grandes œuvres. « Je hais les voyages et les explorateurs », lui répondait comme en écho Claude Lévi-Strauss, en exergue de *Tristes Tropiques*. L'écrivain et l'anthropologue avaient connu l'exil pour fuir le nazisme, eu l'intuition de maints croisements dans leurs champs, d'écriture ou de recherche, et s'étaient frottés malgré les inhibitions à toutes les cultures du monde. L'inconnu fut au rendez-vous tout au long de leur vie. On peut haïr les voyages et l'aventure puis apprendre à en apprécier les fruits. La crainte, cette motivation du sublime.

Si la rivière à la fonte des neiges, prêtresse des humeurs des glaciers, devenait trop capricieuse, la plateforme sur laquelle nous nous tenions viendrait à être emportée, et le panneau frontalier aussi. Ce *limes* des anciens empires, celui des Indes britanniques et celui du Milieu, paraissait ma foi conséquent, minéral, installé dans la roche et le temps. Les confins là-haut, à la ligne de démarcation pékinoise, étaient beaucoup plus volatils, prompts à s'étendre sur l'enclave comme les mandarins de la nouvelle Cité interdite le firent au Tibet en 1959.

Une utopie non meurtrière

À la halte dans la vallée, je me demandai ce que signifiait vivre dans une enclave. Les endroits perdus, les républiques autoproclamées, les maquis devenus pays fantômes me fascinaient toujours autant, comme le fut mon hameau de jeunesse dans le Mercantour, à trois heures de marche du plus proche village, une autre enclave tout aussi mentale que géographique, un vallon de haute solitude cerné de montagnes sombres et surmonté des doigts de roches éclatées dont la seule échappatoire était le rêve, cette utopie non meurtrière. Que voulait dire grandir entre ces murailles d'isolement, sans identité ou au contraire avec trop d'identité, forcément ostracisée ? Du Haut-Karabagh dans le Caucase au Mustang, la planète produisait des *no man's land* où les humains étaient revenus, désireux avant tout de vivre et mourir sur la terre des ancêtres, fût-elle ignorée des cartes et des états-majors. On parlait de républiques autonomes, d'États tampons, de principautés inconnues. Les gens qui y vivaient après tout avaient l'air heureux, malgré beaucoup d'histoire. Éloge des voyages les plus fous et des périples au fin fond des enclaves, lorsque l'isolement conduit à la définition tolstoïenne du bonheur, « vivre pour les autres ».

Le chemin des commencements

Par quoi commence un pèlerinage ? Et où débute véritablement un voyage intérieur ? Cette roche à gauche de la piste ? À moins que ce ne fût ce boyau à droite, montant vers l'infini, raide, avec ses cavités insondables, ses poches d'eau que les crus libéraient, ses éboulis bloqués sur une vire ou sur plaque de granit... Ou encore ce ru qui surgissait des pentes et qui ne demandait qu'à être avalé par un torrent pour finir dans le golfe du Bengale, à l'orient de Calcutta et de son ancien comptoir français au nom enchanteur, Chandernagor. Je reste fasciné par les prémices des voyages, version aquatique surtout. Prenez Goethe. Il disparaît d'Allemagne pendant deux ans, en 1786, direction le sud et l'Italie. Il commence ainsi son *Voyage en Italie* : « Je me suis dérobé de Carlsbad à trois heures du matin : autrement on ne m'aurait pas laissé partir. » Il faut toujours se dérober, y compris à soi-même. À Syracuse, le poète allemand délire sur la Méditerranée puis, des années plus tard, le crâne obsédé par l'Orient et les femmes, il descend le Rhin pour y écrire *Le Divan,* recueil de poèmes à la manière des Persans. Et c'est en cure à Marienbad, à soixante-treize ans, qu'il tombe amoureux de la jeune Ulrike, quelques décennies en moins, à qui il dédie son élégie. Nerval, lui, entretient le mystère dès les prémices du *Voyage en Orient* : « Nous avions quitté Malte depuis deux jours, et aucune terre nouvelle n'apparaissait à l'horizon. » Tout n'est qu'une question de flots, il suffit de prendre l'eau comme on prend la route. Voyez Cendrars. Lorsqu'il part pour l'Amérique du Sud en paquebot, il passe son temps dans la piscine du pont supérieur, à portée de boissons fortes. « Des habitudes de phoque », proclame-t-il. Comme quoi, on peut entamer un long périple les pieds dans l'eau et le verre calé sur une chambre à air, l'horizon en miroir dans les yeux. C'est le même miroitement que l'écrivain manchot entrevoit à Venise en écrivant *Bourlinguer,* « reflets insolites dans l'eau de la lagune ».

Le vagabondage commence près de l'eau. J'aperçus un filet qui dévalait vers la Kali Gandaki. Il s'agissait en fait d'un bras de la rivière Penthang, qui surgissait des hauteurs. L'eau est plus sage que l'homme, elle descend vers les vallées tandis que celui-ci, pourtant composé aux deux tiers de liquide, cherche à gravir des sommets impossibles, comme s'il voulait à tout prix renoncer à la pesanteur.

Ce bras perdu représentait un excellent point de départ, une croix que l'on porta sur la carte, imprécise, nimbée de bleuté pour les hauteurs de plus de six mille mètres, dont le Nilgiri, déjà derrière nous, qui ne cessait de nous narguer non pour que nous tentâmes son ascension mais pour signifier que nous étions désormais entre ses mains. La croix dessinée sur la carte était destinée à nous rassurer, comme une porte de sortie dans la vallée fermée, au septentrion d'une face verticale, raide comme un mur de prison et sur lequel le torrent venait buter depuis l'autre segment, en amont, à deux jours de marche, là où la Kali Gandaki se resserrait et s'engouffrait dans la roche pour s'en extraire déchaînée quelques dizaines de mètres plus loin, résurgence batailleuse au lit bridé et dont les flots resserrés ne demandaient qu'à dévoiler ses caprices. Les croix topographiques sont moins des marques de conquête que des preuves d'ancrage dans une réalité diffuse, dans cette éternelle bataille entre la confiance et l'effroi.

La géographie des strates n'avait qu'à bien se tenir, et nous aussi.

Désormais, nous étions prévenus.

Le zappage émotionnel

Slalomer entre les versants de la Kali Gandaki s'apparentait à un sage entraînement. Cela nous permettait une mise en jambes et une mise en bouche, avec cette envie d'aller caresser la roche plus loin, « en bas », sous les monstres de granit, sous les sommets des dieux, protégés par le dièdre magique du Dhaulagiri qui sortait la tête de temps à autre des nuages, cette haleine des dieux, et qui inventait des soleils. Les pics aveuglants dardaient la coiffe de l'univers. Leur bat-flanc arborait des veines profondes. Les massifs ressemblaient à des paons à l'envers, avec leurs ailes déployées aux rémiges profondes qui prenaient leur envol sur le monde des âmes. Dans la danse avec les volatiles de pierre, c'était toujours l'homme qui y laissait des plumes. Le vent s'engouffrait entre les parois avec un ronflement de trompette antique. Des bêtes mythiques devaient rôder sur leurs contreforts. En bas, dans nos villes, les écrans nous avaient habitués à une certaine lassitude affective, face à la beauté du monde mais aussi face à ses horreurs. Le zappage émotionnel, fils de la vitesse, annulait les émotions cathodiques dans une banalisation de la souffrance.

On change de chaîne et on oublie. Circulez, il y a trop de choses à ressentir, donc rien à en retirer.

Ici, on était servi. Le décor versatile valait moins que les coulisses de l'humain, sourires, râles de paysans chargés comme des yacks d'altitude, éructations de pâtres contre leurs chèvres capricieuses, rires d'enfants promis au gardiennage de troupeaux. Il me sembla entendre le cri du héros de Giono dans *Le Serpent d'étoiles* : « Tu entends, Terre ? Nous sommes là, nous, les bergers ! » Le coup de jarret à l'appui d'une paroi valait toutes les espérances chimériques, lesquelles nous assuraient de vivre pourtant. À ce rythme de surprises et de ravissements, nous serions déplumés à peine élancés sur les contreforts du Mustang.

Les déclinologues et nihilistes de salon, qui ne sortent pas souvent de leurs beaux quartiers pourvus d'eau chaude, devraient séjourner sur ces hauteurs. Ils deviendraient moins anxiogènes, moins donneurs de leçons, davantage portés sur l'empathie. Ils pourraient ainsi se rendre utiles et contribuer à sauver la beauté du monde ou ce qu'il en reste.

Chronique de la mélancolie

Gérard ahanait dans la brise chargée de l'odeur de sarriette tibétaine, je soufflais tout autant et Pierrot sortit sa minuscule caméra sur drone, manière de s'entraîner et de prendre des images vues de Bouddha, là-haut, avant de la perdre sur les hauteurs, grise sur roche grise. Facétieux, le petit appareil fut impossible à retrouver. Pierrot pestait et nous passâmes deux heures avec les deux guides-porteurs à chercher l'engin sur des flancs escarpés de calcaire et de granit aux lueurs éclatantes et dans des gorges pierreuses. L'œil à hélices s'était niché au-delà d'une faille abrupte, caméléon qui paraissait goûter aux charmes du cache-cache minéral. Cette escapade ne m'avait pas déplu, manière de renouer avec le mouvement, cette aspiration que nous regrettons tous car elle renvoie aux origines, celles du corps nomade.

Je m'étais plié depuis plusieurs années à une étrange discipline, la règle du métronome, partir et revenir, courir les antipodes puis s'enfermer dans une thurne parisienne, tutoyer des espaces infinis puis ruminer sous des toits à écrire ou tenter de décrire ce que j'avais entraperçu ailleurs, comme une faveur des cieux, une clémence de la météo des batailles aux rayons noirs qui nous avait laissés en vie. La chronique de la guerre n'avait fait qu'accroître les mélancolies. Le fracas des bombes n'avait pas recouvert les anciens chagrins. La clémence du hasard est une roulette russe que l'on devrait toujours remercier. Elle vous laisse vif alors que vous devriez être mort, là-bas, quand l'ennui du séjour citadin vous fait vous croire mort alors que vous êtes en vie. Le fantôme devenait celui du dedans, semblable au désespoir évoqué par Vassili Grossman dans *Vie et destin*, celui « qui déchire l'homme de l'intérieur, comme les monstres des abysses qu'on remonte à la surface de l'océan ». L'écriture avait permis d'effacer tout cela, ou du moins de l'édulcorer, par une alchimie heureuse et laborieuse que je tentais de m'expliquer sans succès à chaque aurore et qui me laissait au terme de quelques heures exsangue.

J'étais désormais condamné à marcher pendant près d'un mois, à penser froid, à regarder à la fois le bout de mes chaussures et les cimes, à hocher la tête lorsque l'on me parlerait en dialecte tibétain, et c'était tant mieux. Ce flottement dans la souffrance des corps qui marchent, des poumons qui ahanent, des gorges qui râlent, me convenait parfaitement. Oublier le temps rapide, se consacrer à la mémoire lente, à l'évanescence des jours, inventer des soleils intérieurs, effacer les maudits décors qui vous rongent. Le grand dehors est un caparaçon qui enfonce les mauvaises cuirasses.

L'amour en algorithmes

En cheminant, je songeais au premier moteur, celui du corps, et à l'élan primal qui nous habite, comme une envie de remonter le temps pour mieux l'apprivoiser lorsqu'il nous a déjà détruits à force de vouloir le dominer. Mon élan s'est initié dans les livres, le *Quichotte* et le *Götz von Berlichingen*, et il ne s'est plus jamais arrêté, la faute à Cervantès et Goethe. Il s'est transformé en impulsion vitale, en gobeur d'énergies, en circumambulation sur le globe. Les bouddhistes tournaient autour d'un stupa, d'une statue de Bouddha ou d'un chorten, les musulmans sept fois autour de la Kaaba à La Mecque, les hindous autour d'une de leurs trois mille divinités, ce qui laisse le choix, les chrétiens orthodoxes à Pâques autour de l'église, les catholiques autour du chœur, toujours à Pâques, les juifs lors de Souccot, la fête des cabanes, autour de l'estrade qui porte la Thora, et je préférais déambuler sur d'autres territoires, tout aussi partagés, tout autant prisés depuis des temps anciens, où les escales devenaient des autels de repli dont la fête s'appelait le silence, cet autre recueillement. Comme le mouton bleu du Mustang, le marcheur est désormais une espèce menacée. Dans quelques dizaines de générations, l'homme naîtra avec une déformation de la colonne vertébrale due à l'intégration darwinienne de son inactivité, nanti d'un dos idéalement courbé pour le siège d'une voiture. Il développait déjà selon les chercheurs scientifiques un petit os à la base du crâne, tel un éperon, en raison de la tenue prolongée d'un téléphone portable collé à l'oreille. Les grands manitous du corps humain qui avaient découvert cette originalité dégénérative avaient surnommé la bosse minuscule « croissance osseuse épineuse », déformation qui permettait de supporter le penchement de la tête lors de l'utilisation du petit boîtier parlant. Bientôt, on nous promettrait du sentiment en algorithmes, ces armes de destruction numériques. L'amour paramétré. Le bonheur, quoi !

Marcher devenait un acte de résistance. Marcher pour que le piéton ne disparaisse pas, marcher pour que l'être humain demeure un animal qui tienne encore à peu près sur ses deux pieds, marcher pour s'insérer entre la conscience du monde et le rêve du monde, en une glose renouvelée. La bipédie de longue haleine est un sport de combat.

Marcher et lire, deux retrouvailles du dedans. Ruminer ce que l'on a lu la nuit pendant les journées de marche. La poésie se lit autant qu'elle se marche. Nerval, Rimbaud et Goethe m'ont longtemps accompagné adolescent en haute montagne, lorsque les temps étaient gris et les lieux de savoir trop éloignés de mon hameau. Des bergers m'ont alors confié leurs étoiles, des romans qui m'ont ouvert des sentes, comme si j'allais vers la lumière, prisonnier d'une géographie contrainte. Ces milliers de pages dévorées m'ont aidé à redescendre vers la basse vallée, la foi au ventre, la main tendue vers des compères de lecture que je ne connaissais pas encore, la tête ivre de promesses d'aurores. « Ce qu'il y a de primordial en moi, c'est l'habitude et le don de rêver », avouait Fernando Pessoa dans *Le Livre de l'intranquillité*. Lire est une activité hautement séditieuse qui vous envoie en orbite révolutionnaire avant l'heure, celle de la solitude. Heureusement, les éditeurs n'ont jamais songé à mettre en garde les lecteurs sur les effets secondaires, et encore moins primaires.

Le grand rêve était de pouvoir mélanger un jour déambulation et lecture, *en même temps*, fût-ce en apprenant par cœur de longues tirades ou en ressassant des répliques de personnages et sans la servitude des bêtes. Mieux que l'ermitage, éloge de la marche littéraire. Les longues marches permettaient ainsi un mesclun de genres, un sabir poético-romanesque, lors desquelles Aragon côtoyait Cervantès, Nerval délirait avec Zweig, Flaubert plaisantait, au-delà de son *Dictionnaire des idées reçues*, avec Eliade. Le mélange était ma foi assez hasardeux et produisait de beaux couplets, des versets lyriques, des dialogues poético-romanesques que les auteurs convoqués n'auraient pas reniés.

Le livre est un ami exigeant qui vous force à vous asseoir pour ensuite vous relever. C'est un élastique retors qui jamais ne se repose. Il vous propulse aux antipodes pour vous inciter ensuite à revenir auprès de lui et lui raconter, entre les lignes, tout lui raconter pour mieux entendre sa prochaine litanie. Il vous caresse dans le sens du poil puis vous donne le vertige, celui de la mappemonde. Tourner ses pages vous confère le mouvement perpétuel, chevillé au corps.

Le livre sein

Les montagnes étaient des balafres agrandies par des soubresauts irréguliers, des replis d'humeurs, hoquets qui ravageaient tout sur leur passage, avalanches de pierres, torrents en crues, éboulis inopinés – ils le sont toujours –, moraines attardées, vomissements des glaciers, et rien ne résistait à ces caprices terrestres, roches, conifères, arbustes, humains, parfois des villages entiers. Chaque pli de montagne s'apparentait à la page d'un grand livre. La moindre erreur de lecture et la strate se froissait. Or un énervement géologique n'est jamais de bon augure. On ne plaisante pas avec le Toit du monde, qui aime semer ses tuiles

Nous marchions depuis quelques heures déjà et le livre se rappelait à moi, le livre sein, celui que l'on porte sur le cœur et qui vous a nourri depuis l'enfance. Je croisai un pèlerin en guenilles et hirsute qui redescendait de je ne savais où, le pas lourd, l'âme légère, et je me dis que lui aussi avait un livre sein quelque part, un mantra écrit ou non qui s'était imprimé dans son esprit.

Il avait un sourire divin au creux des lèvres.

La halte à Kagbeni fut à nouveau l'occasion pour Tsewang de montrer sa popularité dans une petite salle à manger aux bois sculptés et aux peintures tibétaines anciennes que fréquentaient les négociants et les marcheurs. « Tout le monde le connaît dans la vallée et sur les hauts plateaux. Et ce n'est rien comparé à ce qui nous attend là-haut, dans le Haut Mustang », assura Migmar, dont j'admirais la complicité envers son prince, de sorte qu'il mêlait la familiarité à la dévotion avec à la fois simplicité et fidélité sans faille. Dans l'auberge, alors qu'il se mit à pleuvoir, Migmar donna un coup de main à la maîtresse de maison pour la soupe aux nouilles tibétaine, un plat en soi que l'on pourrait comparer à une potée fourre-tout. L'odeur âcre des genévriers brûlés m'emporta dans un songe d'encens.

Il nous fallait examiner à nouveau comme chaque soir nos pieds, inspecter les orteils, les plantes, flairer les ampoules et petites meurtrissures qui vous empoisonnaient une randonnée.

Cricket et spiritualité

Avant la nuit, nous sortîmes avec Pierrot pour aller voir le monastère de pierres grises et aux toits rouges, surplombant le lit du torrent furieux, celui qui cassait les montagnes et imposait le respect – à quoi tient la sacralité des fleuves. Nous étions encore dans les marches du Mustang, ce grand corps qui aimait se déplier jusque sur des cimes de sept mille mètres. Nous devions nous économiser, car nul ne savait ce qui nous attendait là-haut, les cols traîtres, les cimes retorses, les flancs que l'on croit conquérir et qui résistent à chaque pas, à force de pièges, d'éboulis, de ravines, comme nous les redoutions dans la région de Samjong, à deux pas de la bordure chinoise.

Le monastère du pied de la falaise était assez austère, malgré les couleurs vives qui accompagnaient les toits en pagode, les poutres vernies et les soutènements des balconnets sous la paroi de roches noires, du gothique extrême. Dans la cour, à l'aplomb de la falaise, des adolescents en robe bordeaux couraient et jouaient au cricket, juste avant l'obscurité et après des heures de solitude intérieure. Bouddha ne devait pas détester cette version campus américain de sa pédagogie. Entrer au monastère permettait bien souvent d'échapper aux castes et aux lignages, au Mustang comme au Tibet ou en Inde. Les rires des mômes en toge à chaque balle frappée étaient une beauté de l'âme, dont les résonances s'envolaient en un chant harmonieux vers le haut des falaises et le fond des gorges assorties à la couleur de leurs vêtements, épiphanie des entrailles terrestres. Les moinillons s'empêtraient dans leurs robes, tapaient dans la balle, faite non de liège mais de chiffons entourés d'écorces, avec des battes rudimentaires de leur fabrication, la retrouvaient lorsqu'elle atterrissait sur la falaise ou en contrebas. Ils chutaient, hurlaient de douleur, évitaient le grand saut dans le vide et le torrent, trente mètres plus bas, puis se relevaient, rieurs, recommençaient le jeu avec du sang sur les coudes ou des gnons sur le front, dans la sagesse comme il se devait. « Notre plus grande gloire n'est point de tomber, mais de savoir nous relever chaque fois que nous tombons », enseignait Confucius. Il aurait trouvé dans la grande cour du monastère en surplomb de surprenants élèves. Leurs tuniques s'accrochaient aux nuances du bois et des toits, et ils dansaient en une folle farandole, comme s'il fallait gaspiller toute son énergie avant de dévorer, dehors, sous les arcades, le bol de riz du soir accompagné de quelques légumes, plat qu'un intendant était en train de réchauffer avec des épices fortes qui remuaient ciel et terre dans une immense marmite au fond de l'esplanade perchée.

L'homme areligieux et l'homme des origines

Tous étaient là pour longtemps, même s'ils avaient la possibilité de se défroquer, comme allait me le préciser Tsewang. Dans la tradition du Mustang, chaque famille des générations précédentes confiait le second enfant à un monastère. La coutume avait commencé à disparaître, avec l'exode rural et l'économie de l'himalayisme, les quelques expéditions de sommets qui transitaient par la haute vallée et permettaient l'embauche de porteurs. Elle reprenait désormais et les monastères retrouvaient une certaine vitalité. Il était étonnant de constater combien la vallée repeuplait ses sanctuaires de méditation à l'heure où l'Occident, accroché à ses portables, se décérébrait. Les enfants de l'Ouest usaient leur rétine peu à peu, endommagée par les écrans avant l'âge de onze ans, les peuples perdaient la boussole, rivés à des images et des flux de données, la cognition s'abîmait dans de la lumière bleue, les cerveaux subissaient des bombardements sensoriels et connaissaient dès le plus jeune âge des troubles de l'attention, le langage devenait balbutiant, en trouble, les indicateurs de formation de l'intelligence viraient au rouge. Le monde programmait une chute de l'humain, bien plus grave que celle prédite par Mircea Eliade avec l'avènement de l'homme areligieux, aux antipodes de l'homme primordial, celui des origines.

Et ici des moinillons jouaient avec des battes de bois avant d'aller prier.

C'était une nouvelle invite à effacer certaines données de ma tête, encore embrumée. Dans ce sanctuaire du recueillement, dans cette cour de méditants en pause cricket, il me semblait entendre battre le cœur du Mustang, ce petit frère au crâne rasé du Tibet.

J'évitai une balle de cricket qui frôla précisément ma tête cabossée et je pris cela, bercé par le rire des enfants et adolescents, comme une incitation à méditer.

Puis la grosse pluie recommença à semer ses gouttes blanches, à couler sur l'aplomb du monastère et à grossir le fleuve noir en contrebas.

Hédonisme et jansénisme

Les premières lueurs sont les meilleures caresses. À six heures du matin, il s'agissait de s'adresser à la Mère Nature dans ce royaume de la lumière qui s'annonçait. À déguster de préférence avec des bouts de poèmes appris par cœur. Au dicton « L'avenir appartient à ceux qui se lèvent tôt », j'ai toujours préféré la profession de foi de Cervantès, qui est celle des bergers aussi, fussent-ils épris de poésie : « Celui qui ne se lève pas avec le soleil ne jouit pas de la journée. » La première maxime est davantage destinée aux ambitieux, idéale pour des candidats à la députation. La seconde s'avère tournée vers la communion avec le monde. Hédonisme contre jansénisme, question de principe.

Nous étions encore dans la vallée, l'ascension n'avait pas véritablement commencé et déjà s'imposait le ralentissement du cerveau, comme s'il devait penser autrement. Gérard, qui avait voyagé au Mustang quelques années plus tôt, voyait-il les paysages en les extrapolant ? La lumière qu'il percevait et restituait était tout intérieure. De ces lueurs du dedans, il décantait les couleurs, réelles ou imaginées, allez savoir. Les couleurs sont « la monnaie de la lumière », proclamait Jacques Lusseyran, l'écrivain aveugle et ancien résistant. Gérard était un combattant de la cécité. Il s'aventurait dans les arcanes des ténèbres pour en extraire des soleils.

Il humait l'air, tentait de caresser les pierres à la halte, s'emparait d'une racine pour la sentir, cueillait une plante pour la goûter, en bon pharmacien et herboriste. Tsewang le guidait dans sa cueillette, le temps du repos, et nous repartions vers le prochain village, Chuksang. Je me rappelai la phrase de Stevenson lorsqu'il arpentait les Cévennes avec son âne Molestine, qui estimait que le véritable voyageur ne peut « se déplacer avec profit s'il n'a pas acquis d'abord la liberté intérieure. Il doit savoir se rendre disponible à tout ce qui l'entoure, devenir un roseau offert à tous les vents ». Je remerciai Stevenson pour sa clairvoyance et son principe d'abandon. Nous en étions à contempler des plantes aux aurores. La forte brise du matin ne soufflait pas encore dans la vallée la plus profonde au monde que nous étions déjà des roseaux offerts à tous les vents.

Le prince dont l'enclave n'était plus un royaume

Le Mustang, lui, pliait mais ne rompait pas. C'était un roseau d'altitude qui savait résister. À la brise du sud, il lui fallait opposer le vent venu de Chine, exhalaison impériale, soupir de mandarins prompts à imposer leur férule sur les excroissances du Tibet et les émules de Bouddha. Les vents contraires ne s'annulent pas, ils se transforment en tourbillons. Celui du Mustang était pour l'heure ascensionnel et tançait le grand voisin, non pour le narguer mais pour lui signifier qu'il résistait avec ses moines, ses nonnes, ses bergers et ses nomades, Tibétains libres sur un Toit du monde précaire. Tsewang s'en inquiétait. Il se présentait à la fois comme Tibétain et citoyen népalais, en appuyant la souveraineté de Katmandou sur la haute vallée, comme s'il craignait qu'on ne puisse lui reprocher des velléités indépendantistes. L'ambiguïté du statut du Mustang apparaissait dès lors au grand jour : depuis la mort de son oncle le roi du Mustang Jigmé trois ans plus tôt, la contrée n'était plus considérée comme un royaume, dans un pays tutélaire où la monarchie avait été abolie par les maoïstes. Mais les Lo Was, les habitants du Mustang, tenaient toujours leur enclave pour un royaume et Tsewang pour un prince. « Le roi est mort, la monarchie est abolie, et vive la royauté fantôme », auraient pu clamer les Mustangais. Derrière les forteresses, là-haut, par-delà les citadelles perdues et les monastères abandonnés, nous inventerions des parentèles.

Avant notre ascension, il n'était pas désagréable d'être guidé dans les méandres de la vallée par un homme de sang royal dans une contrée sans trône. Il serrait des mains, usait du salut bouddhiste plus qu'à son tour, souriait sans cesse, ce qui lui conférait un tic sympathique, et il me sembla plus tard qu'il dormait lors de nos bivouacs avec un rictus au bord des lèvres, histoire de ne pas perdre l'habitude. Nul ne pouvait plus prétendre officiellement à la couronne mais les sujets en redemandaient, ces « seigneurs misérables et libres d'un étrange royaume » qu'évoquait Camus dans sa nouvelle *La Femme adultère*. Ils manifestaient en chemin leur assujettissement par le baisemain ou une longue inclination, de sorte que nous croisions depuis quelques heures deux sortes de marcheurs, les pénitents et les sujets.

Son Altesse sur ses hauteurs était condamnée à demeurer un dauphin en perpétuel devenir et au sourire permanent à force de se pencher en avant.

Comme il croyait en la réincarnation, cela lui convenait très bien.

L'enclave comme antiprison

Les abords de Chuksang étaient peuplés de jardinets, de petits champs clos et de vergers que nous découvrions en amont depuis le sentier, les murs laissant la place aux vergers au fur et à mesure de notre progression tel un généreux calendrier de l'avent. Cela composait un délicieux patchwork de verts nuancés et de taches de couleur sur les arbres, décorations qui flottaient au vent. Lorsqu'il entama son long périple à pied pour écrire bien plus tard *Chemin faisant*, Jacques Lacarrière craignait d'éprouver « de longs ennuis dans des bocages verts ». Je trouvai la formule magnifique. Cheminer dans les prés, les bocages et les vergers vous confère des appétences de végétarien. Damiers éphémères où les paysans jouaient à cloche-pied, un pied dans le sillon, l'autre sur la bordure, les parcelles couleur printemps avaient tout du Potager du Roi, à Versailles, la diversité, l'inventivité, les mélanges. Nous n'avions pas de roi mais un prince qui s'amusait à cueillir des pommes au passage, celles de l'automne. Le fermier ou le jardinier seraient dédommagés par un sourire de sang bleu, ce qui était assez pratique. Toujours disposer d'un prince dans une équipée.

La terre collait à mes pieds, la bonne glèbe retournée et aérée par l'homme avant l'arrivée des grands froids. Nul tracteur à l'horizon. Je préférais cet ennui-là à la monotonie des bruits de moteur. Les sommets scintillaient et les passages d'altitude, entre deux crêtes, nous lançaient des invites à les gravir.

Nous n'étions qu'au début de nos peines, encore dans la vallée au ciel sombre, à trois mille mètres, et déjà au cœur d'une enclave, dans le sens où les montagnes s'étaient refermées sur nous. Au sud, les puissantes murailles des Annapurnas et leurs clones mais en plus petits, avec des à-pics qui décourageraient toutes les armées conquérantes, même celle des ethnologues. Et, au nord, un nirvana terrestre devenu un goulag, le Tibet chinois, grand frère en enfer, monastères enferrés. Là-haut, par-delà la dernière barre de montagnes, les croyants étaient des suppliciés, les fidèles de Bouddha, des damnés. Il s'agissait d'une autre frontière. L'enclave était pourtant l'inverse d'une prison à ciel ouvert, un début de paradis à cieux gris bordé par une forteresse qui était agacée par tant de liberté et de désinvolture face à l'ogre. Oui, le Mustang résistait à l'ombre de la terreur. Les montagnes étaient assez hautes mais on craignait les infiltrations et le travail de sape des apparatchiks pékinois. À la lutte des classes, l'enclave bouddhiste opposait la lutte des strates. Pour faire fi de la Révolution culturelle, le petit Tibet se glorifiait de la révolution spirituelle.

Face à Gulliver, la Lilliput se cabrait, dans l'odeur d'encens et la lueur des monastères aux petites bougies. Devant l'ogre, toujours penser à laisser la lumière.

Sans doute le drone de Pierrot, qui était chinois, s'envolerait-il de l'autre côté si nous le perdions, retour au bercail, vol sans escale avec les images à décrypter. Les Américains venaient de clouer au sol les huit cents drones dont disposait leur armée, par peur de l'espionnage de Pékin, comprenant soudainement que les minuscules caméras embarquées pouvaient rapporter « au pays » quelques secrètes données. Les objets volants étaient dans ce firmament clairement identifiés. La grande armée d'outre-Atlantique n'avait pas vu le petit bout de la lorgnette. Sans doute celle de Pierrot était-elle formée pour rester patriotique, c'est-à-dire anti-Dalaï-Lama, et de ramener quelques images en cas de grabuge. À croire que les fils du Ciel avaient des yeux partout. Il convenait de demeurer prudent.

Les grues demoiselles et les pirates libertaires

À ce moment précis plana au-dessus de nos têtes une grue demoiselle, de son nom latin *Grus virgo*, reconnaissable à son plumage gris et à ses ailes grises et noires. L'oiseau échassier planait au-dessus du torrent, dans un parcours similaire à celui de l'engin volant de Pierrot, puis elle fut rejointe par une escadrille de volatiles semblables, légers, dessinant un ballet gracieux dans le ciel, descendant de Chine ou de Mongolie pour rejoindre les Indes et des températures plus clémentes, en parfaits baromètres de la saison à venir. Les grues avaient transité par le Tibet, le pays sacrifié, et connaissaient désormais la voûte du Mustang, le frère jumeau, à la fois son double et son contraire, intact encore de toute évasion, hormis céleste, décompressé entre des horizons orageux. Les grues demoiselles de la Haute Asie sont connues pour se livrer à l'une des plus difficiles migrations des espèces animales, par-delà les montagnes himalayennes. Je les trouvais courageuses, tout en sachant qu'elles étaient grégaires, c'est-à-dire évoluant en groupe sans être pour autant structurées, s'appuyant simplement sur la position des autres, pattes et cous tendus, afin de dessiner une aile en V, forme d'escadrille qui aurait, paraît-il, inspiré Palamède pour inventer cette lettre de l'alphabet. La liberté, le clan lorsqu'il est utile, pas de hiérarchie. Le rêve, en somme. Notre petite société terrestre, trois Occidentaux et trois Mustangais, tentait pendant près d'un mois de vivre ainsi, pour l'heure sans guère de résultat.

Nous parlions encore trop.

Au-dessus de nous, les grues demoiselles poursuivaient désormais leur gigue plein sud, en sens inverse de notre marche d'approche. Le spectacle était magique de précision, de symbiose, d'entente entre les oiseaux pour virer, monter, descendre, armada d'anarchistes qui ne supportait nul ordre et ne tolérait un chef d'escadre que pour mieux le remplacer quelques heures plus tard. Égalité des pirates de la république de Madagascar, inventeur du strict équilibre bien avant la Révolution française.

Les grues demoiselles sont des pirates libertaires. Efficace relève, juste répartition des rôles, on ne saurait faire mieux, surtout face à tels périls, chasseurs chinois, prédateurs de haut vol, pollution à l'atterrissage temporaire dans le sous-continent suffocant. Inversons le principe proudhonien : la liberté, c'est le vol. L'homme devrait s'inspirer de ces migrantes raisonnées.

Réincarnation, perpétuation et migration

Les échassiers s'arrêteraient sans doute ce soir près de la rivière ou à l'abri du vent, guidés par les trois petits sanctuaires de la compassion, de la protection et de la sagesse, avant de passer la barre des Annapurnas, par la trouée la plus encaissée au monde car elles ne pouvaient croiser au-dessus de sept mille mètres.

Elles prenaient leur temps, nous aussi, mais aucun d'entre nous ni aucune d'entre elles ne voulait être rattrapé par l'hiver.

Combien de têtes d'êtres humains les bêtes volantes apercevraient-elles ? Combien de migrants pédestres ? Combien de guerres aussi… Sans doute survoleraient-elles le Cachemire, partagé entre les deux frères ennemis de l'ancien empire des Indes et qui ferraillaient pour cette césure entre l'Himalaya et l'Hindou Kouch, « la montagne tueuse d'Indiens », puis l'Afghanistan, ainsi que d'autres terres en feu. Nombre de bipèdes auraient disparu avant même qu'elles ne posent les pattes sur terre, après avoir croisé quelque faucon afghan ou aigle persan. Elles devaient s'en moquer car la terre vue du ciel est un effacement de la mémoire de ce bas-monde. Noter de se réincarner, si cela marche, en volatile pour une prochaine vie d'altitude.

Les chasseurs guettaient la migration, apte à grossir quelques repas de l'automne. Migmar, toujours souriant, nous dit qu'il était comme beaucoup d'autres « végétarien à mi-temps », ce qui laissait place à des bombances carnassières une bonne partie de l'année. Les vieux fusils sortaient de temps à autre des campements nomades et des petites fermes comme au temps de la guérilla des Khampas. Au lieu de trucider du maoïste, on abattait les volatiles. Mais le Mustang n'aimait guère la chasse, préférant la machette végétarienne à la gâchette carnivore. Là-haut, j'espérais apercevoir le fameux *bharal*, le mouton bleu, dont on annonçait l'extinction prochaine.

Les animaux croient-ils en la réincarnation ? Alors que l'homme de religion hindoue ou bouddhiste n'envisage pas particulièrement de se réinvestir en espèce animale, souvent considérée comme d'un ordre inférieur, il ne serait pas souhaitable à l'inverse, vu ce qui l'attend, qu'un animal se réinvestisse en être humain. Le Mustang serait certes épargné d'avoir les pieds dans l'eau, contrairement à l'archipel des Maldives ou au Bangladesh, mais non de recevoir de nouvelles vagues, de celles qui noient les neurones. Allez expliquer à une grue demoiselle qui s'apprête à endosser l'âme et la peau d'un bipède, l'inconsciente, que l'un de ses congénères en a descendu un autre parce qu'il l'avait retiré de ses connaissances sur les réseaux sociaux. « L'homme se distingue des animaux surtout en ceci : il est le seul animal qui maltraite sa femelle », déplorait Jack London. Il la tue aussi et détruit son nid, la Terre.

Définitivement malaisé à expliquer, même à un loup d'Himalaya.

L'art de la fuite pentue

Elias Canetti, un autre Balkanique, d'origine du moins, s'était longuement interrogé sur la rédemption par la mort – en gros, le ravin ou le ciel. Il comparait le sort des fourmis à celui des humains, qui possédaient la conscience en plus mais pas forcément l'intelligence et qui s'inquiétaient beaucoup, comme l'auteur au demeurant dans son *Livre contre la mort*. « Il semble que la connaissance de la mort soit l'événement le plus lourd de conséquences de l'histoire humaine. »

Heureusement, les dieux étaient avec nous. Et dans ma besace, le livre de Romain Gary démontrait un beau *mea culpa* : le roman qui devait s'appeler *La Possession du monde* fut titré finalement *La Promesse de l'aube*. Tout était dans la nuance. En bon Icare et ancien pilote de bombardier, Gary savait prendre de la hauteur, ce rêve d'Atlantide, et se méfiait grâce à son sentiment de liberté des petits Gengis Khan. Le royaume de la lumière lui aurait plu.

Les divinités ici étaient encore libres, et Migmar, né au Tibet et qui s'en enfuit à vingt et un ans, en profitait, chantonnant à tue-tête des psaumes et des prières, autant pour méditer que pour se donner du courage avant la grande falaise. Il me dit qu'à la frontière, malgré le froid, l'absence de tout poste frontalier, des caméras étaient perchées afin de dissuader les Tibétains de quitter la contrée historique sous la coupe chinoise. Tsewang, lui, s'en moquait un peu, conscient de son poids dans la vallée et que, de l'autre côté de la ligne en pointillé sur la carte, il ne serait plus autant respecté. C'est bien d'être prince, encore faut-il avoir un royaume. Telle était la subtilité géographique du Mustang, enclave à l'ombre des géants, à la fois protégée et enfermée sur elle-même, libre et soumise aux caprices des grands voisins. Le roi déchu Jigmé s'en était bien sorti. Tsewang, l'un de ses héritiers sans couronne, craignait désormais d'autres invasions dans son dernier Tibet.

Chaque pas était une marque de générosité. Envers la Terre, que l'on oubliait trop souvent, envers nous-même, que nous n'oubliions pas assez.

Chaque pas était un oubli de nos fantômes.

Vivre souvent fatigue et marcher toujours soulage.

Il était temps de reprendre l'art de la fugue pentue.

Protection, compassion et sagesse

Avant de reprendre le chemin, toujours le long de la rivière venue de la frontière et qui agrandissait son lit en cassant les rochers et en limant les falaises, Tsewang nous convia dans une grande maison, au cœur du village de Tangbe. Trois chortens, des monuments en briques et en pisé, en marquaient l'entrée, celui de la compassion, en blanc, celui de la protection, en gris, et celui de la sagesse, en rouge. Avec un tel trio gagnant, tout le Mustang était cuirassé pour l'hiver. À exporter pour l'Occident, à la fois frileux et destructeur. J'espérais qu'il y existât les mêmes symboles plus au nord, au bord de la Chine. Comme les trois sanctuaires étaient perchés au-dessus du vide, je me dis qu'il valait mieux obéir aux divinités.

Dans la grande demeure peuplée de meubles et d'objets tibétains, piliers rouges, sculptures aux murs, portraits antiques, statuette de Guru Rinpoché, « le Précieux Guru », le moine qui permit au bouddhisme de s'implanter au Mustang au VIIIe siècle, la maîtresse de maison me montra un livre dont elle était très fière. Il s'agissait d'un ouvrage savant sur les origines de sa famille, descendante du roi du Sikkim, ancien petit royaume coincé entre le Népal et le Bhoutan, à des centaines de kilomètres de là. De sorte que Tsewang était lui-même lié au cercle royal du Sikkim, qui fut lui aussi longtemps un État-tampon. Alors que je tentais de déguster le thé au beurre de yack salé, « revigorant » comme le stipulait Tsewang avec malice, et que la fille de l'aubergiste, qui avait appris le français lors de ses études secondaires à Katmandou, pelait des pommes de terre récoltées dans le petit enclos en contrebas, la maîtresse de maison détailla les images du livre et les extraits de vieux parchemins, retrouvés par hasard dans les monastères et les chortens, les petits sanctuaires de la haute vallée, amas de pierres jetées par les pèlerins et substrat de prières léguées au vent. La fille, ravie d'avoir quitté Katmandou pour revenir au bercail, obéissait sans que ce fût une soumission. Elle paraissait parfaitement sereine et la mère régnait avec naturel. J'avais l'impression d'entrer dans « le royaume hors du temps et de l'espace où règnent les mères » dont parlait Goethe.

Le roi du Sikkim et la belle Américaine

Quand l'Inde gagna son indépendance en 1947, le petit royaume du Sikkim batailla pour demeurer indépendant. Mais malgré tous les efforts du *Chogyal*, le jeune roi dénommé Thondup Namgyal, le Sikkim fut peu à peu absorbé par l'Union indienne de Gandhi puis annexé en 1973. L'ancien royaume devint cependant l'un des épicentres de l'espionnage, au cœur des affrontements de la guerre froide, entre l'Inde prosoviétique et la Chine tombée entre les mains de Mao. Agents secrets, envoyés très spéciaux, honorables correspondants locaux aux ordres de Pékin, New Delhi, Moscou et Washington se côtoyaient derrière le Kangchenjunga et au-delà de Darjeeling. Tandis que le roi, douzième de la lignée, manœuvrait, sa sœur Coocoola écumait les pistes autour de la ville tibétaine de Gyantsé pour défendre la cause du Dalaï-Lama et de la théocratie, revolver en poche et fusil à l'épaule, sur des chevaux de fortune, une vraie aristocrate à pistolet, espèce en voie de disparition, en Himalaya du moins. Lorsque la princesse Coocoola disparut en 2008, on compta quatre tremblements de terre au Sikkim, la marque, paraît-il, des grands dignitaires.

Le roi, lui, se maria à une jeune et belle Américaine de vingt-trois ans, Hope Cooke, rencontrée dans un hôtel de Darjeeling en Inde, et ils eurent pour volonté de bannir de leur principauté « l'ignorance, la pauvreté et la maladie », rien de moins que cela. Elle avait des yeux de biche, l'une des clés de la conquête d'un trône par alliance, formule qui survit encore aujourd'hui, y compris en démocratie, avec maquillage et ramage. On ne sait s'ils eurent beaucoup d'enfants et vécurent heureux mais la presse du cœur, en mal de romances exotiques, se vendit alors fort bien, heureuse d'avoir trouvé le double du rocher monégasque, fût-il perché dans l'Himalaya. La nouvelle reine consort, la dernière du Sikkim puisque la monarchie fut ensuite abolie, divorça, devint une fervente bouddhiste puis rentra à New York, où elle vit toujours, dans la solitude. On ne se remet jamais tout à fait d'avoir été reine.

Le renouvellement du sang et le corridor biologique

Le royaume du Mustang et celui du Sikkim étaient ainsi intimement liés, comme la plupart des États princiers tibétains, afin, estimait Tsewang, de rompre l'isolement de la mère-patrie, de sortir des vallées encaissées et renouveler non seulement le sang de la famille royale mais aussi celui de tous les habitants. Le col de Kora au nord et celui de Gorepani au sud permettaient de désenclaver le patrimoine génétique du Mustang, de créer un corridor biologique comme on a pu créer dans les forêts occidentales des couloirs pour animaux afin de préserver les espèces. Dire aux démographes qu'ils imaginent des corridors de sang neuf pour populations vieillissantes. De ce droit de passage à défaut de cuissage, Tsewang se félicitait. Sage précaution, disait-il, destinée non seulement à limiter le nombre de princes tarés, mais aussi celui des sujets aux ressources génétiques trop ressemblantes. Cela me rappelait l'un des villages de montagne de mon enfance, sous la vallée des Merveilles dans les Alpes du Sud : un petit cimetière perché au-dessus du vide dénotait deux noms essentiellement, illustrant la consanguinité de l'endroit et une espérance de vie limitée, à lire la date de décès sur les pierres tombales. Les cimetières sont remplis de fenêtres qui ne se sont pas ouvertes assez vite.

Je prenais des notes pour éviter de boire à nouveau du thé au beurre de yack salé et dans l'attente du plat de pommes de terre agrémenté d'épinards que préparait la fille de l'aubergiste dans une odeur d'épices fortes. Le yack, cette bête d'altitude qui nous sert à nous désaltérer et, m'apprenait aussi Tsewang, à remplir les échoppes de luxe de Londres et de Paris, où l'étoffe de ces mammifères très velus était du dernier chic. J'imaginais les grosses boules de poils des hauteurs reconverties en écharpes sur la place Vendôme et caressées dans un sens ou dans l'autre par de riches héritières.

Le tissage, cette autre captivité *post mortem*.

À vous dégoûter de grandir sur les cimes himalayennes.

Les baskets de Katmandou et la cousine du Tibet

L'altitude commençait déjà à me griser les neurones, à moins que ce ne fût l'inverse. Les pages se noircissaient, cela donnait une contenance face à la serveuse de thé, et mon cerveau blanchissait, ce qui n'était sans doute qu'un début. À force d'écrire, on finit par ressembler à un brouillon.

Gérard, lui, se souvenait de chacune des paroles du guide-prince. Doté d'une mémoire phénoménale, il remplaçait la vue par le souvenir et remplissait les cases de son cerveau de tout ce qu'il pouvait lui donner, des faits et chiffres aux odeurs et impressions. Son métier de pharmacien l'autorisait aussi à traduire les propos de notre guide bien-aimé sur la génétique par des chromosomes X et Y. Je sentais que sa mémoire débordait, qu'elle se nourrissait un peu plus chaque jour et qu'il n'avait pas les mêmes occasions « en bas », dans sa plaine d'Alsace. C'était assez pratique de l'avoir sous la main.

— Gérard, on est passés à quelle altitude ?

— Trois mille huit cent cinquante-deux mètres.

— Gérard, à quelle heure le soleil va-t-il se coucher ?

— Sept heures moins le quart.

Avec pareil compagnon, vous pouviez vous priver d'altimètre, de boussole et de carte d'état-major.

Question dynastie royale, nous avions Tsewang, décidément en verve. Les explications de l'aristocrate étaient aussi confuses que la généalogie du royaume ou plutôt des deux royaumes, du Mustang et du Sikkim, et il en rajoutait, évoquant le grand Tibet, le Bhoutan, le Ladakh, à donner le tournis à un thésard en anthropologie de la parenté. Croisements de souches, mariages de complaisance, alliances estivales et divorces hivernaux, descendance renouvelée, divorces avec arrangements fonciers, infertilité des couples comblée par la fertilité des terres en partage. Princes et princesses s'étaient mélangés pour éviter les tares congénitales à la théocratie et mettre un peu d'ordre dans les veines, par-delà les cols improbables et les barrières himalayennes. Le pedigree était sauvé. Ces migrations du sang avaient donné du fouet à la haute vallée. La couette est un bon moyen de raviver les arbres royaux. Il suffit de greffer quelques branches venues d'une autre profondeur sous les cimes, fût-elle à trois semaines de marche.

La dynastie tibétaine n'était pas hors d'affaire pour autant, coupée de ses racines côté Lhassa.

Et l'on préférait désormais importer une paire de baskets de Katmandou plutôt qu'une cousine du Tibet.

Pérennité invisible

Tsewang restait prudent sur le statut du Mustang, soucieux de ne pas froisser les autorités de tutelle népalaises. La reine mère, défunte du dernier roi Jigmé, était toujours très respectée. Tsewang expliquait avec subtilité que dans les écoles de l'enclave le mot royaume n'était pas employé, même si au sein des familles et lors des fêtes on s'en donnait à cœur joie pour célébrer la pérennité de la couronne. Tsewang, de plus en plus en confiance au fur et à mesure que nous montions vers le Haut Mustang, en parlait en chemin, comme s'il ne craignait plus les oreilles de la basse vallée, dont une partie des fonctionnaires était originaire de la capitale et non « du royaume ». Sa confiance restait cependant tempérée par la carte qu'il déployait le soir, en pointant du doigt le haut de la feuille, la frontière avec le Tibet. Il semblait ainsi craindre davantage les postes de surveillance à près de cinq mille mètres. De l'autre côté, un million de Tibétains s'accrochaient à leurs terres. Au Mustang, ils n'étaient que six mille. Telles des bêtes traquées, ils redoutaient l'assaut final, la vague déferlante de Chine, le barrage pernicieux qui menaçait de craquer. Que pesaient les Mustangais face à la fureur de l'empire ? Il restait au prince Tsewang le cheminement et la prière.

On croit que la marche buissonnière est une allure contre le temps alors qu'elle se marie avec le temps.

À Chuksang, un affluent dévalait du flanc ouest de la montagne de Muktinath. Il avait beaucoup razzié lors du printemps. Le torrent himalayen est un ogre qui cache ses mains puissantes sous des flots gris. Les pirates surgissent toujours le jour où l'on ne les attend plus. Lits ravinés, ponts emportés, maisons aux fondations sapées. Quelques hameaux se déplaçaient au gré des courroux aquatiques, rappelant la précarité de l'habitant sous pareille latitude, comme le terrier d'une marmotte en alerte constante, attitude préférable, reconnaissons-le, à celle des abois. La transmigration des âmes permettait de supporter tous les cataclysmes. Les croyances en la réincarnation sacralisent la procrastination. Toujours remettre à demain et même après-demain ma vie d'aujourd'hui. Les rois du Mustang et dignitaires des hautes castes s'en sont bien servis.

L'éternelle sagesse des pierres

Les cimes du Toit du monde nous encerclaient désormais, au sud avec les sommets de huit mille mètres, le Dhaulagiri et l'Annapurna, plus ses petites sœurs, au nord les cimes qui enveloppaient de leur tutelle protectrice le Mustang, entre six mille et sept mille mètres, et des parois de tous côtés. Les montagnes étaient là, ne bougeaient pas – « So ist », « c'est ainsi », disait Hegel –, ne bougeraient jamais ou de quelques centimètres par un caprice de leurs soubassements ou de leurs orteils. Elles voisinaient au pays des divinités et se respectaient. Elles cohabitaient par la fraternité des cols, selles de pierres posées entre deux êtres. Ces amants séparés se caressaient par l'épaule, et c'était beau.

L'adolescence en haute montagne m'avait enseigné les rudiments de survie dans les alpages, eau froide dans le torrent et lampe à pétrole pour la lecture, enclavé avant l'heure à l'âge où, entre deux gardiennages de bêtes, on lit *Ainsi parlait Zarathoustra* – « Je suis l'homme qui voyage, qui gravit les montagnes ; je n'aime pas les plaines, je ne puis demeurer longtemps en paix assis ; et quel que soit mon destin futur et ce que je pourrai vivre encore, il faudra un cheminement et des ascensions. » Le reportage de guerre m'avait appris aussi que les montagnes aimaient les guérillas car elles les gardaient longtemps en leur sein, topographie oblige. L'atlas des éminences rocheuses, bible des rebelles, permet toutes les caches et avale les maquis, qui se fondent dans les vallées hautes, du Panchir afghan au Kurdistan.

L'oubli de soi

Les montagnes nous rappellent notre petitesse dans la verticalité et une envie de décentration dans l'horizontalité. En proie à l'hyperinflation des ego et à la dramaturgie de l'effritement à petites doses par le chaos désiré, le monde n'a besoin en guise de thérapie que de bienveillance. Ne pas blesser devrait être le mot d'ordre, dans les plaines et les villes comme c'est déjà le cas sur les hauteurs. Ne pas blesser la nature, ne pas blesser l'arbre, qui accueille toutes les tristesses de l'homme – « les larmes montent à l'arbre lentement », Pablo Neruda –, ne pas blesser l'autre, le semblable comme le dissemblable. Combien de fois à Paris m'avait-on accusé de candeur ? Comment ça, vous prônez la bienveillance ? Mais cher, vous n'allez pas tenir longtemps ! Les commisérations, ennemies de la compassion, étaient proférées dans de beaux salons tandis que les antipodes tanguaient. Les doctes donneurs de leçons dansaient sur un volcan, refusaient de voir le feu et y rajoutaient même du bois commandé aux sicaires de la forêt. Depuis les montagnes et l'enclave perdue de mon adolescence, la malveillance m'avait toujours paru normale, a-humaine au gré de mes lectures et de la solitude précoce, et je compris très vite qu'elle était naturelle, fruit de la nature humaine, une malveillance prédestinée, banale en somme. « Il est bon d'être seul parce que la solitude est difficile. Qu'une chose soit difficile doit nous être une raison de plus de nous y tenir », écrivait Rainer Maria Rilke. Une solitude qui vous fait parler tout seul à force de rêver d'être au moins deux. Tout le chemin de la vie consistait à s'en extraire.

Ici, sur les flancs des montagnes blanches, on ne causait de mal à personne, l'évidence même. Une soupe de millet, un plat de sarrasin, de l'eau du vallon, des détritus recyclés, des étoiles pour amies, une main qui vous aidait à vous lever au bivouac, un sourire en guise de boussole. On finissait par se passer de traduction. On finissait par se passer de la plaine.

Le mouvant et l'immobile

Le pèlerinage est un désintéressement. Il s'inscrit dans l'oubli de soi pour mieux le retourner et ainsi retrouver le voisinage sur la terre, ce compagnonnage de fraternité. Il convient lors de ce passage sur la planète de ne pas déprécier ou déconsidérer, la vie éphémère comme l'immortelle, le mouvant comme l'immobile. Les montagnes dans leur immuabilité nous rappellent sans cesse ce principe. Que représentent quelques décennies d'une vie humaine face à l'éternelle sagesse des pierres…

J'osai parler d'aveuglement à Gérard, risquant une diatribe et un revers de flamme, que j'aurais acceptés. Au lieu de cela, le sans-yeux alla plus loin encore.

— Je ne vois plus rien mais je sens les choses différemment, et ce monde s'est déréglé tout seul.

— Tu avais raison, il vaut mieux parfois de ne pas voir.

— Mais si, je vois ! Je vois peut-être mieux que toi ! Je vois autrement. Et la malveillance des voyants me fait mal au cœur, à défaut de me faire mal aux yeux.

Gérard avait tout dit, avait tout vu.

La liberté, miracle de la vie

Nous étions prêts pour une longue étape, l'ascension du flanc occidental de la Kali Gandaki, après Chuksang. Tsewang avait fait quelques provisions, ce qui augurait d'une étape sans beaucoup d'escales. Il s'agissait de gravir le versant sur près de mille mètres de dénivelé, d'abord par un raidillon et des éboulis puis par le sentier en hauteur qui reliait plusieurs villages via Samar. Tsewang avait pour habitude de siffloter puis de cracher, ou l'inverse, de sorte que les étapes entre deux pauses étaient ponctuées de mantras et de raclements de gorge, le tout formant une mélodie avec instrument à vent à sonorité basse, du genre trompettes de *Tintin au Tibet*. Tout cela offrait du temps à la contemplation. Mais Tsewang savait se tenir dès que nous franchissions une porte de fermette ou une demeure de berger, conscient de son titre, et il arrêtait ses expectorations terrestres pour livrer quelque parole céleste, confirmant l'opinion de nombre de Mustangais, à savoir qu'on lui donnerait le Bouddha sans confession ou quelque chose du genre, selon la traduction de Migmar, toujours respectueux et toujours prêt aussi à rire de tout. Il en oubliait sa tristesse de ne plus revoir son Tibet natal. Le rire, cette délicate manière de cacher toutes les mélancolies. « Seule la vie est le miracle de la liberté », écrivait Vassili Grossman. Pour Migmar, l'inverse devenait vrai, la liberté était le miracle de la vie, de la sienne et de celle des autres, loin du Tibet en coupe réglée.

Les grues demoiselles ne donnèrent pas signe de vie ce jour-là.

Les grottes en hauteur sur l'autre rive me hantaient. On comptait vingt mille habitations troglodytes et caves érémitiques au Mustang. Sur la falaise ocre à pic, sans chemin, les quelques trous qui nous défiaient paraissaient inaccessibles. Les grottes étaient des fenêtres ouvertes sur les entrailles de la Terre, ses strates et ses mystères. Jadis on y entrait comme dans un moulin, pour moudre le grain. Désormais on y pénétrait comme dans un monastère, avec humilité sur l'incompréhensible. Comment l'homme avait-il pu tailler à mains nues ou à l'aide de quelques outils ces trous béants dans la paroi ? Tsewang, qui en bon prince avait réponse à tout, me dit que les étroits passages anciennement creusés dans la roche s'étaient effondrés ou effrités avec les siècles. Les coups de boutoir de Monsieur Érosion sont pratiques car prompts à lever maintes énigmes de l'Histoire. Celles du royaume du Mustang n'avaient pas fini de nous étonner. Nous imaginions moines et pèlerins, suspendus jadis dans le vide, accrochés à une corde ou juchés sur une planche de bois, en train d'entamer la face minérale pour installer leur natte et leurs moulins à prières. Les hommes avaient colonisé les falaises et les montagnes les avaient emmenés vers le ciel. Tout n'était question que d'éminence. Si la foi ne parvient à déplacer les montagnes, en tout cas elle les taillade volontiers. Les cathédrales de Bouddha sont toutes intérieures. Au lieu de monter vers le ciel, comme nos gothiques stalagmites du Moyen Âge, elles plongent dans les tréfonds de la terre. Comment l'homme pouvait-il survivre à pareille altitude, dans le froid, le dénuement et le manque de ravitaillement ? Siddharta Gautama avait dû être généreux envers ses disciples. La compassion ne faiblit pas avec la raréfaction de l'oxygène.

Impossible de grimper jusqu'aux grottes. L'aplomb était vertigineux, la roche relativement friable, conglomérat des siècles entassés et de la foi cristallisée. Une cité verticale des morts et des réincarnés nous toisait avec le double mystère de l'existence et de ses portes invisibles.

La piété doit sûrement s'accumuler dans les strates de la géologie, à voir les couches de couleurs différentes et les étages des grottes. Un somnambule serait vite tombé dans le vide. J'enviais alors les grues demoiselles qui devaient disposer en rasant la falaise d'un point de vue imprenable sur la croyance et sa puissance à rehausser les vallées perdues sur des échasses de la miséricorde. Les animaux n'ont guère besoin de morale, c'est bien connu. Ils ne s'entre-tuent pas pour des questions de croyance ou de connexions neuronales, celles qui engendrent les idéologismes. Ils préfèrent laisser cela aux humains, organisateurs de leur chaos. L'homme est l'espèce animale qui a compris très tard le darwinisme mais qui l'a appliqué très tôt, en prolixe prédateur, aux autres animaux – stratégie du couic. Les volatiles, eux, ne se querellent pas pour des arguties de théologie, des traits sur des cartes, des diktats à des fins d'accès à un liquide fossile noir qui leur permettrait de voler en carrosse et de s'appeler pour un rien au téléphone. Ils ont assez de leurs glapissements brefs et utiles.

Les grues demoiselles se meuvent, c'est tout. Et l'homme ne se meut bien souvent qu'en déclarant la guerre.

La migration de l'ermite, quant à elle, est toute en fragilité, avec ses grottes sans échelles, son écuelle sans pitance, son visage sans regard de conquérant puisque la seule conquête qui vaille demeure celle de ses pas.

L'ermite et les guerres

Sans doute l'ermite venait-il oublier les guerres en contrebas, les eaux bouillonnantes non du fleuve de la vallée mais de l'humanité, toujours prompte à se foutre sur la gueule. L'effet papillon avait toujours existé, il s'était juste propagé plus vite. Jadis, on razziait un pays avec des cosaques pour un soufflet ou une belle trop vite conquise par un rival. Aujourd'hui, on envoie des bombes par manettes de jeux vidéo pour un caprice de grand chef. Le résultat était le même, en un peu plus rapide et sur petit écran entre la poire et le fromage. On tuait un peu plus de civils, sur les rives de l'Euphrate qui avaient vu naître l'écriture ou sur celles de l'Indus qui avaient vu grandir l'une des premières villes du monde.

Je comprenais les moines dans leurs grottes d'antan. Je déplorais qu'elles demeurassent vides. Grimper sur ces hauteurs avec cordes fixes et descendeur puis vivre l'aventure intérieure, avec quelques provisions. À étudier pour les vieux jours.

Il s'agissait de passer sur l'autre bord, celui de droite, c'est-à-dire l'occidental, avant de commencer à grimper sérieusement. Un petit pont d'acier caressait les eaux. La rivière devenait bouillonnante de ses vagues grises et noires. Elle s'engouffrait étrangement dans la falaise pour s'en extraire quelques dizaines de mètres plus loin, juste sous le petit pont, boa nerveux à peau sombre cherchant une proie souterraine. À la sortie du boyau minéral, le torrent grondait davantage encore, comme contrarié par cette distraction du cours, ce hasard de la topographie des vallées, un rocher immense barrant insolemment sa route, une descente de lit contrariée. On aurait dit une corde énorme se frayant un chemin dans le chas d'une aiguille ancestrale. L'écume était couleur d'égouts, charriant toutes les humeurs des montagnes ainsi que celles des villages en amont, mais dégageait tant de force qu'on lui pardonnait tout sans hésitation.

La montée était raide vers le village de Chelle puis au-delà. Tsewang se raclait de plus en plus la gorge à l'approche de la crête où se perchaient quelques maisons. Lui qui ne fumait pas estimait qu'il s'agissait de la pollution à Katmandou où il vivait quand il ne partait pas en expédition. Le jovial Migmar, lui, préférait chanter de plus belle. Il était heureux de s'élever et de s'approcher peu à peu de la frontière chinoise, même s'il la redoutait, qu'il s'évertuait à appeler frontière tibétaine. Je me contentai de regarder les pieds de mon prédécesseur Tsewang à la noble trace. Nous étions déjà harassés par l'altitude et les nuits courtes. Hegel en vadrouille avec ses amis en 1796 à travers les Alpes suisses avouait sa peine dès la première étape, lui et ses compagnons étant « trop fatigués pour regarder la féerie nocturne du clair de lune danser sur la chute d'eau ». Les cascades n'allaient pas en rester là. Elles allaient nourrir d'étonnantes allégories dans la philosophie hégélienne. Le penseur-marcheur avait souffert mais en avait profité pour s'inspirer du spectacle permanent des chutes d'eau, ces carrousels éternels.

La grande solitude intérieure

Avec de moins en moins de pudeur, les parois dévoilaient leurs veines minérales, gorgées d'histoire. Les voiles de granit invitaient au bal des marins de grande marée. Rester de marbre devant la pierre devenait une gageure. La beauté du monde a ceci de terrible et de magique qu'elle vous pétrifie puis vous donne des ailes d'ange en extase. Les torrents du Mustang ainsi n'étaient-ils pas en peine, qui redoublaient d'ingéniosité pour se fracasser au pied des versants et grossir les flots de la Kali Gandaki. Les gorges n'étaient pas chaudes mais bouillonnantes. Quand ils parvenaient à percer la cloche blanchâtre, les pâles rayons du soleil envahissaient l'esprit. L'effort devenait moins physique que spirituel, garder l'œil ouvert, rentrer au-dedans de soi, focaliser sur l'instant présent, les sens aiguisés. Un chaudron liquide avalait les humeurs des glaciers comme une lampe de djinn aimantée sous le regard des bergers des hauteurs. La solitude du berger ressemble à celle de l'écrivain, elle ouvre des portes sur l'infini et joue à saute-frontières. La marche et l'écriture se confondent alors pour approcher la vérité de Rainer Maria Rilke, « la grande solitude intérieure ».

La bergitude est une solitude avec bêtes qui vous amènent peu à peu à parler leur langage. Les locutions pour qui surprendrait de telles injonctions sont souvent incompréhensibles, sabir de mots fabriqués, d'onomatopées destinées à tel ou tel animal et d'un brin de folie que rehausse encore l'altitude. Ces idiomes, qui peuvent déboucher sur de longs monologues, les fesses dans l'herbe des alpages ou sur un rocher non glissant, représentent pour beaucoup des langues orales en voie de disparition. Seules les montagnes s'en souviendront.

L'œuvre de l'homme et l'œuvre des divinités

À Chelle, perchées au-dessus des gorges vertigineuses, les maisonnées de pierre accueillaient des amas de bois sur les toits de chaume et de boue séchée avant l'hiver, tandis que les femmes échangeaient de terrasse en terrasse, avec de brèves phrases scandées qui rebondissaient de mur en paroi, emportées par la beauté de la palabre et la course du vent. L'œuvre de l'homme s'intégrait avec harmonie dans celle des divinités, les flancs de montagne et les bords de précipices, comme si l'on avait compris qu'il ne fallait en rien bousculer cet ordre à la fois immuable et fragile. Je retrouvais dans ce silence démesuré et sous les cimes couronnées l'émerveillement à l'âge de vingt ans devant la beauté du monde lors d'un voyage entre les Alpes et l'Himalaya. Une plénitude qui vous étreint tout au long de votre passage sur la Terre, même redescendu au niveau de la mer.

L'amont de Chelle marquait véritablement l'entrée dans le domaine de l'isolement, là où les hameaux devenaient rares, là où la parole, précieuse au demeurant, comptait comme une promesse d'entraide, là où la main tendue s'incarnait en compassion tangible. L'isolement, Wangyé m'en avait longuement parlé à la halte, lui qui fut confronté très jeune au vertige de l'entre-soi en monôme. La solitude, cette manie qui vous fait parler tout seul à force de rêver d'être deux.

— Il faut aller plus loin encore pour atteindre le Haut Mustang, dit Tsewang, à peine essoufflé. Les petits sentiers sont à privilégier.

C'était un excellent programme.

La lumière et ses raisons

À la sortie de Chelle, sous les larmes granitiques tombées du ciel, des femmes revenaient des parcelles cultivées sur les versants pentus, hottes d'osier sur le dos et chargées de pommes de terre, parfois de bouses de yack. Le lendemain elles recommenceraient et le jour suivant aussi. Elles ne voulaient en rien fuir leur destin, elles l'épousaient et lui souriaient dans les plis de leur visage, rides d'épanouissement où tous les soleils venaient se mirer.

Gérard écoutait ce qu'on lui racontait, Pierrot et moi, afin de décrire ou tenter de décrire le paysage, falaises verticales, gorges de la Kali Gandaki qui s'éloignaient de plus en plus et paraissaient démesurément profondes au nord-est de Chelle, avec un abrupt d'au moins huit cents mètres, canyons latéraux, médaillons de rubis accrochés aux parois, colliers de jade déposés par une main inconnue sur des faces austères et qui leur donnaient le sourire, plateaux pelés desquels émergeaient de temps à autre des taches vertes, jardinets de maigre récolte protégés par des enclos, dentelles en accordéon sous les cimes qui se jouaient de la pesanteur, crottin de chèvre pour délimiter le tout. Les yacks n'étaient pas encore en vue, les moutons bleus non plus, ceux que j'espérais croiser en haute altitude sur des barres rocheuses ou dans une anfractuosité. Gérard, lui, racontait son paysage, ce qu'il pressentait et extrapolait des souvenirs de son voyage précédent. Il savait que là-haut, pour lui comme pour Pierrot et moi, nous attendait la lumière, qui serait forcément différente pour chacun d'entre nous. La lueur a ses raisons que le cœur seul peut percer. Mes souvenirs, eux, ne remontaient pas à la surface. Ce n'étaient pas des réminiscences de la guerre mais des fantômes et des blancs, de grands silences qui appartenaient aux morts. Lorsque la guerre s'invitait dans les nuits, le patchwork devenait un trou noir.

Le royaume de la lumière se révélait d'ores et déjà généreux. Il était étonnant de noter combien nous donnions trois versions différentes de nos aperçus, des instants captés avec ou sans rétine et qui se complétaient. Nous aurions pu peindre un tableau à trois.

La grotte et le néant

Les grottes du ciel hantaient mon esprit. Elles fascinaient Tsewang qui se demandait lui aussi comment l'homme avait pu sculpter ainsi des versants si abrupts. Je revis plusieurs de ces caves célestes en chemin. Elles étaient tantôt châteaux forts enterrés, tantôt guérites pour sentinelles endurcies de la compassion. La plupart, privées de leurs échelles, cordes ou sentiers tailladés dans la roche, donnaient dans le vide. N'en déplaisait à Voltaire, le superflu ici n'était pas chose nécessaire. Les moines se contentaient d'un peu d'orge, d'une huile végétale pour prier Bouddha et du néant sidéral en contrebas.

Tsewang affirmait que ces grottes avaient été creusées depuis les débuts de l'ère bouddhiste, c'est-à-dire depuis le VIIIe siècle, bien que l'on eût retrouvé dans certaines d'entre elles des squelettes datant de plus de deux mille ans. Les moines et ermites avaient ainsi repris une tradition troglodyte, à la fois pour méditer et se protéger. Puis ils y avaient entreposé des manuscrits, des peintures bouddhistes, sculptures et reliques. Cela donnait envie d'écrire des *haïkus*.

« Grotte : plus court chemin pour monter au ciel, n'en déplaise aux spéléologues. »

« Gouffre : descente au *nirvana*. »

« Caverne : allégorie platonique pour chaste moine. »

Au fur et à mesure de notre progression, comme un caprice de la montagne, les grottes du ciel apparaissaient et disparaissaient, se déployant telle une cité verticale. Certes pas très pratique, avouons-le, pour rendre visite à son voisin à trente mètres en dessous en rappel ou cent mètres plus haut, au-delà d'un dévers et d'une paroi lisse comme un mur de plâtre, mais efficace en cas d'invasion ou d'autre folie humaine. Une ville de niveaux sans hiérarchie, de hauts étages sans immeubles. J'imaginai les humains des cavernes sortir de leurs demeures de pierre, à l'aplomb de la falaise et du *nada* de Hemingway, dans l'attente du prochain tapis volant. Ils étaient les dignes descendants des premiers sédentaires, les éleveurs installés entre Méditerranée et Mésopotamie voici vingt mille ans, quelques centaines de générations, pas grand-chose à l'échelle de la planète. Peu à peu, les déplacements s'étaient amenuisés. Les grands chemins laissèrent la place aux petites cases puis à la cité. L'espèce acceptait l'enclos.

La yourte et la cave céleste

Longtemps le Mustang avait résisté. Le nomadisme et une autre sédentarité y régnaient ensemble. La yourte et la caverne cohabitaient joyeusement, et jusqu'à aujourd'hui. À la place des gratte-ciel, les gratte-montagnes. Le ciel précipite parfois les premiers dans le vide, les montagnes gardent précieusement les seconds, avec tant de protection fusionnelle qu'elle en supprime les accès. L'homme des villes avait cru dominer la terre en l'oubliant sous des monceaux d'arrogance. L'anachorète des montagnes rend son honneur à la glèbe en se fondant en elle, acceptant la boue le temps d'une vie avant de redevenir poussière, le temps de l'éternité. Question investissement pour la postérité, il n'y a pas mieux.

Les squelettes dans les grottes ne parlaient pas mais la sérénité qui s'en dégageait en disait long. Platon retrouverait là son allégorie de la caverne : sortir de nos grottes intérieures pour renouer avec la lumière, *via* l'apprentissage et les images reflétées par les hommes à l'étage supérieur. Les « demeures souterraines » versus « le monde d'en haut ». Gérard et moi nous livrions au même exercice, au même sacerdoce, sortir de l'obscurité pour voir le jour, là-haut, et nous débarrasser au passage de quelques chaînes que nous jetterions dans le précipice, la géhenne de nos esprits. Le souffle de la vie sauvage que je ressentais autour de moi était propice à toutes les rédemptions. L'effort de chaque pas formait l'architecture de la fin de la souffrance, ce qui ne nous empêchait nullement d'en rire, avec l'écho des montagnes comme spectateur.

Nouvelle allégorie de la caverne

Le Mustang avait inventé sinon le plus haut habitat du monde en tout cas le plus étagé, une ville étalée sur mille cinq cents mètres de dénivelé selon mes repérages, et sans doute avais-je raté quelques résidences cachées encore plus haut, au-delà de quatre mille trois cents mètres, battant ainsi le Burj Khalifa à Dubaï – huit cent vingt-huit mètres – et la tour Shanghai dans la ville éponyme – six cent trente-deux mètres –, et même leur addition. Ces caves des hauteurs n'étaient pas des prisons mais des antichambres de la liberté. Pendant des siècles, les moines y avaient contemplé la roche de l'intérieur. Ils ne voyaient rien et avaient tout vu. Gérard versait dans le même mantra. Il portait son visage vers les grottes, ne distinguait rien et devinait tout. Il cherchait à pénétrer dans l'une de ces caves célestes pour mieux appréhender la lumière du dedans.

Des milliers d'entre elles, béances sur le trop-plein, n'attendaient qu'à être repeuplées. La ville minérale est la ville parfaite, intégrée au décor car déjà à l'intérieur et recyclable. Thomas More avec son utopie citadine aurait aimé. À proposer dans les écoles d'urbanisme de demain, lorsque les trois quarts de l'humanité vivront dans des villes – la moitié pour l'heure, soit quatre milliards d'âmes, et l'on étouffait déjà. La cité spéléologique, un concept pour Cro-Magnon moderne. La ville idéale sera égalitaire parce que verticale et les castes y auront le vertige. On révisera le dictionnaire architectural. « Falaise à grottes : un gruyère pour taupes en quête de lumière. » Canalisons les hordes conquérantes vers ces demeures d'altitude, avec quelques livres de chevet et des bougies de méditation. Avec le temps, ces hordes deviendraient pacifiques. On pourrait renouveler le genre humain et soigner son génie destructeur. De ces cavernes, on sort toujours par le haut. Les hommes accrochés aux parois renouent avec l'humilité, voire l'humidité, ce qui peut aider la première. Même les barbares ne peuvent résister au frisson du vide, celui de la muraille comme celui de l'âme. Pour la bonne cause de l'humanité, je donne l'adresse : un vol pour Katmandou puis un vol intérieur, puis un troisième, en rase-mottes du Toit du monde, puis quelques semaines de marche plein nord. Amener un peu de nourriture et beaucoup d'espérance.

Dans le petit village de Chelle, un homme au visage de sérénité était assis sur un muret de pierre, devant le sanctuaire où trônait dans l'obscurité un gigantesque moulin de prières rouge et doré qui renfermait des dizaines de milliers de mantras. Le tourniquet sculpté attendait les mains ferventes, dont le mouvement permettait de donner vie aux phrases pieuses et de moins psalmodier, ce qui était salvateur d'énergie à cette altitude. Les prières ici étaient d'or, bien plus que le silence de la méditation. Le mouvement incitait non pas à saisir l'instant mais à en mesurer l'impermanence. L'instant présent devrait vous dissuader d'avoir une postérité. Cristalliser le moment me paraissait de plus en plus vain, par la photographie, l'image, le mot couché sur le papier. Gérard, lui, ne pouvait rien saisir de ces cadres, alors il se les représentait, il sublimait le moment, et c'était mieux ainsi. La sérénité et la plénitude des hautes vallées se révélaient insaisissables, trop profondément ancrées dans l'âme pour que la rétine pût les relever. L'homme sans rétine, lui, y parvenait, et cela crevait l'écran.

Les vagabonds de l'hiver

Peu à peu nous arrivions tous les deux à méditer. Grand marcheur, Nietzsche estimait que l'activité du gymnase est au corps ce que la culture est à l'esprit. Il mettait au plus haut de la sensibilité la pratique d'un exercice physique répétitif. L'expédition dans la vallée du Mustang permettait au moins de s'apercevoir que le cerveau pouvait se muscler, se relâcher, par l'activité du corps précisément. Le travail du corps est un travail de l'âme. Platon, qui fut adepte de la lutte, nous l'a enseigné, ainsi que Sénèque, coureur au long cours, et les péripatéticiens, partisans des longues marches. Diogène Laërce vantait les mérites de la course de fond pour mieux écrire ses poèmes. Et Cléanthe, lui, adorait le pugilat. Je frappe donc je suis. De préférence sur un ballon-poire. Je marche donc je médite est aussi une bonne ascèse. Le muscle de la méditation prenait un peu d'ampleur, s'invitait à la halte, la nuit lors des insomnies d'altitude, et les céphalées se calmaient par le vide, à deux pas des ravins. Je remerciais Nietszche pour son crépuscule des idoles et son réveil méditatif des dieux.

L'homme sur le muret de Chelle exposait son visage au soleil avant les brumes à venir et renâclait à entrer dans le petit sanctuaire plongé dans l'ombre. Rester dans le monde sensible ou se forcer à aller vers le monde intelligible. L'allégorie de la caverne prenait à Chelle toute sa force. « Demandez aux gens quand est-ce qu'ils sont nés par ici : ce sont tous des enfants de l'hiver », écrit Giono dans *Les Grands Chemins*.

Gérard et moi étions comme les personnages du roman, deux vagabonds en chemin vers l'inconnu et vers eux-mêmes. Le cheminement dans sa pérennité transforme singulièrement les nuits d'étape en autant d'enchantements. Il dessine des territoires invisibles et des cadastres inconscients. Le mouvement sublime la halte lorsque l'effort édulcore la souffrance. Celle des corps tolère et atténue celle de l'esprit.

L'appropriation des choses et la pauvreté de l'âme

Bouddha avait dénommé la première des quatre nobles vérités *dukkha*, ce qui fut d'abord traduit par souffrance. Peu à peu le vocable reçut une autre signification, insatisfaction, afin de démontrer l'évanescence des choses dans notre monde sensoriel. L'impermanence, c'est-à-dire l'état de tout ce qui n'est pas permanent, devenait la cause de la souffrance dans l'univers des humains. La roue du progrès accélérait ce penchant. L'homme se révélait insatisfait. La consommation, au lieu de répondre à nos besoins, contribuait à les accroître. Le bonheur matériel devenait le malheur de l'esprit. L'appropriation des choses équivalait à la pauvreté de l'âme. Nous nous réfugiions dans les travers, la comparaison, le magasinage à outrance, la possession du superficiel pour mieux contempler notre vide sidéral. « La vérité, c'est qu'on n'a jamais vu pareille docilité des masses », ironisait déjà Alexandre Vialatte dans les années soixante en décortiquant les slogans publicitaires. Que dirait-il aujourd'hui... Quelques faux-semblants venaient nous rassurer, comme l'hypervitesse, l'hypersexualité. Ils augmentaient nos frustrations, manque de temps et procès de la lenteur, qui n'était plus un bonheur. Le temps était devenu tyrannique. La dictature de la minute. La vitesse et le désir démultiplié, les deux mamelles du XXIe siècle bondissant, n'étaient que des pis-aller destinés à nous précipiter vers les étals du supermarché et les devantures de la tromperie. À force de vouloir gagner la première et la seconde de ces attributs, nous les perdions. Nous étions au bord du vide de nous-même et nous nous apprêtions au grand bond en avant. Nous étions les esclaves du temps-bourreau.

Que devaient penser mes ermites d'en haut, par-delà les grottes ? J'enviais déjà leurs cavernes célestes.

La stratégie du tractopelle

Ce n'était pas le moindre des paradoxes que de songer à tout ce fatras en cheminant sur les hauteurs, par des boyaux incommensurables, des escarpements de falaises, des sentiers acrobatiques à l'approche de la frontière avec la Chine, qui se trouvait encore à deux semaines de marche. Sa Révolution culturelle avait submergé le Tibet, massacré les mal-pensants, remis au pas des moines qui osaient prier Bouddha, rasé les monastères et balayé les stupas. Du passé, les gardes rouges avaient fait table rase, sans savoir que le passé ne pouvait être ignoré mais bien plutôt accepté afin de vivre le présent. Leurs héritiers dans l'empire du Milieu avaient tenté de restaurer les grandeurs d'hier, fausse vieille ville à Shanghai, semblants de ruelles antiques à Pékin. Les villes devenaient factices et parfois s'effondraient. L'idéologie s'inventait une histoire. La géographie urbaine bousculait le temps historique.

Et l'avenir n'était guère glorieux, entre appauvrissement des terres, menaces de disette, contrôle social sur les corps et sur les esprits.

Les cimes enneigées devant nous pour l'heure demeuraient sereines. Ce n'était pas le cas du Bas Mustang, derrière nous. Des tractopelles continuaient à taillader les flancs de la montagne pour ouvrir une piste. Je craignais qu'ils ne nous rattrapassent.

Vœu de Katmandou, les Népalais souhaitaient désenclaver la vallée, qui n'en demandait pas tant, tandis que les Chinois se frottaient les mains, dans l'attente de l'ouverture de la frontière. Venez à moi, futurs vassaux ! Ce que le maoïsme conquérant n'avait pu accomplir, le libéralisme à la sauce de l'étoile rouge pouvait s'en charger. Loin de tout romantisme occultant, de toute volonté de voir le Mustang demeurer dans sa solitude, je redoutais comme Pierrot un déferlement de bibelotiers et de marchands de pacotille, prémices d'une invasion plus sournoise. La Chine savait faire : d'abord les étals puis les soutiers du bitume puis les grenadiers-voltigeurs du capitalisme mandarinal dont les ferments marxistes permettaient de remplacer le peuple.

J'espérais que les monastères et les grottes du ciel allaient résister.

Œdipe et le voyant

La montagne devenait noire de ses roches délavées par les siècles, râpées jusqu'à l'os. Les gorges sinueuses aux torrents introuvables tant les entrailles s'avéraient retorses déployaient leurs boyaux d'effroi – ne pas déraper, surtout, cela occupait l'esprit. Des forêts aux toits touffus barraient de temps à autre le paysage, puis des cascades gelées apparaissaient avec leur chevelure d'ange, splendeur de l'éphémère que des stalactites pleurées venaient sans cesse renouveler. Les cascades ressemblaient à des fontaines d'abondance glacée dont le robinet aurait été bloqué. Le glaçon de toute façon finirait au ciel. Grâce à une écharpe blanche nouée sur le sac à dos de devant, Gérard s'accrochait à Migmar, Pierrot à son appareil photo et moi à mon bâton de marche, que je n'allais pas tarder à perdre. Nous allions vers la lumière et pour l'heure nous demeurions dans l'obscur des entrailles terrestres. L'Himalaya n'aimait rien tant que montrer son ventre avant d'ouvrir son Toit du monde.

Quand le souffle le lui permettait, Gérard se mettait à chantonner, à l'unisson ou presque de Migmar, et c'était plutôt bon signe. Il me décrivait ce qu'il avait vu de ses yeux vu au Mustang quelques années plus tôt. Là un hameau, plus haut un sommet qui l'avait intrigué.

— Les montagnes sont toujours là ?

— Oui, Gérard, ne t'inquiète pas, elles n'ont pas bougé.

— Et le ravin est à bonne distance ?

— Tant que je peux te répondre, c'est qu'il ne m'a pas avalé. Arrête-toi sinon.

Le dialogue était sobre. La dépense calorique permet au moins l'économie des mots. Je m'occupais du terrestre, mon ami de sente du divin. On finirait bien par échanger nos rôles. Nous jonglions avec ce que Gérard percevait et ce que je voyais, entre ses paysages d'hier et les toiles qu'il imaginait aujourd'hui. « Les yeux font la couleur », écrivait dans *Le monde commence aujourd'hui* le résistant aveugle Jacques Lusseyran, emprisonné à Buchenwald à vingt ans, qui ajoutait : « Ceux dont je veux parler, les vrais yeux, travaillent au-dedans de nous. » Avec ses deux miroirs brisés, Gérard était un voyant, au sens rimbaldien du terme. Il voyait d'abord au-dedans de lui puis restituait, comme si la vue était un acte inné, indépendant de ces globes caducs. Il comprenait la couleur des voyelles – Rimbaud, poète visionnaire – et l'enchantement tout en nuances des phrases. Me revenait en mémoire le trait de Cocteau : « Œdipe ne commence à voir clair que quand il est aveugle. »

Philosophie de la pharmacopée

Lorsque je m'étais aventuré à vingt ans sur les versants de l'Annapurna, mon compagnon de cordée était alors un étudiant de Hambourg qui se destinait à la même profession que Gérard, pharmacien. Le voyant teuton me décrivait les plantes en chemin, les racines, les décoctions que l'on pouvait en tirer.

Quelques années plus tard, ce serait un non-voyant qui me livrerait les secrets de la pharmacopée himalayenne.

— Ça, c'est une sorte de thym, même odeur, mêmes vertus. Très bon pour les poumons.

Je me penchais et récoltais les racines, les humais, les frottais dans mes mains.

— De la sarriette des montagnes.

— *Tang kuen,* traduisait Migmar en dialecte.

— Excellent contre les virus et les parasites, ajoutait Gérard.

Les deux herboristes s'entendaient comme larrons en foire. Je faillis demander au prince s'il connaissait une plante pour soigner le mal des montagnes voire la mélancolie, mais je m'abstins. Migmar nous dit que là-haut, à Lo Manthang, la mythique capitale du Mustang, nous aurions sans doute la chance de rencontrer les *amchis,* les médecins-guérisseurs tibétains, car un moine avait ravivé la tradition vieille de trois mille ans en formant une vingtaine d'adolescents dans une petite école, et cela nous mettait en joie. Entre racines antiparasitaires et rochers propices à la chute, je songeais à notre monde visible. Nous étions abreuvés dans nos villes d'images à satiété, les horizons venaient désormais à nous, l'effort devenait vain. Au royaume des contraints et des yeux paresseux, les aveugles sont rois. Gérard, oui, avait fini par accepter son sort, après une longue phase de déni puis des envies d'en finir. Combien Migmar l'approuvait… Il ne cessait d'évoquer l'acceptation de notre destinée. Il démentait chaque jour la phrase de Céline dans *Mort à crédit,* « C'est naître qu'il aurait pas fallu », en répétant qu'accepter de naître, c'était accepter de renaître un jour et renaître encore un autre jour. Il riait aux éclats pour égayer un peu plus l'atmosphère.

Cette fois-ci, Migmar ne portait pas grand-chose car nous avions levé le camp en mode léger, avec une partie des affaires dans la vallée. Mais combien de porteurs, souvent mal chaussés, ahanaient-ils sur les sentiers des Annapurnas ou de l'Everest ? Ils étaient les maisons-escargots des marcheurs et grimpeurs de l'Occident. Atlas minuscules, ils gagnaient leur vie en portant le fardeau des autres, aux épaules soulagées. Les titans des hauteurs n'osaient rien dire, les dieux payeurs maugréaient. Oui, nous étions tous sur cette sente du Mustang des Atlas minuscules portant nos modestes charges car nous savions que les gloires étaient toutes passagères. J'aimais que certains grands maîtres d'expédition eussent décidé de limiter la charge à une vingtaine de kilos. Les yacks, eux, étaient à la fois plus compatissants et davantage retors. Dociles dans un premier temps, ils devenaient parfois de mauvaise humeur avec la fatigue et poussaient ou encornaient un voisin bipède. Ils semblaient dire avec leurs yeux ourlés de bienveillance : « Ne vous fiez pas aux apparences, je suis capable de vous charger. » Les yacks, cet autre peuple tibétain. Ils ne ruminaient pas que leur herbe rase, la vengeance aussi. Marco Polo en route pour la Chine vit dans ces bêtes énormes « des bœufs sauvages très beaux et grands comme des éléphants, ayant le poil noir et blanc de la longueur de trois paumes » (*Le Livre des merveilles*). Au Mustang, ils n'hésitaient pas à faire preuve d'un comportement martial, la queue dressée en signe d'agacement et le torse relevé, comme un vulgaire taureau de basse vallée. Les bêtes du hors-piste n'aimaient guère qu'on leur barrât le chemin. Quelques marcheurs s'étaient retrouvés dans le vide. Penser à surveiller ses flancs et son arrière-train. Je décidai de croiser les buffles velus du côté de l'amont.

Le vide des dieux et le rire des anges

Les paysages bataillaient entre eux, erratiques d'une gorge à l'autre, d'un col à cheminées vers une descente de moraine ou une nappe de glace sans couverts. Œuvre d'un machiniste de génie, le cadre damait le pion à la carte, qui ne valait plus grand-chose confrontée au réel. Les variations de décors singulièrement se révélaient fortes, falaises lisses de grès, parois de granit, plateaux lunaires, cariatides de marbre mais sans Parthénon, précipices aux roches grises, friselis de façades escarpées, pointillisme des yacks, ces artistes à bouse, petits champs d'altitude puis steppes quasiment désertiques, crépis jetés sur les montagnes par des plâtriers célestes en une épiphanie de couleurs harmonieuses. Le kaléidoscope nous jouait des tours, malicieux, semant le doute, agitant les neurones, les émotions aux aguets. Je tentais de raconter la topographie à Gérard, qui en redemandait, et Pierrot prenait le relais. Lui aussi était émerveillé par ces coulisses du grand théâtre qui déroulaient d'étranges et étonnants apparats, subtil agencement d'une palette de nuances versatiles et délicates, mise en scène des arcanes himalayennes que le chemin dévoilait peu à peu, cachottier et énigmatique, en rabattant parfois la couverture.

Entre deux à-pics, un minuscule pont suspendu affichait son espérance au-dessus du vide. Deux longs câbles jetaient leur dévolu sur l'autre paroi et valsaient au gré des bourrasques, donnant aux planches des allures de folle balancelle. La passerelle nous narguait, légère, un peu ventrue, tournée vers les fondations du monde, d'obscurs boyaux qui frayaient leur voie depuis des millénaires. Tsewang ouvrit le passage, sans haut-le-cœur, je lui emboîtai le pas, guère rassuré, et Gérard tenait le sac de Migmar devant lui. Le tangage berça ma dernière mélancolie, celle qui s'acharnait lorsque surgissait à la lune le souvenir des guerres. Nous étions au manège, deux cents mètres au-dessus d'un torrent maigre mais qui guettait ses proies. L'ondulation semait le trouble et rassurait en même temps, vertu de la physique des hommes au-dessus du néant, pendule du péril qui accélérait le temps. Quel purgatoire grouillait-il en bas ? Quels corps inattentifs gisaient-ils, les bras en croix et la tête tournée vers les étoiles que l'âme devait tenter de rejoindre ?

— Dis-moi où est le vide, demanda Gérard.

— Sous tes pieds, répondis-je.

— D'accord mais combien ?

— Deux cents mètres. Qu'est-ce que tu ressens ?

— Eh bien du vide !

— Tu peux le deviner.

— Je l'imagine.

Et ce fut ainsi que Gérard délivra la parole la plus drôle de la journée, la plus philosophique aussi :

— Il y a des jours où il fait bon de ne rien voir…

Le rire qui s'empara de nous accrut l'impression de balancement. Gérard avait tout autant que nous la perception du vide, prélude au vertige, mais ne l'apercevait pas. Avec son rire d'ange, le non-voyant n'avait pas peur. Comme pour Jacques Lusseyran, l'aveugle devenu résistant, la non-voyance devenait « pleine de sens ». La cécité, ce miroir alchimique qui transformait la part d'ombre en lumière. L'ami était en reconquête du bonheur, pas à pas, et ce bonheur il le voyait et le proclamait. Je l'observais et constatais peu à peu que la sérénité l'emplissait, à la cadence de l'ascension vers le Haut Mustang. Il ne marchait plus, il flottait. Fragiles nous étions, gracile l'aveugle paraissait, débarrassé des affres des cavernes.

« Ton âme est tout l'univers »

Étonnamment, un vautour au-dessus du précipice à torrent introuvable guettait lui aussi, sur notre droite, en retrait, ce qui était une délicate attention. Les vrais prédateurs savent attendre. Se convaincre alors que rien de mal n'a été fait dans une vie antérieure afin de ne pas être trop tôt la cible de ces déménageurs de la réincarnation. « Ton âme est tout l'univers », rappellent les Upanishads. Le fardeau d'Atlas portant le monde sur les épaules n'est rien à côté d'un tel credo. Ça vous responsabilise aussitôt puissance dix.

À mesure de notre progression, les vautours semblaient moins hostiles, intégrés au décor, à moins que ce ne fussent nous qui le devînmes, et leur collerette de plumes érectiles se mariait avec la coiffe désordonnée des nuages. Leurs ailes étaient celles du désir de délivrance, de « l'Ouvert » de Hölderlin, issu d'une famille où l'on mourait beaucoup. Chargés de nettoyer les corps lors des funérailles célestes, les vautours étaient considérés au Mustang et au Tibet comme des *dakinis*, des danseurs du ciel, et même comme des anges. De prédateur à passeur d'âmes, tout n'est certes qu'une question de point de vue. Les fossoyeurs venus du ciel évitaient la débâcle des chairs – « L'amble des morts mal morts / Sonnant à tous les vides », René Char. Parfois, les corbeaux et les faucons s'invitaient au festin, en fin de partie, quand le candidat à la montée au *nirvana* n'avait plus de beaux restes.

Sur notre sente provisoire et flottante, le tangage se doublait d'un roulis, celui de nos pas qui créait des vaguelettes pour les suivants. Sous un plafond ténébreux, les parois souples et versatiles semblaient se rapprocher en une gigue moqueuse et les monts dansaient au-dessus d'insondables profondeurs. Nous flottions dans le ciel du Mustang et notre plancher devenait de la ouate. Revenues sur la terre ferme après une telle croisière à rebonds, nos jambes voguaient encore. L'allure en devint d'autant plus élastique.

Un rêve de projectile.

À la halte de Ghyakar, au-delà d'un autre pont suspendu dans le vide, un hameau où vivaient une quinzaine de familles, une jeune paysanne me servit du thé alors que nous nous reposions sur des banquettes de bois peint sous un plafond aux lattes défaites. Elle avait moins de vingt ans et une fillette de deux ans qui la suivait partout. Des drapeaux tibétains sur les poutres rappelaient la seule rose des vents qui valait dans l'enclave, celle qui indiquait le nord et la direction de la mère-patrie. Un énorme peuplier centenaire barrait l'entrée du village, comme un gardien des temps immémoriaux. Centaure indéracinable, il défiait le ravin voisin et lançait ses branches vers la falaise occidentale du vallon, boyau incertain soumis aux crachats de roche lors des éructations de la montagne, cette mère versatile qui de temps à autre avalait ses fils. Les arbres incarnaient l'esprit des ancêtres. On les totémisait parfois. Des souffles réincarnés semblaient les traverser, portant avec eux des cortèges de souvenirs, des miasmes de corps en déshérence, des florilèges de souhaits.

Être un arbre ici signifiait abriter toutes les espérances du monde.

Il était temps de saluer le peuplier antédiluvien en reprenant notre marche.

Nivellement par le haut et âmes à parité

Des marmottes signalèrent notre approche aux consœurs, celles qui n'étaient pas de garde. Elles se protégeaient à la fois de l'homme et des vautours. Offraient-elles leurs défunts aux prédateurs volants, considérés dans la contrée tibétaine comme des oiseaux sacrés ? Les animaux ne croient pas en la réincarnation, c'est bien connu. Nous imaginions que ces rongeurs d'altitude espéraient cependant vivre une autre existence dans la peau d'un marcheur. La mort, ce nivellement par le haut, avec des âmes à parité. Les bestioles nous regardaient de loin, nous épiaient, observaient nos mouvements, avec cet étrange balancement dû au sac à dos. Elles étaient devenues non pas prédatrices mais locataires en herbe de notre devenir. Étions-nous comestibles ? Nos âmes seraient-elles interchangeables et recyclables, après liquidation totale et nettoyage des déchets ? Insondable métaphysique de la tuyauterie de l'au-delà, concept géographique pour résumer l'absurdité historique et néanmoins temporelle de l'après.

Tsewang aimait parler aux marmottes tibétaines, celles du moins de ce côté-là de la frontière, moins sujettes à l'espionnage. Il leur chantait, leur criait, et les onomatopées s'envolaient au-dessus des bêtes, en écho et en parfaite harmonie avec leurs sifflements. Que se disaient-ils ? J'osais croire qu'il s'agissait d'un dialogue entre âmes réincarnées, les marmottes avec l'oreille de l'humain et le prince-guide avec la clairvoyance protectrice du petit mammifère qui cherchait à protéger son terrier et non à le détériorer, contrairement aux bipèdes, aptes à détruire leur nid terrestre. La mue des marmottes et bientôt le rut des moutons bleus : les montagnes revivaient. C'était le bonheur dans les fourrures à bas et les cornes des mâles croisées. J'imaginais Tsewang dans une vie antérieure de marmotte tibétaine et comprenais mieux sa clairvoyance.

La contemplation et l'homo numericus

Le cri de la marmotte était d'autant plus distinct qu'il s'inscrivait dans un univers de silence. Les pelleteuses de la basse vallée s'étaient tues. On n'entendait plus leurs tac-a-tac persistants qui montaient et portaient parfois sur une vingtaine de kilomètres, soufflés par le vent.

J'apprenais le silence, je cultivais le moindre bruit. Le paysage *s'entend* autant qu'il se voit. Il se perçoit par le son, s'appréhende par un bruissement de feuilles, le chant d'un ruisseau, le hurlement du vent dans les gorges. Il installe une musique à la symphonie mouvante, chaque jour différente, avec un chœur prodigieux, celui du monde naturel. La partition est riche, forte de milliers de musiciens aux mouvements soigneusement ordonnés par un chef d'orchestre invisible. Avec la grâce d'un ange, mélodie d'outre-ronde, elle nous invite chaque jour à la contemplation, comme pour mieux discerner les perspectives du grand tableau qui s'agite devant nous, un tableau visuel et sonore à la fois.

L'ennui, c'est que l'*homo numericus* au pouce hypertrophié a gommé le bruit de la nature, il s'est mis un casque sur la tête et a effacé de son environnement le froissement des ailes de l'abeille, le bourdonnement de la guêpe, le glapissement du lapin. Il a non seulement supprimé le bruit mais a supprimé l'animal tout court. Pour retrouver le murmure de la nature, immémorial et épuré, il faut s'immerger dans un marécage ou insérer son crâne dans une roche, ce qui n'est, convenons-en, guère commode. Les résonances des insectes à quatre roues et à pot d'échappement ont remplacé le reste. La moitié des sons de la nature ont disparu en cinquante ans, nous disent les bioacousticiens. Le crapaud californien a été rayé de la surface du globe car son cri d'alerte a été recouvert par la fréquence des avions supersoniques. Dans son « spéciocentrisme », l'être humain ne supporte plus les bruits qui ne viennent pas de lui, de son corps, ou de son prolongement – un milliard d'automobiles, dont les trois quarts dans les pays occidentaux, et le double dans trente ans.

Le chant du monde cher à Giono s'est appauvri.

Il ne roucoule plus, il chuinte, il n'enchante plus, il survit.

Le silence et la fureur

L'un de ces maîtres de la bioacoustique, un Américain du nom de Bernie Krause, a enregistré le chant de 15 000 animaux. Dans une vie antérieure il avait été musicien et avait accompagné George Harrison et les Doors. Il avait frôlé la surdité et voulait désormais rendre au monde sa bibliothèque retentissante, avant qu'il ne soit trop tard, avant que l'humanité ne devienne sourde elle aussi.

Un jour, les printemps seront aphones. Les vallons deviendront silencieux. Pourtant les vocalises d'un merle valent bien plus, diable, que les éructations d'un moteur à explosion ! *Idem* pour le coucouannement de la bécasse, le braiement de l'âne, le grisolement de l'alouette, le glatissement de l'aigle, le brame du cerf, le grincement de la chauve-souris, le huement du héron. Aimons le chant de la biche tant qu'il en reste avant le son du cor de chasse au fond des bois.

La géophonie, celle du bruit et de la fureur, doit être sauvée. Il nous faudrait dessiner la carte des atlas sonores de la planète et plaider pour un audionaturalisme. Rehausser l'acoustique du sauvage, et non la cacophonie des percussions néfastes. Rendons grâce aux sons existants, redonnons vie aux déglutitions de la terre et aux timbres de la voix animale, dans tous ses éclats.

Pour un atlas des bruits

L'atlas des bruits serait dès lors fort utile. Il deviendrait une science profondément inexacte et hautement sensible, ouverte aux émotions, propice au recueillement. La cartographie en sortirait à la fois grandie et simplifiée, sans l'arrogance des dessinateurs de cartes qui ont bâti des frontières au stick au XIXe siècle. Amoureux de ces résonances, les nouveaux Amerigo Vespucci seraient des chefs d'orchestre des bourdonnements terrestres, des rugissements venus des tripes du Globe et conversations animalières à sa surface. En cas de naufrage, on disposerait au moins d'une arche de Noé radiophonique.

Tel un ethnomusicologue, Gérard enregistrait dans sa tête les bruissements, chuintements, sifflements, stridulations. Les animaux jacassaient, la roche jouissait, la montagne gémissait, tantôt de craquements, tantôt de plaisir. Sans doute les murmures géologiques étaient-ils plus forts en Himalaya, amplifiés par la profondeur du ventre terrestre, avec l'écoute du monde sous son toit.

J'en profitais, tendais l'oreille et demandais à l'aveugle de me raconter sa vision du paysage. Peu à peu se dessinait un magnifique dictionnaire des sonorités, celui de la rumeur de la Terre. La rumeur des villes, elle, ne nous atteignait pas. Le discours moraliste était resté en bas – « la moraline » de Nietzsche dans *L'Antéchrist*. Le cadre du tableau en était agrandi. Les dimensions prenaient une couleur sonore. Gérard ne pouvait attribuer une couleur aux mots, alors il leur donnait une musique, en une belle litanie murmurée.

Éloge de la lenteur

Au col de Bhena, à près de quatre mille mètres, la halte fut plus longue qu'ailleurs. Je méditai près d'une énorme pierre, les pieds dans la bouse de yack. J'en profitai pour laisser parler mes intestins, malmenés par l'eau des torrents, et communier avec les restes de ces bovidés célestes. Le ciel se couvrait, le vent méridional se levait, souvent violent dès la fin de la matinée, qui s'engouffrait dans les boyaux et les gorges de la Kali Gandaki, remontant comme un souffle de l'enfer vers les hautes cimes de l'Himalaya. Il glaçait tout, y compris les pensées. Les menaces d'invasion venaient du nord, les tempêtes du sud, dans le sens du vent qui donnait aussi le sens de la sortie. Le Mustang était une contrée de salut tibétain qui voyait sa porte à midi.

Bouffées de vapeur d'eau, les nuages en tumulte s'ordonnaient en une danse complexe, qui mêlait les strates de coton au voile de l'invisible tel un metteur en scène facétieux. Les masses filandreuses étaient propices à la méditation. Il suffisait de laisser les soupirs de la brise œuvrer dans leur course folle, tandis qu'un pâle soleil tentait de percer les nuées pour caresser les versants sauvages du Mustang. Voilà un terme qui me plaisait, sauvage, non pas insoumis ni rebelle mais sauvage. Dans les endroits sauvages, l'homme réapprend l'entraide et nourrit sa compassion naturelle ou celle qui surgit de toute croyance digne de ce nom.

« C'est dans ce que votre nature a de sauvage que vous vous rétablissez le mieux de votre perversité, je veux dire de votre spiritualité… », ironisait Nietzsche dans *Le Crépuscule des idoles*.

L'état sauvage permet de repasser à la spiritualité quand il ne vous reste plus rien.

Une petite ferme nous accueillit à Syangboché. Elle respirait à la fois le dénuement et la plénitude, comme la paysanne en tunique colorée qui était au four et au moulin, un moulin à eau qui lui permettait de moudre l'orge, déjà grillé, pour en extraire une farine toutes saisons destinée aux galettes de tsampa, bientôt expédiées sur la braise. Le petit moulin ronronnait à quelques mètres de la maisonnée, alimenté par un minuscule torrent qu'un meunier à la peau brûlée par le soleil des hauteurs et aux yeux vitreux s'évertuait à canaliser. Comme un magicien généreux, un sabot délivrait à chaque tour de la pierre de meule quelques pépites de céréales. C'était une loterie de précieuse aumône. La terre livrait ses grains avant qu'ils ne meurent, l'eau offrait sa fureur, les mains agençaient la partition, et toute la vallée paraissait sereine.

J'approchais de la demeure du divin.

Le vautour et le plumeau

J'avais aperçu à nouveau un vautour, ou plutôt un couple de vautours, le second restant à distance au jusant d'un haut plateau, comme pour se protéger en cas de grabuge. Le premier *dakini*, le danseur du ciel, volait au-dessus de nos têtes, comme pour humer la charogne potentielle. La sueur qui embaumait nos vêtements en était sans doute un signe. Les gens du village aimaient les vautours, ou du moins les respectaient-ils, les volatiles nettoyaient les restes, ils s'enivraient en grandes réjouissances lorsqu'une bête sautait dans le vide et se fracassait en contrebas, ils plongeaient dans les corps donnés en offrande au ciel, ces funérailles célestes, une manière comme une autre de rendre service aux bipèdes. L'ombre vive sur la paroi des ailes déployées annonçait la rédemption. On économisait le bois et on abrégeait la cérémonie, un peu déliquescente. L'âme partait plus vite vers les hauteurs. Au Mustang, la raison perdait son latin et la mort son article. À l'incinération, on préférait le repas des gypaètes. Les âmes montaient plus vite vers le céleste, débarrassées de leur gangue encombrante. « L'homme n'est que poussière, c'est dire l'importance du plumeau », disait Vialatte. Dans la citadelle du Mustang, on avait remplacé le plumeau par le vautour, aussi efficace, sans laisser de traces. Les vautours étaient tout sauf des croque-morts, des croque-vies plutôt. Le festin du ciel débarrassait la glèbe de ses microbes, et les os retombés du repas dans les airs se brisaient sur les rocs, ces autres enveloppes charnelles, celles des entrailles de la terre. Un jour, les dépouilles se vengeront d'être qualifiées de mortelles. Service rendu à la patrie des réincarnés. On devrait décorer les vautours.

Sur l'autre versant de la frontière, au nord, on emprisonnait maints Tibétains et leurs corps mouraient plus vite, l'espérance de vie diminuait mais n'accroissait pas la vitesse de réincarnation. Ici, au Mustang, citadelle en butte aux cuirassés mandarinaux, on offrait les corps non aux murs des prisons mais au ciel des condors du cru, escadrille des ombres de bon augure. La persécution des âmes d'un côté, le morcellement des chairs de l'autre, mais l'esprit libre, prêt à s'envoler plus haut que le prédateur.

Les charognards n'étaient pas ceux que l'on croyait. Au Mustang, ils ne faisaient qu'exploiter les viscères d'autrui.

Ivresse du temps long

Nous dinâmes d'un repas frugal, une soupe maigre et des *momos,* raviolis tibétains que Migmar avait préparés avec ferveur, les mains dans la pâte qu'il malaxait, la tête tournée vers les étoiles d'un plafond léger qui venait de dégager son voile. Les géants enneigés semblaient pointer davantage leurs pics vers l'infini.

La fermière s'activait elle aussi au fourneau. Son mari avait un nez presque aussi large que sa bouche et de profondes nervures le parsemaient, signe qu'il ne buvait pas que du thé au beurre de yack. Il regardait sans cesse la petite armoire en bois qui contenait derrière sa vitre moirée une bouteille d'alcool d'orge. Qui détenait la clé ? Voulait-il seulement retarder l'heure de l'enivrement ? Gérard et moi étions soûls de la marche, Pierrot de ses images, et nul besoin de connaître une autre ivresse que celle de la lenteur, dont chacun de nos pas en constituait l'apologie pour tenter d'en extraire la sérénité. Lorsque sera dressé le bilan de faillite de l'humanité figurera en bonne place la rapidité. Ostracisé de la galaxie pour excès de vitesse, un comble de planète minuscule. Apprenons vite la lenteur. L'éloge de la temporisation permet l'émergence des émotions. Nous étions à près de trois mille cinq cents mètres et nos têtes bourdonnaient non de l'altitude mais de la profusion des sentiments. Il faut toujours laisser du temps au temps. Il finit par se reproduire.

Gérard faisait l'objet de mille attentions de la part de la fermière, qui avait croisé peu d'aveugles au cours de sa vie. Elle et sa fille lui préparèrent soigneusement son assiette, mélangèrent son riz aux légumes, avec le *dal*, la sauce aux lentilles, lui servirent du thé à plusieurs reprises. Toutes les deux devenaient ses yeux l'espace d'un instant, et c'était l'essentiel, le moment présent. Nous l'avions trop longtemps raté, cet instant évanescent. « Celui qui sait profiter du moment, c'est là l'homme avisé » (Goethe). À force de convoiter des titres posthumes, la modernité nous faisait rater nos chemins anthumes.

Le mari des monts et le mari des plaines

Tsewang, qui avalait goulûment son bol de soupe, dit que la fermière était en fait polyandre, disposant de deux maris, et que le second travaillait toute l'année dans les plaines du Népal, assurant à la famille de quoi vivre pendant l'interminable hiver, l'hiver qui s'invitait partout, dans les lits et les murs, les corps et les âmes, l'intrus qui se permettait tout. Au Mustang, il n'y avait que deux saisons, l'hiver et le reste. La fermière vivait non pas en couple mais en trouple. Cyrano, lui, demeurait au Mustang toute l'année, sous la coupe de la paysanne, qui avait tout d'une vraie matrone. Elle s'accommodait de la présence des deux maris pendant quelques semaines au printemps. Gros Nez beaucoup moins. Je n'osais demander s'ils faisaient chambre à part. Comme les gynécées, les androcées fourniraient un excellent sujet de thèse d'ethnologie.

Déjà au XIIIe siècle, Marco Polo s'était étonné d'une telle pratique en Haute Asie. « C'est une coutume dans cette province que quand un homme marié est obligé pour quelque affaire d'aller en voyage et qu'il demeure vingt jours dehors, il est permis à la femme de prendre un autre mari » (*Le Livre des Merveilles*). Nul ne sait quand la durée butoir de vingt jours a été amendée.

La tradition tibétaine de la polyandrie consistait à déposer ses chaussures devant la chambre des ébats afin de ne pas gêner l'autre, délicate attention destinée aussi à freiner la mortalité vengeresse en flagrante descente de lit et le crime de jalousie.

Au milieu du printemps, l'autre mari, celui des basses vallées, repartait en quête de roupies, tandis que celui des hauteurs se remettait à cuver. Double peine pour le mari des plaines, affairé à faire bouillir la marmite sans la goûter de près. Entre l'homme des monts et l'homme des champs qu'elle montrait en photo, la matrone n'avait nulle préférence, disait-on. Mais sans doute appréciait-elle grandement les vertus du harem en version masculine. La polyandrie n'avait pas l'air de l'avoir épuisée, bien au contraire, elle était en pleine vigueur pour son âge très mûr. C'était assez pratique mais exigeait un art subtil de l'équilibre lorsque les deux maris se croisaient et un certain sens saisonnier de l'humeur, en fonction de l'un ou de l'autre.

Inversion du sérail ottoman

Au XVIIe siècle, le voyageur Charles Dellon avait noté dans sa *Relation de l'Inquisition de Goa* que des Indiennes s'adonnaient elles aussi à la polyandrie. Pragmatique, il voyait là un excellent moyen de survivre car les femmes à la mort de leur époux n'étaient plus obligées de s'immoler puisqu'elles disposaient d'un second mari encore valide, « ce qui fait que peu se font un honneur de suivre leurs époux jusque dans les flammes ». Lui fut victime non pas des flammes ou des femmes mais des dévots, condamné à cinq ans de galères par les inquisiteurs portugais. « Je leur montrerai des reines qui valent bien des rois », dit Mme de Grancey, l'un des personnages de Voltaire dans un pamphlet, lui aussi fasciné par la polyandrie et par ce pays lointain où « chez les lamas la loi permet aux femmes d'avoir plusieurs maris ». Inversion du sérail ottoman. Les hommes dénudés remplaceraient les femmes aux bains, sous le regard dominateur d'une matrone possessive. Delacroix dans ses tableaux du harem colonial échangerait les personnages avec ceux de l'autre bord. On ne connaît pas encore le sexe ou plutôt l'ancien sexe des eunuques qui les garderaient. On imagine en revanche l'esprit enflammé des nouvelles orientalistes. Penser à laisser ses godillots devant la porte.

Le hameau de Syangboché survivait ainsi, dans la délicate attention que s'accordaient les femmes, soucieuses de préserver la reproduction et au passage de bénéficier de quelques faveurs, celles de choisir leurs époux. La polyandrie devenait un plaisir autant qu'une nécessité. Tara cependant aurait mieux fait d'envoyer son Cyrano aux champs, loin du placard à liqueurs, qu'il reluquait de plus en plus.

Le chant et le breuvage

Le sac de couchage devenait désormais notre demeure nocturne, nous, les lents escargots à coquille molle de la montagne qui, de là-haut, devait nous toiser avec condescendance, nous rappelant notre petitesse, exposés que nous étions aux humeurs de la Terre, aux soubresauts des sommets, aux hoquets à avalanche et crachats de moraines. Maints rochers instables, mastodontes de pierre aux pieds d'argile au-dessus du chemin, nous avaient rappelé que la haute vallée pouvait se couper du monde à tout instant. Le réveil fut froid et glorieux. Les crampes s'évanouissaient dans les rêves de nouveau monde, là-haut. Rédemption des cœurs, résilience des mollets. J'étais impatient de continuer la route, même si un peu de repos s'imposait.

Migmar chantonnait dès le matin, à l'heure du thé au beurre de yack salé. Le chant et le breuvage lui donnaient tant d'énergie, disait-il. « Les refrains, c'est tout ce qu'il me reste de ma terre natale. » Les montagnes de six mille mètres au nord offraient leur versant au Tibet occupé, celui de ses jeunes années qu'il parvint à fuir à vingt et un ans. Migmar en avait le double désormais et il craignait que, la première moitié de sa vie, il ne vînt à l'oublier. Le chant était sa manière de garder le temps dans sa main, de conserver ces prémices de l'existence, forcément éphémères mais qu'il tenait à embellir pour soutenir ses frères et sœurs demeurés là-bas.

Vassili Grossman au Mustang

Le Mustang devenait un double du Tibet, une copie calque encore libre. Et nombre d'espoirs des Tibétains se portaient sur l'enclave, comme une promesse de survivance en modèle réduit, une excroissance que la répression n'aurait pas atteinte. Ici, la résistance s'initiait par la pratique du dialecte tibétain, l'envoi d'enfants dans les monastères, fût-ce à titre temporaire, et le chant. Il ne s'agissait pas d'une question de taille de l'enclave mais d'un précipité d'insoumission, concentré vivace de rébellion *ex ante*. Le mouton bleu qui nous paraissait inaccessible n'était-il pas le symbole de cette cavalcade, transhumance des mânes davantage que des corps ? Au fil des jours de marche, j'arrivais à résipiscence. Ces *bharals*, ces chamois du cru, ne demandaient pas grand-chose. Le désir de les voir, comme quelques années plus tôt le faucon afghan, le balisaur d'Amazonie ou le toucan *Ramphastos toco* du Brésil, était certes un prétexte mais aussi un souhait d'Occidental en quête de l'inassouvi. Peu à peu je me rendais compte qu'il valait mieux les laisser tranquilles. « L'animal ne demande pas qu'on l'aime, il demande qu'on lui fiche la paix », écrivait Théodore Monod. Comme le prince des méharées avait raison…

Les vautours de la rédemption, ces fracasseurs de vie charnelle, devaient transporter les âmes plus loin en privant les défunts de leur dernière enveloppe. Après tout, il ne s'agissait que d'une métamorphose avec déménagement des chairs. C'était une œuvre de paix, loin des conflits des basses vallées, comme pour racheter les actes des fauteurs de troubles, chroniqués par des causeurs de batailles. L'un d'eux, Vassili Grossman, correspondant de guerre soviétique, était devenu chantre libertaire et écrivain rousseauiste dans la fumée des carnages de Stalingrad. La bienveillance et le désir de liberté dans son œuvre étaient peu à peu devenus indissociables. Lorsque son livre *Vie et destin* fut confisqué en 1961, il écrivit une nouvelle en réplique, *La Route*. Pour le censurer, deux officiers du KGB s'étaient présentés au domicile de l'écrivain afin d' « arrêter le livre ». Le livre arrêté cependant prit la fuite. Sous la forme d'un petit opus. Il faut toujours prendre la fuite lorsque l'on est un livre interdit, avec ou sans lecteurs. Sinon, il finira brûlé et l'auteur aussi. Les autodafés sont des mises à mort de l'âme humaine. Empruntant une formule littéraire de Tolstoï avec son *Cheval*, la nouvelle de Grossman symbolisait et résumait son œuvre, tout en finesse pour ne pas attirer l'attention des incendiaires du KGB. Et l'œuvre engendra un joyau, le précipité fut aussi magique que le grand livre, qui fut sorti des flammes. *La Route* devint ainsi un symbole du manuscrit interdit. Le Mustang écrivait, lui, l'histoire de tout le Tibet confisqué. Et Migmar la chantait.

Un belvédère sur l'infini

Avec Pierrot et Migmar, nous décidâmes de monter avant la nuit au-dessus du hameau, vers un piton qui donnait sur un précipice. La montée avait été éreintante après une bonne journée de marche mais les ritournelles de Migmar nous poussèrent vers le sommet comme un vent de compassion. Parvenus sur le piton rocheux, la brise se fit tourmente et de violentes bourrasques nous incitèrent à ne pas nous approcher du précipice. Des drapeaux de prières virevoltaient dans une gigue compliquée et en même temps savamment orchestrée par les éléments. Se frayant un chemin entre les falaises, la Kali Gandaki grondait mille mètres en contrebas. L'antre du torrent était tellement profond que l'on ne pouvait l'apercevoir, orgueil de ténèbres et fosse de toutes les certitudes terrestres. Je comprenais encore davantage Gérard lorsqu'il avait lancé au milieu de la passerelle que parfois il valait mieux ne pas voir.

Ni l'Annapurna ni le Dhaulagiri ne parvenaient à s'extirper de la couche de nuages, hormis le solitaire Tilicho, toujours bande à part, qui sortait son sommet mais laissait son buste dans la brume, pudeur de conquérant. Le profond couloir du torrent déployait ses méandres loin vers le sud, sous la couche de blanc, tandis qu'un affluent descendu des montages occidentales de six mille mètres bousculait les flancs pour embrasser « la rivière noire ». Nous tanguions dans les bourrasques, ajoutant à l'émotion du grand spectacle l'ivresse du vent. Les paroles fredonnées de Migmar montaient vers le nord et le Tibet chinois, portées par les soupirs de l'Himalaya. Il espérait sans doute que son village puisse entendre la mélopée. Dans *Le Chant des pistes,* Bruce Chatwin expliquait comment les Aborigènes d'Australie s'approprient un territoire par le chant, là un col, ici un plateau, plus loin un grand espace désertique. Cette découverte dans les territoires indigènes avait fasciné l'écrivain britannique. Point de marquage cadastral mais une délimitation des terres par la parole chantée, un symbole de concorde, un enfer pour les notaires appelés à se taire. L'écho portait ainsi les demandes de terres, elles rebondissaient de vallon en ruisseau, de sous-bois en savanes. Les vocalises créaient une toile immatérielle, un registre à la fois impalpable et perceptible que l'Unesco devrait se dépêcher d'enregistrer. Les cadastres disparaissaient, la mémoire perdurait, la topographie sans cesse se réajustait. La continuité des mots contre la contiguïté des parcelles, de quoi concevoir la cartographie idéale afin de préserver l'espèce humaine au bord de l'étripement permanent depuis des lustres pour un doigt de pied posé au mauvais endroit. L'atlas du chant, lui, était invisible, pour le plus grand bonheur des voisins, et le message volait au-dessus des limites, des bordures, des murs de propriété. Nulle querelle mitoyenne, pas d'engueulades ou de bagarres pour piétements sur un terrain, de coups de fusil pour une clôture déplacée, le chant suffisait. Propriétaires de tous les pays, unissez-vous par le chant ! On devrait enseigner le refrain dans les formations d'avocat pour contribuer à la paix des parages.

Plusieurs vies en une seule à la fois

Migmar par sa ritournelle ne disait pas autre chose, en envoyant les scansions vers le septentrion de barbelés. Il s'agissait de paroles d'espérance, de légendes des siècles, d'esprits réincarnés dans des corps volants. La diplomatie du chant est une stratégie de l'espérance.

Je me souvins de ce que m'avait dit un Amérindien du Brésil, Ildomar, de la tribu des Tikunas, à savoir qu'il *incarnait* plusieurs espèces à la fois : « Je suis un homme mais aussi une pierre, un arbre, une fleur, une mousse sur le rocher, oui, tout cela en même temps, car ils représentent aussi les esprits des ancêtres. » S'efforcer la prochaine fois de croire non pas en la réincarnation mais en l'incarnation. Plusieurs vies en une seule à la fois. L'espace, le temps et l'existence s'en trouveraient tous démultipliés.

J'imaginais les paysans du Mustang crier leurs espoirs par la complainte aux confins abstraits, lancer leurs doléances par l'antienne et s'approprier pour une nuit une vire herbeuse, un vallon perdu, un replat d'altitude. Migrateurs permanents, les nomades tibétains se moquaient des frontières, sauf lorsqu'elles se révélaient minées, et délaissaient bien souvent la propriété foncière pour des périmètres plus spirituels que permettaient les espaces infinis et qu'engendraient les montagnes délaissées.

La frontière était repoussée, les chants étaient colportés de village en hameau, de tente de nomades en yourte de bergers. « Le vrai métier du berger, un seul l'enseigne : le ciel » (Jean Giono, *Le Serpent d'étoiles*). Le territoire rappelait à l'homme que le plus soumis devait être celui qui mourrait en premier. L'absence d'humilité n'avait pas permis au cours des derniers siècles de resserrer les liens entre la nature et l'être humain. L'égocentrisme numérique les avait distendus un peu plus. Le narcissisme est une valorisation de soi pour mieux se détruire et les autres aussi.

Migmar souriait dans le vent, confiant malgré le froid et la nuit qui tombait, assuré que son chant porterait jusqu'à la frontière, vers l'autre Tibet.

Il n'était pas sûr que les Chinois l'entendissent de cette oreille.

L'être et l'engrais

Le yack commençait à devenir un compagnon de cheminement. Nous les croisions en altitude, vers quatre mille mètres. Ils se tenaient à distance, soucieux de ne pas finir dans une casserole de thé au beurre de congénères. Tsewang dit que chacun d'entre eux était répertorié, par une marque à l'oreille ou un tatouage, de sorte que les nomades savaient à qui appartenait telle ou telle tête, tout en les laissant en liberté. Leur allure était paisible, en quête de la moindre tache de vert sur le dessin miroitant des flancs de montagne, semés de névés et de reflets d'acier, legs de sédiments, plaques argentées et conglomérats antiques. Nous admirions leur pas serein, guidé par le ventre de la rumination quand l'homme est absorbé par la rumination des pensées. Sans doute pouvions-nous faire cause commune.

Le yack sauvage ou *Bos motus* présentait une ouïe remarquable, capable de détecter toute approche humaine à des kilomètres à la ronde. L'odorat était tout aussi développé, malgré les propres senteurs de l'animal qui, s'il supportait les – 40° C, n'était pas porté sur la toilette hivernale. Ce double don permettait au yack de compenser sa vue qui était très basse, et cela rassura Gérard. Il envisageait de mettre un peu plus à l'épreuve son odorat, outre son ouïe qui était déjà fort pertinente, lui permettant de repérer les voix connues, de détecter les mouvements, de marcher au son des pas de ses compagnons de route, un pas léger signifiant un terrain facile, un pas lourd l'amorce d'une montée, un petit choc la présence de rochers. Au fil des jours, je remarquai qu'il possédait un redoutable sens de l'orientation, comme si une boussole avait remplacé ses yeux défaillants. Son cerveau démultipliait ce dont il ne pouvait bénéficier. La perte d'un sens était ainsi compensée par l'intelligence des autres. Sans doute devrions-nous tous nous lancer une fois dans notre vie dans un stage de privation d'un sens, les yeux bandés, les oreilles bouchées, le nez pincé. Cela ralentirait notre aveuglement dans la grande illusion d'un monde virtuel.

Le yack, nouvelle recrue de l'Armée rouge

On ne comptait plus que 15 000 yacks sauvages sur la planète, principalement au Tibet et à ses abords. Une espèce parallèle parvenait à survivre, domestiquée, à hauteur de plusieurs millions d'exemplaires. L'armée chinoise s'en servait même pour mater le Xinjiang, la patrie des Ouïghours, dix millions d'âmes dont un million dans les *laogaïs*, les goulags version chinoise. On domestiquait davantage encore l'animal pour remplacer les tanks, moins dociles en haute altitude. Sur des photos de l'agence Xinhua, les gardes rouges montaient les mammifères aux longues cornes dans les montagnes enneigées, à la poursuite du rebelle à pied, forcément perdant face à une telle horde aux ordres. L'insoumis se retrouvait en taule, la bête domestique recevait une botte de foin. Le yack domestique avait intégré les unités glorieuses du Parti communiste chinois. On a le brave soldat que l'on peut. Le yack sauvage, lui, résistait, du Xinjiang au Tibet.

Migmar en faisait une ligne de référence : si l'humanité ne parvenait pas à conserver le yack sauvage, elle perdrait la face et plus qu'un symbole.

— Dans deux générations, on aura des jeunes qui viendront demander à leur mère : « C'est quoi un yack ? » Tu te rends compte… La honte ! C'est ce qu'on veut éviter. Le yack, c'est notre culture.

— Il faut les garder ! répondis-je.

— On fait tout pour. Il nous manque les nomades.

— Ils descendent à la ville.

— Leurs enfants veulent acheter des portables.

Les yacks devenaient les gardiens de la culture bouddhiste. Au Tibet, on emprisonnait les moines récalcitrants. Au Mustang, on voulait inséminer les yacks, jugés par certains aptes à la méditation. Migmar regardait le troupeau sauvage comme les petits d'une portée très protégée. Même si le dogme le lui déconseillait, je savais qu'il voulait se réincarner en mammifère très velu, dans une tribu à bouses. Ces poilus menaient une autre guerre de tranchées. Dans l'écriture tibétaine aux splendides déliés, un poème calligraphique, le mot yack s'écrivait avec des cornes tournées vers le bas,

གཡག

corps dédié à la terre, échine offerte aux charognards, esprit tourné vers le ciel. Migmar avait raison. Le bouddha aux multiples visages et tant soumis à l'exégèse pouvait lui donner sa bénédiction.

Le triomphe des dieux

Alexandra David-Néel en avait fait son canasson en pénétrant dans Lhassa interdite en janvier 1924 – il faisait très froid. Juchée sur son yack explorateur, elle était réduite « à l'état de squelette », après quatre mois de voyage, confia-t-elle à son mari, mécène bien patient. L'aventurière fut contrainte de manger le cuir de ses bottes avec son compagnon de route qui n'était autre que son fils adoptif, afin de survivre à la faim et aux glaces. Du haut de son ruminant, elle lança à la vue du Potala, le palais du Dalaï-Lama, le cri primal des Tibétains lorsqu'ils parvenaient à leur destination ou au sommet d'un col : *Lha gyalo !,* « Les dieux ont triomphé ! »

Oui, le yack ce jour-là avait lui aussi triomphé, les humains l'oubliaient trop souvent.

Au-dessus de nous, les yacks dansaient d'un sabot sur l'autre et ne déviaient pas de leur lent cheminement, conscients de notre présence. Ils méditaient sur le bonheur du lichen et de la mousse. L'hiver, ils vivaient sur leurs réserves comme leurs maîtres. Pour l'heure, ils emmagasinaient de la graisse et semaient des bouses pour enrichir la terre, délicate attention pour la saison prochaine. C'était un autre message dans cette montagne de sagesse, sous les herses des falaises dentelées et les couronnes des cimes claires. « Le meilleur de l'homme, écrivait en 1854 Henry David Thoreau dans *Walden ou la vie dans les bois*, ne tarde pas à passer dans le sol en qualité d'engrais. » C'était dire l'importance de la bêche.

Les pelleteuses et l'émulation socialiste

Des cyclopes martelaient la roche en contrebas, des bêtes métalliques tailladaient les gorges, des dinosaures à chenilles pénétraient dans les flancs rocheux, détournaient les torrents, s'invitaient dans les lits des rivières, et le bruit des gigantesques pelleteuses nous ramenait à la réalité de la vallée. La beauté est censée sauver le monde : face à cette division de pelles mécaniques, on aimerait croire sur parole la maxime dostoïevskienne. Au Mustang, on craignait l'émulation du socialisme de marché inventé par la Chine. Pékin en guise de divisions déployait ses jambes hydrauliques et les bras de ses prisonniers politiques.

L'homme il est vrai avait trop longtemps délaissé cette enclave, oubliée du monde, surtout l'hiver qui durait ici la moitié de l'année. La piste s'ouvrait ainsi chaque jour davantage. Qui pouvait reprocher à cette portion du monde, fût-ce sous couvert de romantisme ou de la préservation d'un fief ethnologique, de s'ouvrir davantage à la modernité ? Une saillie de terre beige zébrait le Bas Mustang, avec ses ourlets sur les bas-côtés, comme deux lèvres enflées, cadeaux de volupté, et la trace montait peu à peu, en conquérante insidieuse, suivie par une nuée de terrassiers en guenilles. Ces éclaireurs dormaient sous des tentes et se nourrissaient de peu, transportés par les compagnies depuis les plaines surpeuplées du Terai. L'hiver qui s'annonçait gèlerait pour un temps les travaux. Puis l'avancée glorieuse vers la Chine reprendrait. Guru Rinpoché avait déjà émis ces craintes dès le VIIIe siècle : « Quand l'oiseau de fer volera et que les chevaux galoperont sur des roues, les gens du pays de Bod [le Tibet] seront dispersés à travers le monde comme des fourmis. » La montagne se défendait comme elle pouvait, elle recrachait quelques boyaux, vomissait des tonnes de rochers sur le tracé nouveau, la bougresse, éboulements, éructations caillouteuses, chausse-trappes, ravinements cachés, mais elle mettait souvent genou à terre, vaincue par ce travail de sape, et les machines avaient toujours le dernier mot, suivies des cohortes de terrassiers. Les ingénieurs paradaient, les moines priaient, les antiques caravanes s'évanouissaient. « Nous n'avons jamais assez de la nature », prophétisait Henry Thoreau en sortant de deux ans de cabane au fin fond du Massachusetts.

L'homme sauvage et le précipice

Près de la résurgence de la Kali Gandaki, à quelques centaines de mètres en aval de la roche qui recrachait les eaux, un ouvrage de béton se dessinait sur les deux rives. La nature a horreur du vide mais l'*Homo sapiens* le sublime en lui offrant du béton et des dents en acier. L'Himalaya balafrée sur ses contreforts en porte les stigmates. L'homme sauvage lorsqu'il voit un précipice le contourne ou lui offre des lianes. L'homme civilisé, lui, construit un pont puis quelques générations plus tard se jette dans le vide.

Le trait d'union entre les anciens empires se précisait, et le serpent de terre grimpait lentement vers le Haut Mustang et la frontière chinoise. Les Mustangais, comme le rappelait Tsewang, étaient partagés entre le désir de progrès et la sauvegarde de leur culture, conscients de la tragédie tibétaine en cours depuis des lustres derrière les montagnes du Nord. Ils craignaient l'hémorragie en aval, l'exode vers les villes, et le déferlement chinois en amont, plus tard, dans un second temps. Le royaume de la lumière ou l'art de l'équilibre. Sur ces hauteurs, l'ouverture avait pour synonyme la destruction. Idéologie embarquée, fût-ce juchée sur des yacks, contre réincarnation. Le combat semblait perdu d'avance, pour cette vie-là au moins. Le désenclavement laissait poindre ses tares que la raison techniciste ne pouvait ignorer.

Béatitude du yack

En béatitude ambulatoire, le yack malvoyant observait tout cela de haut, dans tous les sens du terme. Le bruit semblait l'accabler, avec son ouïe très sensible, alors il pratiquait la fuite en avant, posture qui loin d'être péjorative comme dans les pays occidentaux présentait des avantages. L'armée des tractopelles en bas laissait des crottins de terre sur son parcours. Aux hallebardiers mécaniques, les escadrons de yacks répondaient par des bouses de plus en plus élevées en altitude, traces éphémères sur une carte d'errance mais qui, délicate attention, permettaient au moins à l'homme de se chauffer l'hiver.

De profonds vallons empiétaient sur les cols et la litanie des mouvements de montée puis de descente engendrait une douce scansion. Agapes du corps, dédiées aux parois, et de l'esprit, tournées vers les cieux. Non pas être aux anges mais appartenir aux anges. La géographie devenait naturellement spirituelle. Apprécié pas à pas, savouré dans l'effort de la marche et la concentration à l'approche des ravines et sur les roches instables, le temps devenait joaillier. Il ciselait des bijoux, offrait de nouveaux paysages intérieurs, avec ou sans vue sur les montagnes. Gérard remplissait les tableaux, comblait les manques, ajoutait des nuances de couleurs sur la peinture du jour.

— Là, je devine des nuages au-dessus de la cime. Raconte-moi la couleur de ce versant.

— Il y a des taches brunes sur de la roche ocre. Puis des falaises noires. Au-dessus, de la neige.

— Tu as entendu les marmottes, Olivier ?

Non, je n'avais pas entendu. Gérard me détailla le chant des rongeurs, le cri d'alerte des sentinelles, debout sur leurs pattes arrière en vigies attentives et couineuses, à croire qu'elles avaient lu *Le Chant des pistes* de Chatwin pour s'emparer davantage par le chant du territoire. J'entendais un peu mieux ainsi les cris des oiseaux, les craquements de la roche, le sifflement du vent s'engouffrant dans les anfractuosités voisines, sous des donjons de granit et des dentelles qui laissaient couler leurs larmes sombres sur les parois offertes telles des joues émues et tendues.

L'aveugle était éloquent. Sa relation des bruits et silences rehaussait ce que je voyais. Il en avait été ainsi déjà sur les glaces de Sibérie, lorsque le lac Baïkal lançait sa petite musique de craquements et de plaintes surgissant des profondeurs. Le Mustang laissait parler ses glaces en amont et ses roches en aval. La perspective, cet art de voir plus loin, se révélait démultipliée, accentuée par l'écho. Le relief acquérait davantage d'emprise à la découpe du sonore comme un couteau affûté sur le taillis céleste. On devrait signaler sur les cartes du monde la beauté et la profondeur des bruits, ces subtils gargouillis et grognements de la géographie. Cette appropriation de l'espace, île aux trésors sonores, n'était pas dominatrice, loin de l'arrogance de la cartographie. Le timbre de la vie, dans toute sa splendeur, originelle, du vagissement à la vocifération.

Leur addition était tout sauf un vacarme.

Le temps et l'ardeur

Le décor en était réenchanté, comme les décors devraient l'être à l'écoute de leurs entrailles et de leur peau. Je comprenais Gérard, c'est-à-dire que j'entendais sa propre écoute du monde, ce chant polyphonique de l'humanité, de l'animalité et de la minéralité. Quand un message électronique parvenait dans le Mustang de l'autre bout de la planète, il mettait une demi-seconde. Nous passions des heures à attendre le bruit révélateur, le refrain de la vie que nous guettions avec avidité. C'était cela aussi, le progrès, écouter en prenant son temps.

Gérard répondait parfois aux animaux, et je tentais de l'imiter avec nettement moins de succès. Les vautours étaient relativement silencieux, sauf lorsqu'ils se délectaient d'une proie et voulaient convier la fratrie au grand festin de la chair sanguinolente. Les moutons bleus n'avaient toujours pas pointé leurs cornes. Les chevaux sauvages, eux, hennissaient dans le lointain, dépositaires de l'esprit nomade. Les marmottes se tenaient tranquilles mais nous cherchions à les débusquer en poussant leur cri. Les sciuridés disposaient d'une organisation sociale complexe et leur habitat ne l'était pas moins, avec entrées principales et secondaires en cas de grabuge, un dortoir-nurserie et des latrines pour le long hiver. Les rongeurs des hauteurs passaient la moitié de l'année dans des trous aveugles. Ils voyaient à mi-temps, se reposaient les yeux. Ils rongeaient surtout leur frein dans l'attente des premières lueurs printanières. Contempler le paysage à la belle saison puis s'enfermer pour s'en souvenir, divaguer, repeindre le tout. L'idée me plaisait.

J'en parlai à Tsewang.

— En fait, il se passe l'inverse, répondit-il. Les marmottes voient encore mieux dans leur trou que dehors. C'est un peu comme nous. On s'enferme et on médite. Leurs terriers, ce sont nos grottes.

Le prince de la lumière aimait les petits princes de l'obscurité. Bientôt ces artisans des hauteurs allaient amuser leurs galeries des glaces. Leurs visions nocturnes seraient nos miroirs. L'humanité pourrait s'en inspirer.

Le cri du petit mammifère était un chant en soi, une longue complainte joyeuse qui aimait se jouer des pics et aiguilles. Ce n'était pas la montagne qui accouchait d'une souris mais les marmottes qui enfantaient les sommets. Nous assistions à un grand concert à l'agencement ancestral et magique. Avec un peu d'entraînement je commençais à parvenir à la hauteur de Tsewang, parfait dans ses talents d'imitateur pour théâtre naturel.

La marche, art du désir

Nous n'étions guère pressés d'atteindre les cimes et les hauts plateaux. L'ascension était une épreuve de patience lors de laquelle nous goûtions aux charmes de l'attente, cet autre refus de l'immédiateté, grâce à la grande orchestration qui s'organisait avec délicatesse autour de nous. Le pèlerinage intérieur prenait corps. La marche, art du désir, s'apparentait à une abnégation, loin de tout sacerdoce. On rajeunissait de cinq ans tous les mille mètres de dénivelé. Parler aux montagnes était devenu une consolation, et les angoisses d'hier se cautérisaient d'elles-mêmes dans cette polyphonie.

Étrangement le temps perçu à travers le bruit le rendait encore plus présent. Le bruit enrichissait la durée, densifiait l'instant. Il n'y a pas de fin de l'Histoire, contrairement à ce que pense Fukuyama, il n'y a que le début et la pérennisation de la clameur du monde.

La terre semblait s'ouvrir à tous les bonheurs, à toutes les jouissances avant le lent hivernage qui se préparait, au terme des récoltes d'altitude, quand la dictature du froid s'imposerait jusque dans les os et les esprits.

La nuit, lors de la halte dans un hameau, le silence devenait bruit. Il se peuplait de mille chuchotements, nés de la pierre et de la vie animale, et les deux se mariaient en un chant parfait, un unisson que je ne croyais plus possible, après tant de guerres et de précipices. Je m'allongeai sur le sol, qui n'était pas encore gelé, tandis que les étoiles caressaient de leurs innombrables lueurs de velours bleuté les montagnes sombrant dans la nuit. Les scintillements composaient eux aussi une symphonie, avec un chef d'orchestre invisible. Les astres jouaient à un gigantesque cache-cache de bonheurs et de mystères. Au début du XXe siècle, le colonisateur britannique et bâtisseur d'empires Cecil Rhodes clamait : « Si je le pouvais, j'annexerais les planètes. » Vu du Mustang, les planètes ne désiraient annexer que la Terre, et c'était mieux ainsi.

La montagne est une société clandestine

L'ascension se poursuivait lentement, agrémentée de maintes descentes, vers les ravins, le long des failles, sous les grottes à ermites. Clochards célestes et hirsutes, les yacks nous surveillaient de haut et nous tenaient à distance, gardiens d'un fief mouvant que seuls les nomades de toute éternité pénétraient. Le pas pesant et lent de ces sentinelles de la haute solitude nous rappelait sans cesse à l'ordre. Il nous rassurait, Gérard, Pierrot et moi, loin de la prophétie d'Hannah Arendt, « le danger est qu'une civilisation, coordonnée à l'échelle universelle, se mette un jour à produire des barbares nés en son propre sein ». Les grands mammifères étaient les gardiens de l'enclave, les protecteurs du Mustang. Ils semblaient aussi nous protéger, comme les vautours un peu plus haut, ces briseurs d'os regroupés en pompes funèbres locales, une bande organisée qui nettoyait les cadavres en cours de réincarnation, processus accéléré, merci pour eux.

Au-dessus de nous, les bêtes mafflues tenaient tête, à la piste montante, à son armée de pelleteuses, aux Chinois menaçant de descendre, au désarroi contemporain qui sévissait dans les villes lointaines. Rois de la lenteur, les yacks abritaient sans doute les âmes de quelques humains qui en avaient trop vu, conscients que la vitesse n'allait rien arranger à notre sort, celui des vivants. L'un des mammifères prenait son temps. Je lui souris, bien que cela ne servît à rien en raison de la très faible vue de son espèce. Je passais sous le vent des grands quadrupèdes, qui remuèrent la tête. Ceux qui vont se réincarner te saluent.

Le yack et ses congénères symbolisaient encore à eux seuls la vie nomade que nous avions perdue et tant contribué à détruire. Libérés de toute entrave, êtres indépendants et sans dogme, ils n'étaient pas encore atteints par le nombrilisme pathologique à grande échelle. L'enclave aux bêtes et aux hommes rétifs nous montrait le chemin, à l'opposé de la dictature de l'ego et de l'omnipuissance du plaisir.

Je me demandai si les grands ruminants connaissaient comme la fermière de Syangboché la polyandrie stable. Elle existait dans le monde animal, pour des questions de survie des espèces. Les grenouilles y étaient très attachées, les diablesses aussi, ainsi que nombre d'oiseaux, malgré leur réputation de monogames dans les manuels de sciences naturelles, notamment les mésanges bleues.

Quant aux vautours tibétains, nul zoologue ne s'était encore sérieusement penché sur la question de leur diversité amoureuse.

Faire du futur table rase

La nuit tombait doucement et les cimes gardaient leur blancheur dans la nuit violacée. Je restais immobile un long moment avant de rejoindre Pierrot et Gérard et déguster notre soupe avec pâtes du soir. Les versants s'éteignaient peu à peu, comme un bougeoir à court de munitions, et l'obscurité meublait leur douce nudité. Les animaux rentraient dans leurs cachettes, recoins ou terriers, en sentinelles épuisées. Les pics se fondaient avec délicatesse dans la masse noire, osmose des géants et de l'infini. Je fermais et rouvrais les yeux, conscient d'être dans la plus grande salle de cinéma au monde. Vivre l'instant avant qu'il ne s'échappe. Insérer le fugace présent entre hier et demain, comme un coinceur sur une voie de granit qui écarterait la faille. Inverser le précepte maoïste sur le passé et rendre le futur lettre morte. Prendre des notes, même si elles ne serviraient à rien, car l'écriture est une alchimie qui ne s'invente pas. Relire les carnets de Delacroix sujet à une paresse délicieuse à Tanger et conscient que l'instant ne sera plus jamais le même. « Je suis dans ce moment comme un homme qui rêve et qui voit des choses qu'il craint de voir lui échapper » (*Correspondance générale*). La représentation du monde ne vous échappe plus lorsqu'elle surgit des songes. La montagne est une société clandestine qui ne livre jamais tous ses secrets.

Re-naissance et résilience

Un sentiment étrange m'étreignait. Nous allions Gérard et moi vers la rédemption, du moins nous la cherchions, Gérard préférant parler de re-naissance, en deux mots précisait-il, et moi de résilience. Nous n'avions pas toutes les cartes en main et l'expédition pouvait capoter à chaque aube et à chaque crépuscule, suspendue aux caprices du chemin, à la santé de nos orteils et au bon vouloir des divinités. J'admirais la force de l'aveugle, ses tentatives de sortir des ténèbres ou plutôt du grand voile blanc qui l'assaillait.

Dans la nuit étoilée, le Mustang semblait à la fois plus enclavé, fragile et agrandi par le reflet du monde sur les murailles de neige. Désarrimée, affranchie de tout carcan, l'enclave flottait tel un bateau à la dérive. Nous étions entre deux mondes, entre celui d'en bas qui poussait à la roue et celui qui tonnait de l'autre côté de la frontière, au septentrion de notre bivouac. Au sud, la soumission volontaire, avec ou sans opium du peuple. Au nord, la coercition des esprits par le nouveau contrat social, un contrôle des âmes. Au-delà de son rôle de zone-tampon, de ce faire-valoir qui lui avait valu d'être si longtemps épargnée, l'enclave flottait précisément dans cet entre-deux, entre le royaume mercantile où gagner sa vie justifiait nombre d'engeances et le royaume du communisme de marché où toutes les engeances justifiaient d'avoir une vie. Dans la géographie du monde, cet art qui ne sert qu'à la rencontre des hommes, le Mustang demeurait une énigme, bercé par la dialectique de la fureur des siècles, qui avait laissé des traces jusque sur ces hauteurs aux airs de donjons crénelés, et par le grand silence blanc. L'envolée vers le haut en devenait plus périlleuse, soumise à d'autres défis. Pour consoler sa peine : parler aux montagnes. Devant les éclats des sommets basculant peu à peu dans le noir, on ne pouvait oublier Apollinaire et sa Loreley, l'admirable femme qui emmenait les navigateurs vers la mort, laquelle était nettement moins admirable. « Ô belle Loreley aux yeux pleins de pierreries / De quel magicien tiens-tu ta sorcellerie. » La sorcellerie opérait, elle nous menait vers la vie.

Gérard devenait de plus en plus émouvant. Il peinait dans la montée, bien plus que nous car il devait par les mots de Migmar et l'appréhension du relief éviter les pièges de la trace, contourner les grosses pierres, s'équilibrer avant de traverser un torrent.

Nous l'aidions, Pierrot et moi, mais nous sentions qu'il voulait se guider par ses propres moyens, deux bâtons de marche ou un seul et la main reliée par un foulard blanc au sac à dos de celui qui le précédait dans les passages délicats, l'ouïe aux aguets, toujours, cette ouïe qui nous avait menés sur des pistes de ski de randonnée dans les Alpes puis sur le lac Baïkal en plein hiver et dans les monts Khamar-Daban de la Bouriatie qui bordait la Mongolie.

Cette fois-ci, bien que les expéditions ne fussent en rien comparables, le péril se révélait plus grand, avec l'altitude, les embûches du sentier, lorsqu'on parvenait à en trouver, l'éloignement de la vallée, la fatigue qui peu à peu s'installait, malgré les soupes épaisses de Migmar le soir à la halte qui nous réchauffait le corps et le cœur.

La lutte contre la pollution du moi

— Je vois mon bonheur.

La phrase de Gérard m'avait toujours intrigué. Il en avait fait le titre de son livre, en reprenant le vers de Prévert, « J'ai reconnu le bonheur au bruit qu'il a fait en partant ». Le sien avait claqué la porte lorsqu'il avait appris, à dix-sept ans, qu'il était atteint d'une rétinite pigmentaire, prémices d'une cécité qui s'annonçait et qu'il ne voulait concevoir. Une décennie de déni avait suivi. La vue tenait le coup mais faisait des siennes. Lui donnait le change. Le panorama dérapait, il demandait au ciel d'attendre encore un peu. Les couleurs s'estompaient, il repeignait le tableau, en inlassable peintre de sa vie de plus en plus rétrécie. Mais lorsque les crayons sur le pupitre de son école d'Alsace tombaient à terre, il ne pouvait les ramasser. Quand il campa avec sa classe, incapable de retrouver sa tente, il échoua dans la rivière, sous les quolibets et les sarcasmes. Sa vue se rétrécissait, sa douleur augmentait, et lui se muait en révolté permanent, soumis à l'humiliation de la moquerie. Devenu aveugle, il plongea dans des idées morbides, en finir, non pas se suicider mais espérer ne pas se réveiller le matin. Destinée, hasard, coup du sort, il ne savait comment nommer cette mauvaise loterie qui l'avait placé en son centre. Puis, dans une troisième phase comme il l'énonçait lui-même, il connut le rebond, la renaissance, dans un formidable élan qu'il souhaitait partager avec le plus grand nombre autour de lui, avec les malvoyants du Burkina Faso, dans les favelas du Brésil, au fin fond des Andes ou en Himalaya. Accepter le destin est plus fort que lui résister. Lusseyran avait transformé sa non-voyance en outil de lutte contre la pollution du moi. Gérard l'entendait ainsi, à sa manière, le rire en plus. Le déplacement était non pas une fuite en avant mais une volonté de démontrer, d'ouvrir un chemin pour d'autres gens privés d'un sens, les sans-vue. Partir et revenir, marcher puis témoigner. Tout grand voyage devrait être un partage. Gérard avait appris à voir autrement et voulait « donner à voir » comme le proclamait Eluard.

J'aimais ce caractère, cette force qu'il avait acquise au gré des épreuves, et dont l'humour arrondissait les angles, comme ce fut le cas lors de cette expédition au Mustang où pendant un mois chaque geste était une décision à prendre, chaque itinéraire un choix, chaque jour un bonheur et un péril en soi. L'aventurier aveugle suscitait dans son sillage maints enthousiasmes. Les paysans et bergers se retournaient, le saluaient, mais sans emphase, et cette marque d'indifférence relative devenait un gage de respect et d'acceptation. C'était un moment de lumière dans leur vie de reclus des hauteurs. Songer à la figure du berger solitaire confinait à la tautologie. « Que serait une solitude qui ne serait pas une grande solitude ? » s'interrogeait Rainer Maria Rilke dans *Lettres à un jeune poète*. Gérard s'était extrait peu à peu de son confinement. Le karma opérait de tout son charme. S'il avait perdu la vue, suggéraient certains, c'était parce qu'il allait connaître une autre vie, bien meilleure. Gérard en souriait. Il suscitait mille fois plus d'attention qu'à Katmandou.

Et cette lueur correspondait à l'espérance qui était devenue mon fil d'Ariane dans les décors d'apocalypse que j'avais connus pendant vingt ans, guerres, massacres, traversées de lignes de front, foyers de guérilla qui jamais ne s'éteignaient, discussions interminables avec des tueurs, nuits avec des génocidaires, palabres insensées avec des djihadistes qui voulaient me trucider, passages de frontières sous le feu, voisinage avec la mort dans les tranchées, cauchemars de visages connus et disparus à jamais, nuits peuplées de fantômes, et l'aurore toujours en attente de ses promesses, l'aurore longue à venir mais qui toujours perçait la couche de nuages, offrait ses lueurs, peuplait les songes à venir, lézardait les murailles de haines, effaçait les fresques trop sombres. La lumière est une obscurité qui se tait. L'aube scintilla au-dessus de la montagne Sano Bhrikuti, qui portait le nom d'une divinité tibétaine et masquait le glacier Khumjungar. Gérard et moi nous nous levâmes d'un bond et nous partîmes vers le col aux défilés insolents, déjà en proie à la pensée vagabonde.

Pâtres de tous les pays, donnez-vous la main

Une marche n'est jamais linéaire. Elle est espérante, décevante, joyeuse puis ennuyeuse, tour à tour d'humeur taquine, bravache et mélancolique. « La marche est tissu imprévisible de sursauts, d'acquiescements, de dérives plus fructueuses que des poursuites », écrivait le poète suisse Gustave Roud, trop longtemps méconnu. Il rappelait les travers d'une randonnée, toujours surprenante. Depuis des années que j'effectuais des expéditions ou de longues randonnées en Asie, au Moyen-Orient, dans les Alpes ou dans l'Ouest américain, je donnais peu à peu raison au Vaudois. La marche est un sacré maelström de surprises, d'effets miroirs et d'introspection qui ferait pâlir d'envie un psychanalyste. Je marche donc je suis, et le je y est souvent un autre. L'ego devient empathie et le moi se dissout dans l'univers immédiat, antichambre du reste de l'univers. L'engourdissement en lui-même est un élan vital. Le rythme des pas permet de mieux écouter les insectes, que l'on évite d'écraser. Le chant des oiseaux donne les clés pour écouter le murmure sous l'écorce.

Il était temps de commencer à parler tout bas, dans n'importe quelle langue, même celle des bergers ou des animaux. Pâtres de tous les pays, donnez-vous la main.

La grosse bête démoniaque et le sage tueur

Les genévriers aux bras enchevêtrés pointaient leurs doigts vers le ciel en dames implorantes. Du thym de montagne parfumait la sente comme une promesse d'encens. Une moraine insolente jetait ses caillasses dans le vide, drainées par l'impatience des siècles. Une falaise à l'Orient montrait ses plis de mal endormie, le visage chiffonné par la nuit ou le mystère de la genèse. L'ascension était plus lente ce matin, après un grand bol de tsampa, la bouillie d'orge grillée qui tenait au corps pour une bonne partie de la journée. Un paysan redescendait des hauteurs, des vivres dans son panier d'osier qu'il portait sur le dos. Sans doute venait-il ravitailler un hameau dans la gorge où s'insinuait un affluent de la Kali Gandaki aux abords sculptés par la lente vieillesse de la roche. Le paysage changeait peu à peu, mutique, débarrassé de maints arbustes, avec des parois aux faces tantôt sombres tantôt ocre, découpage subtil qui créait un froissement de mantilles avec un velours délicat dans lequel baignaient les légendes, dont celles du grand dragon.

Nous approchions, disait Tsewang, du lieu où la grosse bête, la garce, avait été vaincue par Guru Rinpoché, le fondateur du bouddhisme au Mustang et au Tibet au VIIIe siècle, un homme de paix mais qui avait la main lourde lorsqu'on le taquinait.

Pierrot voulait des chevaux, Gérard demandait du thé et moi de la profondeur de champ pour tenter d'apercevoir la montagne du dragon. Elle était encore loin, en contrebas du prochain col, et se signalerait par des éclaboussures de rouge et de violet sur ses flancs, traces du démon démembré qui avait dû être coriace, vu l'étendue des dégâts.

La marche, enfantement puis enchantement du monde

J'espérais surtout apercevoir le mouton bleu mais il jouait à cache-cache, peu désireux de montrer ses cornes. La montagne devenait une attente, de sons, d'images. On vérifierait le patchwork un peu plus tard. Nous parlions peu, hormis ces éructations dues à l'altitude et au fonctionnement lent du cerveau, de plus en plus atteint, par l'oubli surtout et le désir de catharsis, ce rêve de dramaturge en voie de reconversion vers le comique. Chaque pas gravait un mouvement dans nos esprits, sculptait une portion du décor, comme pour le réinventer. Telle l'écriture, la marche est d'abord un long enfantement puis un merveilleux enchantement du monde.

En chemin, lorsque le souffle nous le permettait, nous devisions sur le sort de la non-voyance. Gérard avait transformé sa différence en force, non pas en chemin de croix mais en voie de rédemption, pour lui et pour les autres, et il savait que le don était un cadeau du ciel.

— Toi, Olivier, tu as vu beaucoup dans ta vie et aussi des malheurs.

Je reprenais son antienne :

— Il vaut mieux parfois ne pas voir.

— Faire l'autruche n'est pas une solution.

— Alors je ferai le yack.

Nos deux parcours n'avaient rien de comparable ou si peu et nous reconnaissions en même temps qu'ils devenaient complémentaires.

Je le guidais sur la sente de haute montagne, il me prodiguait des conseils. Il avait quitté le monde des couleurs pour plonger dans l'obscurité, je tentais de fuir l'univers des ténèbres tout en l'acceptant, la douleur du monde intégrée à sa beauté. Je me rappelais ce que disait l'ami et moine bouddhiste Matthieu Ricard qui vivait dans le monastère de Shechen à Katmandou, où il accueillait de temps à autre des réfugiés tibétains, de moins en moins nombreux à pouvoir s'échapper de leur pays-prison.

— On parle surtout de la malveillance et du mal dans le monde, disait-il, et rarement de la bienveillance.

— Tu as raison, mais l'un ne va pas sans l'autre.

— Il faudrait quand même accentuer ce qui est positif, ces millions de gestes de bienveillance qui surviennent chaque jour !

— Toujours d'accord, mais on va encore se faire des ennemis.

Il est vrai que, dans l'océan d'actes humains que la Terre enregistrait à chaque heure, on retenait davantage les gestes de haine que les gestes de compassion.

— Ce n'est qu'une question d'entraînement, insistait Matthieu, à force de méditation.

L'ermitage spirituel

Le moine pratiquait l'ermitage spirituel. Je ne pratiquais que l'ermitage d'altitude, celui de la déambulation qui devenait de plus en plus méditative. La marche engendre le rêve et le grandit. Or « le rêve est une seconde vie » (Nerval dans *Aurélia*). Sans doute le manque d'oxygène contribuait-il à asphyxier les mauvaises idées. L'hypoxie est à certains égards une délivrance. Je me livrais au même exercice, subtile manœuvre entre le vide sans la pensée et une certaine pensée par le vide. Exercice d'équilibre aussi délicat que nos franchissements de torrents sur les petits ponts de bois ou les passages de crêtes. Nos têtes avaient souvent du mal à se tenir tranquilles. Avec la raréfaction de l'air, elles avaient tendance à simplifier. Excellent pour tout effacer et recommencer.

Le corps, lui, s'appropriait l'espace, aussi hostile paraissait-il. Comme les dieux, les montagnes aux reliefs abrupts et aux profondeurs de champ démesurés étaient favorables. Les divinités ont eu tendance à accorder davantage de sagesse aux hommes vivant près d'eux. Question d'humilité.

Pour l'heure, nous errions près du néant. Il me semblait jouer le rôle du personnage de Gide conseillant la jeune aveugle dans *La Symphonie pastorale* – « l'attention extrême que je prenais pour guider ses pas ». Nous longions un précipice ma foi assez vertigineux, et mon empathie devenait une envie de cécité. Nous allions tous deux vers le haut, vers la lumière, et nous étions confrontés à l'obscurité des ténèbres, un boyau qui se frayait un chemin dans les entrailles de la montagne pour semer la clarté. La vie n'est qu'une promenade au bord du vide que nous approchons ou duquel nous nous éloignons en fonction de l'humeur des années et de la profondeur de nos convictions. La mise en péril est une perspective d'existence. La mort est un rebord dont il faut se moquer, sous peine d'une autre ultime sanction, le vertige, et d'un travers, l'ennui.

Tout corps glissant vers le ravin

Le précipice était tenace, beau par ses profondeurs et attirant. Ses ténèbres contrastaient avec le nirvana que nous recherchions, à la force des jambes, dans le coton de nos esprits. Deux jeunes moines qui descendaient des hauteurs, en robe orange et en anorak grenat, emmitouflés comme s'ils revenaient des neiges éternelles, me saluèrent. Ils arboraient un sourire doux, qui semblait émaner du plus profond de leur être, et la difficulté du sentier, les caprices des pierriers qui cachaient leurs pièges sous le roulis des pas ne les gênaient aucunement. Ils sautillaient, s'arrêtaient, reprenaient la descente au long cours. Le soleil était déjà haut et ils n'avaient nul besoin de le regarder. Ils disposaient de la lumière au cœur et elle irradiait autour d'eux, comme un écho assourdissant.

La progression était lente et le précipice tenace. Le bord du vide ne voulait pas abandonner le chemin et il nous collait à la peau, nous rappelant sur le flanc droit la vulnérabilité des corps dans la montagne et le principe de l'Archimède local, à savoir : « Tout corps glissant vers le ravin n'en ressortira pas vivant de sitôt. » Je me souvins d'un périple en Suisse et de la rencontre d'un jovial vigneron, qui était le gérant de « la plus petite vigne cadastrée du monde », trois ceps plantés au XIXe siècle par le contrebandier Farinet, surnommé le Robin des Bois du Valais, et que venaient vendanger désormais des célébrités pour en extraire une piquette. Une main malicieuse avait inscrit la maxime de Nietzsche : « Dieu est mort, signé Nietzsche », puis avait ajouté en dessous : « Nietzsche est mort, signé Dieu. » Le philosophe n'avait pu avoir le dernier mot, le ciel s'était vengé et la petite vigne était devenue entre-temps la propriété du Dalaï-Lama.

La verticalité des confins

Les gorges paraissaient inaccessibles et ressemblaient à un labyrinthe dans lequel se perdaient tout espoir et la lumière. Elles montraient en même temps le chemin et permettaient le versant, auguraient de l'ascension, ordonnaient de s'extirper du boyau. La verticalité des confins hauts a ceci de merveilleux qu'elle nous aspire et nous inspire à la fois. Elle est un calque de la vie qui déploie sous sa peau le besoin d'humilité face à l'immensité de l'espace et à la radicalité du temps. La transparence de ce calque n'est qu'une illusion et peu à peu se dévoile la vraie nature du corps, la poussière.

À la fin, le temps gagne toujours.

La lumière, elle, gagnait peu à peu le corps de Gérard. Il me demandait de moins en moins de décrire le paysage. Cela ne me manquait pas. Nous inversions les rôles et je le questionnais sur son Mustang, ses souvenirs extrapolés qui devenaient visions d'aujourd'hui. Il oubliait qu'il était aveugle, et cette propension était admirable, bien plus que la volonté de monter à cinq mille mètres ou davantage. C'était un séducteur-né de panoramas. Il flottait dans l'air, s'accommodait des éléments, se jouait du vide, même s'il était amarré à Migmar ou à moi. La lumière est aussi une disposition d'esprit.

Le petit Tibet se dévoilait peu à peu. Il résistait à l'envahisseur chinois, de l'autre côté de la frontière, en étiolant ses monastères, en les rénovant, et les jeunes candidats ne manquaient pas à l'appel des vénérables. Les villages s'accrochaient à leurs parois et à leurs maigres cultures dans l'attente de l'hiver, avant que la coquille ne se refermât. Le seul envahisseur ici était la neige, que l'on tolérait. Les Mustangais seront les derniers à sortir les fusils contre le temps.

Les hameaux devenaient un peu plus rares. Ils se fondaient davantage encore dans les décors, comme une osmose divine tolérée par les autres dieux, ceux des cimes, qui ne déversaient pas leurs rejets vers ces îlots de survie.

L'empire du Milieu et le petit Tibet

Je songeais de plus en plus à l'autre Tibet, le grand frère, prisonnier non des cimes mais des mandarins de Chine. Peut-être pourrions-nous apercevoir sur un sommet son homologue côté chinois mais il ne fallait guère compter sur la clémence des gardes-frontières de l'empire du Milieu, aptes à dénicher les fuyards dans un sens et les contrebandiers dans l'autre, sauf ceux qui les rétribuaient dûment. Le Mustang dès lors devenait un Tibet en creux, un Tibet qui demeurait préservé et qui se voulait non pas l'héritier mais le digne continuateur du Pays des Neiges.

Notre expédition nous permettait ainsi de nous déplacer de jour en jour, de frôler les gorges insondables, d'approcher les cieux et surtout de longer la frontière nord, grâce aux chevaux que nous allions nous procurer un peu plus loin.

Je ressentais chaque jour davantage les odeurs des contreforts hauts, les plantes grasses, la terre lourde, le vent qui colportait les restes d'un mouton bleu au corps fracassé au fond d'un ravin, comme si le temps cumulé de la marche donnait son *imprimatur.* La couleur s'exprimait différemment dans la tête de Gérard, la couleur des senteurs, des sons, des émotions. Il peignait ainsi des paysages connus et inconnus. Au commencement de l'expédition, que nous surnommions désormais la Longue Marche, je lui décrivais les décors, les cimes, les ravins, les maisons accrochées aux falaises, les grottes improbables sans chemin d'accès, ces demeures célestes dont la porte d'entrée était un trou béant sur le vide. Peu à peu, les rôles s'inversèrent et Gérard se plut à décrire ses propres paysages, ses décors intérieurs, ceux qu'il recomposait avec des bribes de souvenirs et des émotions en cascade et ceux qu'il inventait, purement et simplement, avec une frontière floue entre les deux, comme si une passerelle naturelle existait entre le réel et l'imaginé, comme dans la littérature, et tout paraissait vraisemblable. Gérard n'avait en fait besoin que de peu de descriptions, non par souci d'économie mais au contraire pour mieux les extrapoler et les réinventer. Une ébauche de dessin puis des nuances improvisées sur le canevas, la vieille méthode des artistes. Adolescent en montagne, j'avais adopté avec les livres la même technique afin d'imaginer les paysages que j'espérais et enchanter le vallon enclavé de haute solitude où je survivais en écrivant la suite d'un chapitre de Cervantès, d'un poème d'Aragon ou d'une nouvelle de Conrad. Comme par magie, les frontières fermées s'ouvraient alors et apparaissaient de nouveaux horizons, créés par un djinn bienfaisant qui déposait au passage d'autres personnages, pour beaucoup des amis. Les feuillets antiréclusion ont disparu, les envolées rêvées ont survécu.

Mémoire des routes et volupté de la lenteur

Parfois, la solitude aidant, nous parlions chacun à distance à nos sacs à dos. Un poème accompagnait souvent la cadence de mes pas. L'ascension devenait une danse entre deux trébuchements. Je songeais au *Gai Savoir* de Nietzsche que je portais dans ma besace : « Notre première question pour juger de la valeur d'un livre, d'un homme, d'un morceau de musique, c'est de savoir s'il y a là de la marche et, mieux encore, de la danse… » Nous tricotions la réalité, le petit Tibet s'agrandissait, la Longue Marche devenait une ascension vers la liberté et non plus vers la soumission, question de lutte des passes, les monastères détruits reprenaient vie, les vautours s'emparaient des âmes dans les corps décharnés pour les emmener vers le ciel de la réincarnation. La mémoire des routes est une mémoire recomposée dans la volupté de la lenteur.

Un torrent barrait insolemment le chemin, et le petit pont en pierres et en bois en amont avait été en partie détruit par des crues et la fonte des neiges au printemps. Le passage sur l'ouvrage demeurait envisageable mais je décidai de baigner mes pieds dans ce torrent à la fois maigre et puissant. L'eau glacée fouettait le sang. Elle pénétrait dans les veines et les os, s'invitait, l'insidieuse, dans le pantalon, remontait, la traîtresse, dans les mollets. Elle parvenait à s'infiltrer dans le cerveau, empêché de réfléchir à quoi que ce soit pendant quelques instants sinon aux gestes de survie, ne pas marcher sur cette pierre, éviter la mousse glissante, parvenir à se récupérer sur la petite berge aux joues efflanquées par le ravinement. C'était sans doute ce que j'attendais depuis l'aube, un coup de fouet par les fondations et même le fondement, une marque au fer rouge sur les neurones, un réveil du corps qui permettrait d'endormir les pensées. Cela marchait assez bien. Pierrot s'évertuait à prendre des photos depuis la berge. Deux vautours nous survolaient.

— C'est froid ?

— Peut-être bien.

— Tu comptes revenir sur terre ?

— Peut-être bien.

Le bulbe rachidien était atteint. Le fluide des glaciers remontait en moi, brassé par les moraines millénaires, tandis que le souffle des sommets, haleine des ancêtres, balayait le lit du torrent. À défaut de conservation de l'être humain par la glace, envisager la pétrification, histoire de prendre racine ou plutôt roche. La brise profitait du moindre interstice, caressait en la soulevant la surface de l'eau, emmenait dans sa chevelure les débris de la terre trop fragiles, poussières des pistes, fétus de paille, limailles du temps.

Gérard gardait les pieds secs. Il avait raison, il toussait, et de plus en plus fort depuis le matin. Sa toux allait nous inquiéter dans les jours qui suivaient. Il avait pris froid avant nous. L'aveugle aime toujours prendre de l'avance.

La bordure de Goliath et le contrôle des esprits

Une étrange impression nous étreignait. Nous n'avions qu'entraperçu pour l'heure le royaume interdit, nous ne faisions que le pénétrer aux abords et son cœur ne s'annonçait pas encore, avec les hauts monastères, sa minuscule capitale Lo Manthang que j'attendais de découvrir avec tant d'impatience, et voilà que nous redoutions déjà ses confins. Une crainte indicible qui suintait des propos de Migmar lorsqu'il évoquait « l'autre côté », le pays qu'il avait fui, le Tibet pour lui, sa terre natale, la Chine pour les cartographes du monde. Nous étions loin encore de la frontière sino-tibétaine et j'imaginais déjà ses barbelés sur les cols, avec de lointains postes-frontières en contrebas car l'altitude ne permettait pas aux gabelous de séjourner trop longtemps dans les parages, la douane a ses limites. Sans doute des caméras devaient-elles filmer les intrusions, passages, tentatives. La Chine ne se protégeait pas, elle empêchait les Tibétains de prendre la poudre d'escampette. Longue marche à l'envers interdite, question de principe.

Migmar reconnaissait lui-même que sa fuite n'était plus guère envisageable aujourd'hui. Les contours de son Tibet historique étaient une terre piégée, aux œillères grillagées. Le Mustang, le royaume où la lenteur était reine, redoutait cette bordure de Goliath qui tentait d'emprisonner la foi et de contrôler les âmes. Les murs des frontières sont des griffes sans remords qui s'emparent des moindres espérances. Les moutons bleus, les mythiques *bharals*, s'enfuiraient-ils de cette bordure mal-aimée ? Leurs gracieuses cornes en lyre qui semblaient picorer la montagne ne pouvaient que narguer les fantassins de l'empire du Milieu. Je me demandai si les gardes-frontières et tireurs d'élite chinois étaient habilités à descendre les ruminants himalayens, qui transportaient sûrement des âmes rebelles en réincarnation. Du bouddhiste, faisons table rase. La muraille de Chine, avant-poste des nouvelles routes de la Soie, prodiguait les mêmes slogans qu'au temps de Mao.

Sur ma carte d'état-major, cet « autre côté » était indiqué par un grand espace de couleur bleu clair, bleu comme le ciel, bleu comme la peau des glaciers et le vide intersidéral.

Une baronnie de six mille âmes contre l'empire du milliard

Après tout, à quelques jours de marche ou de fuite du pays des Fils du Ciel, mué en royaume des métadonnées ou grandes données du monde, en fief du contrôle social, en bastion orwellien de la censure devenant peu à peu autocensure tant elle s'infiltrait dans les esprits voire les gènes, futurs bons citoyens de pères en fils, les Mustangais résistaient comme ils le pouvaient. Une baronnie de six mille âmes contre l'empire du milliard. Sur les nouvelles routes de la Soie, maints pays avaient rendu les armes.

En Occident, les routes du Super-Moi avaient déjà fait un carnage, rouleaux compresseurs de la pensée que les téléphones intelligents contribuaient à anesthésier. Chantres de la liberté des siècles durant, nous étions devenus ses ennemis. Deux chars d'assaut nous conduisaient au gouffre, la vitesse et l'hypertrophie de l'ego. Nous y allions la fleur au fusil. Là-haut, derrière les murailles de l'Himalaya, les Chinois devaient bien rire de ce grand bond en arrière.

Un jeune paysan du village en amont descendait en costume traditionnel dans la vallée un téléphone portable à la main. Celui-ci ne fonctionnait pas sous telle latitude mais son propriétaire était en quête de réseau dans la vallée. L'appareil représentait une belle somme pour lui et l'abonnement aussi. Il captait de-ci de-là et n'aimait guère s'approcher de la frontière, convaincu que les sbires mandarinaux pouvaient lui voler sa petite boîte ou en capter le contenu, en habiles rapaces des neurones.

La sente poursuivait son jeu facétieux de montagnes russes, à la fois revigorant et agaçant. Lancer la jambe, se redresser, porter le poids du sac, qui semblait aussi lourd que le monde, se rétablir sur une pierre ou un bout de terre. L'ascension se ponctuait d'ahanements et la succession des pas se transformait en mélodie intérieure, une musique qui déclinait doucement ses gammes sur le cerveau, inondant les veines comme un délicieux élixir.

Ascenseur pour l'au-delà

À peine parvenait-on, éreinté, au sommet d'un col qu'il fallait dévaler l'autre face, côté nord, pentu comme une descente aux enfers. Les ravins paraissaient nettement moins accueillants dans ce sens-là. Ils tendaient leurs doigts tordus vers les vautours pour les inciter à y lancer leurs proies et jeter dans cette géhenne les corps en attente de l'ascenseur pour l'au-delà. « Quand je veux me recréer, je cherche le bois le plus sombre, le plus épais, et le plus interminable », écrivait Henry David Thoreau dans *De la marche*. Au Mustang, les ténèbres des gorges tenaient lieu de bois sombre.

Le Nyi La ne se laissait pas gravir aisément. Le col à quatre mille mètres était sournois et son sommet glissant, avec des flaques de boue qui rendaient la marche hasardeuse pour la descente, glèbe collée aux semelles. Sentinelles de la haute solitude, des moutons bleus nous regardaient au loin sereinement, sans bêlements, comme s'ils avaient senti que nous étions empêtrés dans cette colle terreuse. Tsewang ne voulait pas croiser leur regard. Sans doute avaient-ils piégé l'âme d'un marcheur inconséquent. Lui ne voulait pas de retour de la chair dans un animal à quatre pattes de surcroît à l'espérance de vie trop courte, divisée par deux ou trois en raison des prédateurs. Un prince du Mustang se devait d'espérer une longue réincarnation. Il n'avait pas tort. Tant qu'à croire en la transmigration des âmes, autant choisir une belle enveloppe ou une durée de vie adaptée. Il était tard pour envisager la peau d'une baleine de Groenland, qui vivait deux cents ans, une durée de vie décidément trop longue dans ce monde bientôt sans calotte glaciaire. On retrouvera un jour dans son estomac les débris de plastique qui avaient contribué à la fonte de son habitat. Espérer de s'installer dans le corps d'un moustique domestique, qui mourait à peine né, encore chérubin, dix jours plus tard, n'était pas le meilleur des calculs. Il restait l'éléphant, pour une soixantaine d'années, mais il fallait se dépêcher avant la disparition de la savane. Le choix devenait difficile. La chèvre? Une quinzaine d'années, voire moins en fonction de la vitesse du loup et de la puissance de ses crocs. Quant au rhinocéros, cinquante ans environ, sa carapace permettait d'espérer vivre un peu plus longtemps mais avec le risque de finir très jeune édenté, de voir sa corne se muer en poudre aphrodisiaque et s'accomplir dans une partie de jambes en l'air précisément de l'autre côté de la frontière du Mustang, avec de riches Chinois aux cheveux teints.

Tsewang préférait les chevaux.

Tentative de délavage

Au détour d'un versant de grès apparut le village de Ghami. Ses petites parcelles violettes de sarrasin égayaient les montagnes du nord, grises avec des taches de rouge. J'allais en apprendre bien vite la signification.

Les vautours revinrent à la charge pour nous survoler avec obsession.

— Ils ont envie de nous picorer, dit Pierrot.

— Ou ils cherchent à se réincarner, répondis-je, et là ils font erreur.

Le rire n'était qu'un pis-aller. Mes fantômes revenaient lorsque les rapaces approchaient, avec son cortège de mauvais rêves, de proies civiles, de tranchées remplies de cauchemars, de peuples errants sur les barrières de feu. Longtemps j'avais couru après les champs de bataille, non pour les honnies lignes de front mais pour aller voir au-delà, au sein des tribus oubliées, dans les villages délaissés et au creux des visages effarés. J'avais été donné pour mort en Irak, disparu dans les marais, avalé avec mes amis kurdes par un redoutable rouleau compresseur, un tapis de bombes et des feux d'artifice nuit et jour. J'en étais sorti indemne mais le piège s'était refermé à plusieurs reprises, en Afghanistan, au Pakistan, au Sri Lanka, en Amazonie et ailleurs. Les rideaux s'abaissaient chaque fois, les mauvais rêves s'installaient puis je renaissais, sans savoir que le brouillard perdurait pour longtemps. Les images et les cris s'enfouissaient en moi, je croyais pouvoir oublier, des fantômes s'installaient dans la tête, comme des doléances, des suppliques d'effacement, et rien ne s'effaçait sans que je puisse voir pour autant. Étais-je confronté moi aussi à la cécité, une cécité partielle, oublieuse mais traîtresse, avec des réminiscences incessantes ?

— C'est de l'ignorance, suggérai-je à Gérard, qui en connaissait un bout en la matière.

— C'est du déni, répondit-il.

Le blanc prenait ses aises dans mon cerveau et le noir dans le sien, bien que l'aveugle parlât de temps à autre de blanc. Le voyage devenait paradoxal puisque nous nous dirigions vers les neiges d'éternité, le laiteux qui refusait de s'en aller, l'immaculé qui s'invitait à vie sur les cols, les contreforts et les sommets. Le paysage de haute altitude était d'autant plus homogène que le bleu du ciel vacillait devant l'offensive de la masse ouateuse, avec ses cavaliers désordonnés, ses voltigeurs à houppelande, des hallebardiers qui chevauchaient des altocumulus et des cirrostratus.

Comment était-il, ce blanc dans son cerveau ? Éblouissant ou plutôt synonyme d'effacement ? Mon questionnement était stupide et je n'osais ennuyer l'ami avec ces vagues à l'âme. Je savais que ce blanc était une déferlante, comme mes blancs dus à la guerre avaient servi sinon à cautériser du moins à mettre entre parenthèses les images de l'horreur. Les scènes étaient délavées, la mémoire aussi. Oui, c'était cela, un immense éclaircissement, une tentative de délavage. L'aveugle et moi nous rencontrions au moins sur ce point, et je savais que de ce grand-voile clair il se serait bien passé.

Leçon de courage

J'aimais ses raisonnements, son aspect bougon, même s'il avait tendance à se perdre dans des méandres vosgiens et alsaciens, ainsi que le récit de ses escapades en randonnée ou à vélo, avant et après le grand virage et la perte de la vue. Ses propos devenaient de plus en plus lumineux, non qu'ils ne le fussent point auparavant mais parce que je n'en avais pas compris la grille de lecture, une subtile partition qui rendait les doigts plus agiles à lire sur les lèvres et à caresser la surface de la mappemonde à l'œuvre sans cesse en nos têtes, mouvement perpétuel et métronome insistant. Gérard se confiait, je l'écoutais, et vice versa. Ici le Mustang, les aveugles parlent aux aveugles. L'ami sans yeux écrivait sous les miens une leçon de courage. Chaque pas était une conquête sur soi, sur un univers de perspective, un relief de profondeurs que le ravin à notre droite, entre yacks et vautours, ne pouvait même pas évaluer. Il nous fallait du temps, de la distance, comme le recommandait Nietzsche dans *Humain, trop humain* : « Tu dois, de ce que tu veux connaître et mesurer, prendre congé, au moins pour un temps. C'est seulement après

Une paysanne du Mustang au col de Gongmochhe, 4057 mètres. La vallée de Lo Manthang, la petite capitale de l'enclave, d'où elle revient est à moins d'une journée de marche. À droite, la descente vers le vallon de Samjong, l'un des endroits les plus reculés et les moins explorés du Mustang.

En haut : Un agriculteur près de Lo Manthang dans son champ de sarrasin, appelé aussi « blé noir », avant la récolte au début de l'automne. Les moissons sont engrangées en quelques jours car l'hiver au Mustang, à 4000 mètres d'altitude, survient rapidement.

En bas : La descente de la passe de Gongmochhe. L'aventurier aveugle Gérard Muller suit Migmar, à gauche, sur un sentier escarpé vers la haute vallée de Samjong. Au-delà, le Tibet historique et la Chine.

En haut : Lo Manthang, la capitale du Mustang, 600 habitants, à 3900 mètres, entourée de murailles mythiques. 90 % de ses habitants migrent durant l'hiver en raison du froid pour se rendre à Pokhara, à Katmandou ou en Inde. Lo Manthang fut longtemps interdite aux étrangers, tout comme le Haut Mustang, ouvert en 1992, d'où son surnom de « royaume interdit ».

En bas : Les falaises et flancs des montagnes du Mustang abritent 20000 grottes et habitations troglodytes. Nombre d'entre elles demeurent inexplorées. Pour les archéologues, leur nombre et leur origine demeurent un mystère. Certains des ossements découverts remontent à plus de trois mille ans. Le Mustang représente ainsi l'un des plus grands sites archéologiques d'Asie. Des chambres funéraires, des fresques du XIIIe siècle et des écrits prébouddhistes ont récemment été découverts par des chercheurs de l'American Himalayan Foundation.

En haut : L'équipe de l'expédition sur le plateau de Gamaar, à 4500 mètres. De gauche à droite, Wangyé (debout), un guide de Samjong (assis), Olivier Weber, Tsewang Bista et Pierre Petit. Gérard Muller et Migmar, absents sur ce tronçon de l'expédition, sont redescendus à Lo Manthang.

En bas : La montée de Dhakmar. Gérard Muller, à gauche, est guidé par Migmar par la voix et même par le chant. La légende indique que le démon a été terrassé ici au VIIIe siècle par Guru Rinpoché, lui permettant d'instaurer le bouddhisme au Mustang. Le sang de la bête aurait donné la couleur rouge à certaines parties de la montagne. Son cœur serait conservé dans un stupa, un monument religieux, au fond du vallon pour que le démon ne puisse pas se réincarner.

En haut : Un campement de nomades et d'éleveurs de yacks sur les hauteurs de Lo Manthang. Les yacks sont gardés à plus de 5 000 mètres. Élevés pour la fourrure, le lait et la viande, le yack a une très mauvaise vue mais une remarquable ouïe qui lui permet de détecter toute présence humaine et peut supporter des températures de - 40°C.

En bas : Des femmes et des hommes sont venus de tout le Mustang, peuplé de 6 000 âmes, pour Yartung, la fête annuelle du Cheval qui marque la fin de l'été au monastère de Lo Gekar, à 4 000 mètres. Les danses traditionnelles en costume sont l'un des moments les plus intenses.

Dans le village de Ghami. Après la récolte de céréales de la fin de l'été, les villageoises s'adonnent à la collecte des bouses de yack pour chauffer les maisons l'hiver.

En haut : Des élèves de l'école des *amchis*, les médecins guérisseurs, à Lo Manthang. En raison de la pénurie de médecins, le docteur et moine Tenjing Bista a récemment relancé cette école de médecine traditionnelle tibétaine unique au monde, riche de cinq mille ans d'expérience. Les études durent environ douze ans.

En bas : Jeunes nonnes au monastère de Tsarang. Les familles apprécient que leurs enfants puissent en suivre les enseignements et devenir moines ou nonnes. Contrairement au Tibet sous occupation chinoise, la culture tibétaine connaît un renouveau au Mustang.

En haut : Un jeune moine joue au cricket pour se détendre entre deux enseignements dans la cour du monastère de Kagbeni, situé sous la falaise et perché au-dessus de la Kali Gandaki, «la Rivière noire». Pendant des siècles, la tradition pour les familles consistait à proposer au moins un garçon par fratrie aux monastères, ce qui permettait aussi de soulager la charge alimentaire du foyer.

En bas : Lo Manthang est la ville où réside l'héritier du royaume de cette vallée à la monarchie abolie car intégrée au Népal, mais que les habitants considèrent toujours comme leur souverain.

En haut : Kagbeni marque l'entrée dans le Haut Mustang, enclave protégée en raison de son environnement fragile, notamment par la délivrance d'un permis spécial pour les randonneurs.

En bas : Le col de Chogo La, à 4 320 mètres, au-delà du monastère de Lo Gekar qui date du VIIIe siècle, le plus ancien établissement religieux de la tradition nyingmapa du Mustang.

Les vergers du village de Chelle (Tselé en tibétain), à 3 000 mètres, sur un promontoire, à une journée de marche de Kagbeni. En contrebas, la vallée de la Kali Gandaki. En aval, en passant entre le Dhaulagiri et le massif des Annapurnas, la Kali Gandaki devient la gorge la plus profonde au monde avec un dénivelé de 6 000 mètres.

Le monastère en ruine de Samjong, au-dessus du village du même nom. C’est l’une des régions les plus reculées du Haut Mustang. Au fond, le massif des Annapurnas.

Rue de Lo Manthang. Le palais royal est en réfection. À l'approche de l'hiver, les ruelles sont de plus en désertées et les habitants se préparent au départ. Les drapeaux tournés vers le ciel comportent des prières tibétaines. Le bleu symbolise l'espace et la voûte céleste (Akashpura), le blanc l'air ou le vent (Vayapur), le rouge le feu (Agnipura), le vert l'eau (Nagpura) et le jaune ou l'orange la terre (Vasupara). Selon la tradition, le vent disperse les formules sacrées aux quatre coins de l'horizon et les transmet aux divinités.

avoir quitté la ville que tu vois à quelle hauteur s'élèvent ses tours au-dessus des maisons. » Loin des salons de pseudo-penseurs dans les beaux quartiers où l'on déclinait les vertus de la vaillance, le non-voyant me la montrait sous la semelle de ses godillots. La pensée qui en suintait avait macéré dans la boue de l'effort et le réconfort du dessein.

Les corps épousaient le rythme de la pente, l'esprit aussi. Au détour d'un versant, un large paysage s'ouvrait, avec vue sur le village de Ghami, une ouverture plein nord vers la saillie de Dhakmar et sous des falaises aux couleurs variées, les restes d'une cité antique nommée Akiama. Elle avait été détruite par les crus, les vents et la pluie. Son héritière, Ghami, s'était réfugiée à une encablure dans la paume de la main de la vallée, sous des versants moins hostiles, qui regardait les ruines non sans une certaine fierté.

— Regarde, sur cette montagne en face s'est cramé le démon.

Tsewang évoqua la saga de Guru Rinpoché qui, de retour du Tibet où il fonda le bouddhisme, terrassa le dragon sur les cimes himalayennes.

— Là, le rouge des falaises, c'est son sang qui a giclé partout.

Personne n'avait pu nettoyer la mythique hémoglobine.

La rate du démon

Le drapé ocre des ravines sur les flancs dessinait des ombres de velours, avec des nuances de violet épiscopal. Le gourou devait être bien armé, à pouvoir sabrer ainsi l'adversaire sur plusieurs montagnes. Gigantesque armada de l'obscur, le théâtre dévoilait ses coulisses que détaillait le prince du Mustang, là, en violet, la rate du démon, plus loin, à quelques kilomètres, ses entrailles au sang noir, le vilain, encore plus haut, dans un stupa que cachait un ourlet de grès, le cœur, soigneusement conservé à la fois comme relique et pour qu'il ne se réincarne point. Vu du col de Ghami, sous les nuages qui empêchaient de voir émerger les

Annapurnas, les murailles rouges et violettes ressemblaient aux veines d'un corps disséqué, passé au scalpel de la vengeance. Tsewang n'arrêtait pas de détailler les éclaboussures sur les flancs du géant himalayen, mort d'une dissection par préméditation. La vengeance, cet art du souvenir à perpétuité, avait déteint sur la géographie locale. Viens par là, cette montée est la membrane de l'estomac, cette sente, c'est le lobe de l'oreille éclatée sur la paroi. Et là, la rate en court-bouillon, agrémentée à la sauce mustangaise. Cette vallée du Mustang était une ode au cinéma gore. Seul un grand maître, comme il se devait, pouvait venir à bout du démon.

Un morceau de cervelle colorait les soubassements d'une cime. J'imaginais la taille d'un cerveau démoniaque. Les barbares étaient intelligents, nous avait appris le XXe siècle, celui des génocides. Le Gengis Khan de l'Himalaya devait l'être aussi. Les intestins grêles se perdaient dans un vallon, tandis que la main gigantesque avait brisé ses phalanges sur des rochers noirs. Ses entrailles ouvraient la voie du bouddhisme. Les vautours avaient dû se régaler. La bête païenne était morte, vive la foi. Un dragon, ça n'a pas d'avenir, c'est né pour être terrassé. Mauvaise pioche, ou plutôt mauvaise réincarnation, comme l'on disait par ici. Saint Georges du bouddhisme, Guru Rinpoché n'y était pas allé avec le dos de la cuillère. Et c'était ainsi que l'on racontait, au Mustang comme dans nos chaumières, le grand commencement du monde.

Tsewang disait que les paysages et nomades du Mustang avaient gardé des rites de cette période, celle du Bön, religion indigène traditionnelle, à croire que l'on avait voulu conserver les restes de la bête dans du formol. Des croyances chamanistes avaient ainsi perduré au cours des siècles dans la basse vallée en parallèle au bouddhisme, comme si les deux religions s'étaient mélangées.

— On les respecte et ça nous tient, disait le dignitaire. Pas de dogmatisme sur ces hauteurs.

Un étonnant syncrétisme régnait ainsi au Mustang et dans certaines contrées du Tibet historique, dont témoignaient les statuettes représentant les dieux çà et là. Les Bonpo, adeptes du culte bön, avaient dû fuir le Tibet ancien et s'étaient pour certains réfugiés en bas du Mustang. La culture bön plaçait son lieu sacré au sommet du Mont Kailash, vénéré aussi par les bouddhistes tibétains, les hindous et les jaïns. Le démon était vilipendé et adoré en même temps, comme si sa mort avait permis la venue de Bouddha dans la haute vallée du Mustang. L'animal était sûrement né avec deux têtes, hydre malgré elle, l'une de haine, l'autre d'admiration. Un adoubement de sang, ainsi que l'exigent les grands drames et les mythes tenaces. Guru Rinpoché le valeureux pouvait remercier le monstre, terrassé à jamais sur les flancs de Ghami aux parcelles de sarrasin.

Les sages éternels ont toujours besoin d'un Judas.

Monstre et fantômes

Le monstre me renvoyait à mes propres fantômes. Ils avaient quelques sortilèges en commun, et le fait d'abord que l'on pouvait s'en accommoder, tel un totem intérieur qui ne demandait qu'à grandir. Le royaume de la lumière me laissait entrevoir une part de vérité longtemps tue. Ce n'était pas la guerre qui avait engendré la mélancolie mais la mélancolie qui m'avait conduit à la guerre. J'avais caché le totem, je l'avais renié, avec toutes ses branches, ses facettes, ses visages. Les bombes avaient envahi la tête. J'avais gommé le séjour dans les marais irakiens, trois jours durant, caché des hélicoptères et des soldats de Bagdad. J'avais édulcoré les mises en joue par les talibans et fous d'Allah, trois fois de suite, avec des simulacres et des mises en scène à vous donner envie de devenir moine pour le restant de vos jours et de vous raser matin et soir pour ne plus voir la moindre pilosité au menton. J'avais enfoui au fond de moi les simulacres d'exécution et les visions de l'horreur. La Mésopotamie avait inventé l'écriture, ses lointains descendants avaient réinventé la barbarie.

Les gens que l'on assassine, les innocents que l'on conduit à l'échafaud, les opposants que l'on exécute d'une balle dans la tête au milieu d'un stade. Les rafales devant vous, et vous qui parvenez à en réchapper, devant une cohorte de sans-vie, hagard, coupable éternel, puni d'une telle rédemption. Les survivants souvent sont des âmes en peine que le corps en sursis ne peut réconforter.

Les guerres m'avaient laissé en vrac, en proie à l'humeur triste, brisé du dedans, et aucun miroir ne pouvait dévoiler mes blessures, trop longtemps tues. La blessure silencieuse prenait ses aises. Entre Héraclite qui pleure et Démocrite qui rit, je ne pouvais composer. J'avais découvert après Kierkegaard Robert Burton, écrivain britannique contemporain de Shakespeare, « esprit inconstant et volage » puis « médecin de l'âme » de son propre aveu, auteur d'une monumentale *Anatomie de la mélancolie* et qui décortiquait le sentiment. Ce fut pire. Je tentai alors d'appliquer le remède d'Alberto Moravia : « La mélancolie est ce que l'on ressent quand on établit la distance entre soi et le monde, entre soi et le destin du monde. » Le destin du monde se rapprochait, à force de voyages et d'écriture. Et ce fut pire encore.

Les batailles peu à peu prenaient leurs quartiers dans mes neurones, de l'Afghanistan à l'Afrique, du Sri Lanka à l'Irak et à la Syrie. Les morts me saluaient toutes les nuits. Je me réveillais en hurlant sans savoir quels cauchemars peuplaient ces heures blanches. Je décrivais les autres sans me décrire moi-même. L'écriture me servait de seule catharsis et elle dévoilait ses failles dans la carapace. Je n'étais pas un autre, j'étais en dehors. La forteresse était fermée et j'avais oublié la clé. Tranchées boueuses où l'on trucidait les poètes, lignes de feu où sombraient les espérances trop longtemps attendues, maquis d'infamie où l'on riait avec le diable, ce vieux compagnon qui était en nous. Je ne pouvais vivre sans les guerres et sans l'écriture, sans un martial nomadisme et un sédentarisme de bon aloi, celui des feuillets accumulés, métronome incertain, mouvement perpétuel qui déployait ses bataillons d'amour et de haine, balancier morbide et allègre. J'aurais mieux fait, plutôt que d'aller à la guerre vingt ans durant, de pêcher la truite du Mercantour, dans les montagnes où adolescent le destin me promettait de demeurer berger.

Des hallebardes me piquaient le cœur, dépourvu d'armure, alors que je n'avais jamais renâclé à me jeter dans le feu des batailles. Je me cachais derrière la plume et ce n'était pas un bouclier. J'attendais un adoubement et j'évitais les confessions. À force d'écouter les autres, je m'oubliais jusqu'à l'écœurement. J'étais tombé dans un puits sans fond.

Les vagabonds de la désolation

Je relus alors un autre livre, découvert à San Francisco. Dans *Le Vagabond solitaire,* Kerouac appelait à reprendre la route. « Après toutes les fanfares de ce genre, et j'en passe, j'en arrivai à un point où je sentis le besoin de solitude, le désir d'arrêter la machine de la "pensée" et du "plaisir" (ce qu'ils appellent "vivre") ; je ne voulais plus qu'une chose, m'allonger dans l'herbe et regarder les nuages. » Il était temps de renouer avec la solitude des montagnes. Les décors s'effaçaient peu à peu de ma mémoire, comme dans un théâtre oublieux. Les drames ne pouvaient s'appliquer qu'aux autres. Nul réceptacle pour les prières de ceux qui mouraient dans leur tête.

Le démon de Ghami n'avait été vaincu que lorsqu'il avait colorié de ses restes les falaises, traces de son règne, de son emprise et de sa mort.

Contre le maudit, la plénitude. Les éclaboussures du monstre gardaient la vallée et la montée vers Dhakmar. Une nuit de repos dans le village de Ghami en contrebas ne serait pas de refus.

En descendant le col très venté de Ghami, je ne cessais d'observer les restes de la bête. J'abandonnais peu à peu mes dernières certitudes. Après tout, le bouddhisme s'était imposé par le glaive de Guru Rinpoché dans cette haute vallée et les habitants du cru avaient eux aussi abandonné leurs principes, ceux du culte bön. J'oubliai quelques fantômes et j'effaçai quelques livres de ma mémoire. « Nous ne sommes pas de ceux qui ne pensent qu'au milieu des livres, écrivait Nietzsche. Notre habitude est de penser à l'air libre, en marchant, sautant, montant, dansant, de préférence sur les montagnes solitaires. »

Les mousses sur les pierres indiquaient l'humeur de la montagne, sa disposition à digérer le végétal, à l'intégrer à ses boyaux, délicatesse souveraine qui ne pouvait prêter à négociation. Les cimes étaient des ogres qui vous rappelaient la petitesse, et c'était bien ainsi. Le rousseauisme revenait en force, avec ses préceptes d'altitude égrenés dans *La Nouvelle Héloïse*. « Sur les hautes montagnes où l'air est pur et subtil, on se sent plus de facilité dans la respiration, plus de légèreté dans le corps, plus de sérénité dans l'esprit. Les plaisirs y sont moins ardents, les passions plus modérées. Les méditations y prennent je ne sais quel caractère grand et sublime, proportionné aux objets qui nous frappent, je ne sais quelle volupté tranquille qui n'a rien d'âcre et de sensuel. » Rousseau aurait aimé le Mustang, bien qu'un peu éloigné de la montagne genevoise. Il avait raison sur toute la ligne, sauf sur un point : la volupté apparaissait tout sauf tranquille.

Gérard, lui, découvrait peu à peu des mondes inconnus. Il voyait, le bougre, insolemment. Gardien d'une mémoire à venir, il voyait même dans le brouillard. L'aveugle se battait contre l'armée de l'ombre, avec son voile qui hantait son esprit et menaçait de tout recouvrir s'il ne relevait pas la tête. Je le regardais en tension et en détente à la fois, comme un guépard cherchant l'image, c'est-à-dire la proie, puis nous reprenions l'amble, l'un derrière l'autre. La méditation devenait intuitive, comme induite par les pas et nos ricochets sur les pierres, ivres de fatigue. Cette ivresse-là était saine, dépossédant les neurones de leurs encombrants squatteurs. Ghami approchait.

Solitude et multitude au Pays des Neiges

Dans l'attente de l'hiver, le village était recroquevillé sur lui-même, lové en bas des montagnes et bercé par le murmure de deux torrents, dont l'un était puissant, « le plus fort de tout le Mustang », clamait Tsewang. Dans une auberge, une vieille maison qui ouvrait sur une cour intérieure, demeure d'un autre membre de la famille royale et cousin de Tsewang, un moine psalmodiait des prières au son d'un gong. Il était vieux et allait passer ses derniers jours dans la maison du cousin, où on lui offrait en échange de ses bénédictions le gîte et le couvert. Il priait puis se plongeait dans le silence, cette richesse des humbles. « La plus grande chose du monde, c'est de savoir être à soi », recommandait Montaigne dans ses *Essais*. Le moine savait être à lui.

Tandis que Migmar préparait ses nouilles aux légumes, Wangyé me raconta son histoire. Lui était né au Népal trente-deux ans plus tôt et avait dû survivre jeune à Katmandou car son père était alcoolique, sans doute en raison de l'exil du Tibet, et violent. Celui-ci mourut d'un cancer du pancréas alors que Wangyé était adolescent. Il vécut cela à la fois comme un poids et comme une libération, soulagé que la violence cessât. Adolescent, il fut contraint de travailler de ses mains, hanter les rues, guetter la moindre opportunité. Ce fut comme un double exil, un enfermement dans une maison deux fois cadenassée, comprenant qu'il ne pourrait jamais revenir aux sources, celles du Pays des Neiges. Puis survint le miracle. Une chirurgienne-dentiste française lui offrit une bourse pour ses études secondaires et ses besoins quotidiens, *via* une association d'aide aux Tibétains. Il en gardait encore un souvenir émerveillé, sourire aux lèvres. Avec son baccalauréat en poche, il revint au pays, le Mustang, et trouva un emploi d'enseignant dans la petite école des médecins-guérisseurs traditionnels. Wangyé y enseigna l'anglais et les mathématiques. Depuis sa petite chambre qui ressemblait à une cellule de moine, il encensait chaque jour la dentiste qui l'avait soulagé, non des dents mais d'autres maux, et lui avait ouvert la porte de la lumière. Le séjour à Lo Manthang lui laissait beaucoup de temps car l'école n'était ouverte que sept mois par an, avant d'affronter le long hiver durant lequel la majorité des neuf cents habitants préféraient descendre dans les basses vallées et fuir les glaciales élévations.

Nietzsche écrivait : « Souffrir de la solitude, mauvais signe ; je n'ai jamais souffert que de la multitude. »

— Cela t'irait comme credo pour vivre, Wangyé ?

— Je préfère un peu de chaleur humaine.

— La solitude peut finir par créer des trous dans la tête, dis-je.

— C'est bien pour marcher, après on s'en lasse.

— Tu as dû avoir les deux là-haut, la solitude et la multitude, une petite foule du moins.

— L'été, surtout. Les gens du Mustang n'ont pas peur de rester longtemps seuls, quand ils savent que les autres peuvent débouler de la montagne à tout instant par un simple sifflement.

Un marcheur au long cours à cheval sur deux pays

Wangyé parlait avec beaucoup d'éloquence. Lorsqu'il évoquait son histoire, il me semblait entendre couler des rus puis des torrents, bruire des rivières de montagnes se cognant aux rochers pour mieux les dépasser. C'était un conteur qui ne voulait pas le reconnaître, un marcheur au long cours à cheval sur deux pays, le Tibet et le Népal, et qui craignait que la cause de sa terre d'origine ne soit perdue. On ne cultive jamais autant ses racines que lorsqu'elles sont menacées de disparition.

Il était resté longtemps seul à Katmandou, pendant ses études secondaires et après. Au Mustang, pays de la rareté, il avait confronté la solitude au clan et au village. Nous nous retrouvions sur ce point, la solitude en tant qu'état d'esprit selon le principe nietzschéen bien connu des bergers de haute montagne, dans les Alpes ou ailleurs, et non pas malédiction, bien qu'il fallût se défaire un jour ou l'autre de cette « chance d'accomplissement ». Une solitude accompagnée ou destinée du moins à revenir vers les hommes pour ne pas finir dans la géhenne de la pensée et le gouffre du miroir de soi. Les yacks tibétains et les chèvres alpines certes ne suffisaient pas à la conversation. J'en avais fait l'expérience, adolescent. Les bêtes aimaient Cervantès et détestaient Goethe. Je les comprenais, après tout, malgré mon affection pour l'Allemand. Le poète avait écrit *Les Souffrances du jeune Werther* à l'article de la mort à la suite d'un fort chagrin d'amour mais avait survécu. Des lecteurs à peine pubères avaient eu moins de chance, éprouvant tellement d'empathie pour l'écrivain qu'ils s'étaient suicidés à sa place. « Meurs et deviens », avait conclu Goethe. C'était une morale assez sage de sortie de crise. Je le compris d'autant mieux dans les années suivantes que j'eus à prononcer maintes fois le mantra sur les champs de bataille et que j'étais « devenu » souvent.

Wangyé avait été heureux là-haut, malgré les dures conditions de vie, de survie plutôt. Il avait acquis à vingt ans et des poussières une certaine philosophie de l'existence. Ce qu'il enseignait n'était guère éloigné de la promesse des Psaumes de la Bible : « J'élève mes yeux vers les montagnes d'où vient mon secours » (Psaumes, 121,1). Sur les sommets, il avait trouvé le secours, comme je l'avais entrepris adolescent lors des estives dans les Alpes.

Wangyé avait eu du mal à redescendre dans la vallée, même si son parcours l'imposait, afin d'organiser des expéditions pour alpinistes et randonneurs au long cours.

— Dans la basse vallée et à Pokhara, les gens sont entourés et se trouvent parfois beaucoup plus seuls que dans un hameau. À Katmandou, c'est encore pire. Ça ressemble à ça, chez toi, dans les villes ?

— Oui, ça ressemble à ça.

Pour Wangyé, Lo Manthang après tout n'était qu'une capitale-village, qui se situait encore à plusieurs jours de marche. Là-haut, il avait abandonné la peur, le désarroi, malgré le froid qui encombrait les os et envahissait l'esprit.

Puis il devint guide de montagne, au service de Tsewang. La traversée du Mustang était loin d'être achevée mais il me tardait de découvrir Lo Manthang, la petite capitale de l'enclave, la porte de mes songes.

Le bienheureux de Maïmonide

Le repas fut frugal, comme il se doit à pareille altitude. Ghami se préparait aux moissons, ce moment crucial de l'année avant l'hiver, où l'on récoltait les fruits de la terre et où l'on espérait les bonnes humeurs du ciel. Une grande fête se préparait pour le début de la fauche de l'orge, du blé et du sarrasin. Tsewang tenait absolument à y participer depuis son village de Tsarang, en amont, à deux jours de marche de notre étape. Un prince du cru se devait de parader lors de ces agapes, fussent-elles sur le Toit du monde.

Pour l'heure, dans la maison qui nous accueillait, il se frottait le crâne, « un petit mal des montages à l'envers, ça m'arrive quand je ne marche pas assez et que je ne monte pas assez haut » ! On ne pouvait mettre cette migraine sur le compte de l'alcool d'orge : Tsewang ne buvait pas. Un vieux moine bouddhiste psalmodiait dans la pièce voisine qui donnait sur un patio, au son d'un grand tambour. Des livres l'entouraient ainsi que des carnets de prière. Il paraissait être heureux avant l'heure du repas. Une devise proclamait dans le salon : « L'important dans la vie n'est pas d'avoir ce que vous voulez, mais de vouloir ce que vous avez. » J'étais rassuré de voir reproduite ici la pensée non seulement du Dalaï-Lama mais aussi celle de Moïse Maïmonide qui demandait dans les *Commentaires du Traité des pères* : « Qui est bienheureux ? Celui qui se contente de ce qu'il a. »

Le prince se régalait de la soupe aux légumes préparée par Migmar et respectait le vieux principe du rabbin andalou du XIIe siècle : « La vie est frugale ici, et on ne la regrette pas. Le bouddhisme nous aide. Ça permet de passer l'hiver aussi. Nous avons même de la compassion pour les animaux. »

La nudité du visage de Levinas

Les mots de Tsewang me rappelaient la phrase d'Emmanuel Levinas : « La priorité de l'autre sur le moi, par laquelle l'être humain est élu et unique, est précisément sa réponse à la nudité du visage et à sa mortalité. » La compassion au Mustang se révélait hautement contagieuse. Ce n'était pas tombé dans l'oreille d'un sourd mais d'un aveugle. Gérard, qui somnolait de fatigue, se réveilla et s'approcha à tâtons. Un singulier dialogue s'instaura.

— Il faut accepter d'être ce que l'on est, dit le non-voyant. Quand on est dans l'acceptation, la vie est plus belle, on comprend pourquoi l'on a perdu quelque chose. Les gens acceptent mieux leur sort.

— Malgré le fait que tu sois aveugle, tu viens quand même ici, jusqu'à nous, jusque très haut dans la montagne, répondit Tsewang. Tu as l'énergie intérieure. Cela te prépare à une meilleure vie, voire à une autre vie.

Gérard n'en espérait pas tant.

— C'est vous tous ici qui me donnez de l'énergie.

— Cela montre que tu as une connexion karmique avec les gens du Mustang.

— Migmar est mon ange gardien, répondit Gérard.

— Eh bien, tu as aussi une connexion karmique avec lui !

— Ce qui me plaît, c'est que les gens ici ont le sens de la communauté. On ne peut pas être seuls à pareille altitude. Vous avez la notion du vivre-ensemble dans le coin.

— Oui, on est plutôt bien de ce côté-là !

— Chez nous, on a oublié ce principe.

Tsewang avait déjà fini son bol de soupe car il ne prenait qu'une petite portion. Il raconta alors ses séjours à Katmandou, où il tentait de trouver quelques clients pour des courses en montagne ou des marches de plusieurs semaines.

— À Katmandou, les gens courent dans tous les sens, ils courent après l'argent en fait, et ils veulent tout. Mais à la fin de la journée, on est nu, comme à la fin de la vie.

Gérard écoutait et opinait du chef.

— Si tu es capable de faire quelque chose pour les autres, continua le prince, alors ta vie sera remplie.

Son bol était vide, et son visage déjà rempli d'un sourire serein.

Compassion vraie et compassion virtuelle

Depuis le début de l'expédition, Tsewang nous parlait peu à peu de la compassion, la vraie, celle du partage et de l'empathie, et non de la compassion virtuelle qui permettait à certains de mieux se défaire de l'entraide et de la considération. Une compassion qui n'était nullement naturelle, estimait Tsewang, et qu'il fallait instiller en l'homme à coups de religions, de dogmes et d'exercices, ce en quoi il rejoignait les stoïciens et les chrétiens. L'homme, prédateur de sa propre espèce, a besoin de morale sous peine de chavirer. La morale est un garde-fou qui longe les précipices. Étrangement, le siècle où la laïcité fut érigée en vertu devint le siècle des barbaries et de quatre grands génocides. L'expédition punitive au XXe siècle fut sacralisée en déraison d'État. La Culture avec un grand C rimait très bien avec barbarie, des nazis aux Khmers rouges. Les massacreurs du Cambodge que j'avais pu longtemps rencontrer dans leurs maquis forestiers me parlaient de

Shakespeare, de Marguerite Yourcenar puis en venaient au génocide, qu'ils qualifiaient de « petite erreur du passé ». Ils avaient tous des diplômes, de la Sorbonne, de Sciences Po ou d'ailleurs. Ils incarnaient l'intelligence du siècle, avoir inventé l'élimination de masse. Le grand massacreur en chef, Pol Pot, avait été novice dans une pagode avant de venir étudier à Paris où fut engendrée la révolution post-maoïste. Exterminer le peuple, du Danton marxiste puissance mille, où le pays entier finit sous la guillotine. « Échafaud : s'arranger quand on y monte pour prononcer quelques mots éloquents avant de mourir », préconisait Flaubert dans son *Dictionnaire des idées reçues*.

On pourrait y ajouter de nouvelles définitions. « Guillotine : lame à affûter de son propre chef », ou encore : « Guillotineur : à couper au couteau ». Les mots éloquents avaient été brûlés. Lors de la Révolution française, un homme montant sur l'échafaud place de la Concorde avait lu la Bible puis avait corné la page, au cas où.

Le pays des dieux-rois n'en avait pas eu le temps.

La production du mal

La production du mal exigeait une morale qui ne pouvait suffire au bien. L'humanité inhumaine avait inventé l'horreur et lui donnait des noms se référant à l'animal, bestialité, animalité, alors que les espèces non humaines ne massacraient pas leurs femelles. Les animaux devaient en rire et certains pouvaient ironiser en forgeant des idiomes, humanalité, huma-nullité, tant l'équation des guerres permettait l'annulation des procréations. « Il n'y a pas de commencement. J'ai été engendré, chacun son tour, et depuis, c'est l'appartenance », proclamait Romain Gary dans *Pseudo*. L'humanité avait élucidé non pas le commencement mais la fin d'elle-même, et depuis c'était la dés-appartenance.

Que pouvaient la morale ou la religion ? Des tribus amérindiennes pratiquaient le don et le contre-don, je te donne du bison, du tipi, des peaux pour te montrer ma puissance, je donne donc je suis, je donne donc je suis puissant, phénomène qui avait intrigué le sociologue Marcel Mauss au début du XXe siècle en scrutant la générosité ostentatoire des Kwakiutl de Colombie britannique avec son *Essai sur le don*. Lévi-Strauss avait répliqué en détaillant le système du don et du contre-don ainsi que plus tard Bourdieu. La compassion, tangible et spirituelle, permettait de transcender le contre-don en tant qu'affirmation de puissance. Je donne car je suis désintéressé. Schopenhauer s'était penché sur la question en distinguant la pitié métaphysique de la pitié éthique, la bonne. Zweig avait dû le lire, qui séparait dans *La Pitié dangereuse* la pitié positive de celle qui ne sert qu'à déculpabiliser.

La guerre, cette autre affirmation de puissance, vient effacer l'équation du don et le besoin de compassion. Elle vénère la haine, la cruauté et l'esprit de vengeance et se donne depuis peu en spectacle. Elle s'affirme en direct sur les écrans de télévision du monde entier pour rappeler à l'homme sa faute puis ses répétitions et dissout ainsi l'esprit de compassion. Le spectateur se livre parfois à une générosité, pour soutenir des maux aux antipodes ou réparer les départs d'une calamité, puis oublie. La pensée et le sentiment sont pulvérisés par les bombes. La guerre est ainsi faite qu'elle transforme les corps en vers et les générosités en cadavres. L'homme avait inventé le sacrifice, en plaine et en montagne sainte, la vengeance, même très froide, l'infanticide, à tous les étages. Il avait inventé l'autodestruction puis le pardon, dans une grande lessiveuse qui ne demandait qu'à tourner.

L'urgence de l'instant

Si les guerres enseignent à leurs survivants une chose, c'est bien l'urgence de l'instant, ce moment cristallisé des êtres aux yeux hagards qui savent que le temps présent est immortel, avant l'extinction de la lumière. Voilà une voie royale pour aller se frotter au bouddhisme.

La guerre, Tsewang l'avait connue enfant, lorsque les Khampas, les guerriers tibétains du Kham, avaient élu domicile dans la haute vallée. Les combattants antimaoïstes venaient fracasser leurs chevaux contre la cuirasse des blindés chinois, le sourire au coin des lèvres. D'autres, flairant que la bataille contre Mao était perdue d'avance, se jetaient dans le ravin. Les épargnés se rappelaient au Mustang, épaulés par des experts américains qui prirent la poudre d'escampette quand Nixon se réconcilia avec Mao en 1972. La CIA retira ses billes, et la diplomatie américaine rédigea un nouvel acte de trahison dans la saga de la realpolitik. Je me souvenais du sentiment d'infamie qu'avaient éprouvé mes amis kurdes dans les maquis du Moyen-Orient lorsque la Maison Blanche, contre l'avis de l'armée de l'Oncle Sam, les avait lâchés, une fois de plus. Les Tibétains et les Kurdes devenaient de lointains cousins dans une triste chanson de geste qui avait oublié la leçon du courage.

Dans les manuels, l'épisode de réchauffement sino-américain fut appelé la diplomatie du ping-pong. Dans les montagnes du Tibet, ce fut un déferlement d'obus contre de vieux fusils et des flèches. La Kali Gandaki, la rivière noire, devint rouge de sang. Les suicidés étaient des sacrifiés. On trouvait là le précepte de Levinas dans *Entre nous : essais sur le penser-à-l'autre* : « C'est là que se passe le souci de sa mort où le "mourir pour lui" et "de sa mort" a la priorité par rapport à la mort "authentique". Non pas une vie *post mortem*, mais la démesure du sacrifice, la sainteté dans la charité et la miséricorde. »

Le bouddhisme tibétain n'aimait pas les suicides mais il avait trouvé dans les sacrifiés du Mustang ses nouveaux martyres.

La nuit, dans la petite ferme, des amis du paysan débarquèrent bruyamment avec des allures de guerriers aux abois, bouteilles de bière d'orge en main. Ils cherchaient non pas des armes mais quelques dés qu'ils jetèrent en criant sur une bourse de cuir. Migmar se fondit avec joie dans la bande de cosaques tibétains. Il vociférait de plus belle à chaque jet de dés. Tout un cérémonial accompagnait le lancer puis le long hululement de loup des steppes, psalmodié comme un mantra. La manière de jeter les petits cubes de bois se révélait plus importante que les gains, des cailloux monnayables. Les cris s'évanouissaient dans la nuit, vers les ravins aux suicidés. Les marmottes avaient dû s'enterrer plus profond que d'habitude encore.

— Voilà pour toi !

— J'ai gagné l'autre fois !

— Pas aujourd'hui.

— On se reverra.

Un calepin suffisait à purger les dettes, à se rappeler la prochaine manche, qui serait non pas sanglante mais hurlante.

Autant se joindre aux joueurs hurleurs, à défaut de pouvoir fermer l'œil. La bière circulait de main en main. Les dés volaient telles des abeilles joyeuses.

— Buvons à la santé du Tibet !

— Du Mustang !

— De la basse vallée !

Les dettes s'effaçaient d'une partie sur l'autre. Les bénéfices caillouteux ne valaient pas un kopeck mais enterraient les vieux différends et entérinaient les pactes. Les banquiers enclins à la compassion devraient en tirer des leçons. Les États aussi. La haute vallée réglait ses comptes avec elle-même, *via* des rejetons de montagne, des moignons de rochers. Les cris avaient beau rebondir hors de la maison, ils n'étaient qu'un honneur vocal à la fraternité. Les Aborigènes d'Australie avaient modelé les frontières par le chant, les Mustangais, eux, avaient inventé la fin de la vengeance par le cri.

La démesure du sacrifice

Le lendemain matin, après une courte nuit dans la maisonnée à quatre mille mètres, réveillé constamment par les hurlements enivrés des lanceurs de dés, je partis néanmoins gaiement vers le prochain col. À quelques heures de marche, Tsewang signala un étrange stupa, un petit sanctuaire de pierres de trois mètres de haut, à flanc de montagne et au bout d'un raidillon.

— C'est une boîte aux lettres pour les guérilleros.

— Ils avaient une poste ?

— Des coureurs de montagne qui laissaient des messages au fond du stupa.

— On attaquait ainsi ?

— Oui, ils se passaient le mot. Le message arrivait à chacun des chefs de camp puis ils partaient à la guerre.

— Ils défendaient votre pays.

— Oui, mais tu sais, on est assis entre deux chaises désormais.

Tsewang le prince ne voulait pas critiquer le suzerain, le Népal, qui permettait à l'ancien royaume de perdurer en tant que tel et de conserver ses traditions quasi monarchiques. En fait, la capitale fermait les yeux sur cette lointaine enclave d'altitude tant que les sujets ne ruaient pas dans les brancards ou n'évoquaient point de questions fâcheuses pour le grand voisin, la Chine, au pied de ses murailles.

Juste au-dessus du sanctuaire-boîte aux lettres, à vingt minutes de marche, était installé jadis, dans des sous-bois très pentus, un campement de Khampas. Il était difficile d'imaginer les guerriers monter sur leurs chevaux depuis ce boyau entre deux falaises pour se lancer à l'assaut de l'empire du Milieu. Eux n'avaient jamais mendié et ne voulaient nulle pitié sentimentale, nul élan compassionnel. Depuis Spinoza, nous savons que la pitié est d'abord tristesse. La lutte des cavaliers du Kham contre l'occupant suffisait à justifier leur peine. Quitte à se muer en sacrifice suprême.

De cette vie *post mortem*, nous n'avions pour l'heure nulle envie. La montée lente, ponctuée de descentes vers les goulets, les ravins et les canyons, devenait un accomplissement. Le tutoiement du vide nous rappelait sans cesse à l'ordre, dans le cas où nous aurions des élans de cavaliers du Kham à la recherche de leur destinée. Gérard en venait à fredonner les airs tibétains de Migmar et Pierre cherchait à lever un coin de voile nuageux pour mieux saisir les sommets, enveloppés de coton.

Les idéologies pouvaient attendre, même à l'ombre de la Chine post-maoïste et de ses grandes prisons. En montagne, on est prié de délaisser son credo à tiroirs. Le citadin que j'étais devenu essayait tant bien que mal de se rappeler ce principe de bon sens. Urbain, trop urbain, abandonne ici tes habitudes. Le Mustang était un musée de l'homme où Paul Valéry aurait aimé renouveler sa supplique : « Ami n'entre pas sans désir. »

Nous pénétrions dans le cœur du Mustang, le pays de la compassion vraie, le royaume aussi du moment présent, ce secret bien gardé que les hommes ont gaspillé en se tirant dessus. L'instant, cet antidestin et bloqueur de *fatum*.

Une Terre insondable

Les pics et les arêtes nous narguaient. Pierrot et moi, montagnards depuis l'adolescence, n'avions qu'une envie, tenter une voie, gravir un sommet. On se ravisait chaque jour. À quoi cela servait-il ? « Empressés à tout explorer et tout apprendre, nous requérons en même temps que tout soit mystérieux et inexplorable, que la terre et la mer soient infiniment sauvages, non visitées, et insondées par nous parce que insondables », écrit Thoreau dans *Walden ou la vie dans les bois*. Des cimes inviolées nous attendaient au nord, à six mille et sept mille mètres, de quoi taquiner nos jarrets sans les conquérir pour autant. Le Mustang offrait plus haut encore d'autres parois vierges et des courses inédites, idéal pour donner son nom à une face, un pic, une arête sommitale.

Il était plus conséquent de demeurer dans la vallée, avec les hommes. Les Mustangais, eux, ne tentaient pas les ascensions, cela ne les intéressait guère, ils disaient que cela flattait l'ego et excitait les divinités. Elles ne devaient pas toujours être heureuses de voir leurs flancs foulés à coups de crampons et de godillots, puisque nombre de montagnes demeuraient sacrées. Rester en dessous de la maison du divin n'était pas désagréable non plus.

Gérard s'en contentait, pourvu qu'il eût sa dose de visions, au sens rimbaldien, ou peut-être d'a-visions, ce que nous, les voyants, ne voyions pas.

Pierrot s'en contentait, malgré ses démangeaisons dans le tibia, pourvu qu'il eût sa ration d'images, de paysages sauvages.

Et je m'en contentais, pourvu que j'eusse ma tambouille du jour, secrets de Migmar, confidences de Tsewang, palabres sans retour avec les yacks.

Demeurer dans la haute vallée.

La méditation commençait à porter ses fruits.

L'homme révolté et le sacré

Avant de repartir vers le nord, Tsewang m'invita dans une minuscule maison, nichée au fond d'une rue du village de Ghami. Dans les cieux, mille oiseaux s'étaient envolés, des nuées qui partaient pour les vallées profondes avant la frappe de l'hiver. Les volatiles prenaient de l'avance sur les montagnards. L'homme qui nous reçut, trapu, voûté, les cheveux blancs en brosse, était en train de filer la laine pour des tapis de sa confection qui reposaient sur de vieux châssis de bois. Il s'appelait Imjun, avait quatre-vingt-deux ans et il était le dernier des guerriers du Kham encore vivant. Le Khampa parla longuement de sa guérilla, ou du moins de ce dont il se souvenait. Les combattants de la Forteresse de la Foi n'avaient pas froid aux yeux. Escarmouches contre des blindés chinois, embuscades sur des colonnes de fantassins perdus dans les hautes vallées, attaques de postes de garde. À l'entendre détailler ces hauts faits d'armes avec tant de vigueur et de conviction concernant la justesse de la cause, on ne pouvait que croire Imjun sur parole. La guerre fit rage pendant vingt ans entre les divisions de Mao et ces tribus martiales. Des chars contre des lanciers… Broyez-moi la vermine! vociférait Mao avec la douceur paternaliste d'un Staline d'Extrême-Asie, un petit père avec beaucoup de peuples. La Chine populaire disposait d'un peuple de trop et il s'agissait de le supprimer – « dissoudre le peuple », disait Brecht. Le couvercle était soigneusement maintenu par la propagande pékinoise sur le Tibet et la guerre secrète qui s'y déroulait. Ce fut une lutte du désespoir pour les cavaliers de Bouddha. Le vieux maquisard avait la larme à l'œil en évoquant l'insurrection car il savait depuis ses prémices qu'elle était vouée à l'échec. L'armée américaine, qui avait soutenu les insurgés tibétains, les avait ensuite oubliés. « La mort n'éblouit pas les yeux des partisans », clame Aragon dans son poème *Strophes pour se souvenir* à propos des résistants du réseau Manouchian, fusillés en 1944. Les hussards du Pays des Neiges sombrèrent dans le désespoir, abandonnés de tous, les anciens alliés comme les Nations unies. Les experts américains décampèrent aussi vite qu'ils étaient venus, et en toute discrétion. Les maquisards savaient qu'ils allaient mourir et ne cillèrent point. Au Mustang, leur idéal finit par s'évanouir dans les précipices et les gorges profondes où les corps des rebelles se sont perdus, comme leur cause.

Archéologie de la résistance

Quelle déchéance depuis les temps anciens ! Pendant des siècles, les jeunes moines au Tibet apprenaient à vénérer les cavaliers du Kham et à psalmodier : « Les Khampas sont une race de rois. » Les chevauchées de ces guerriers fondateurs sous le règne de Songtsen Gampo avaient permis à la contrée du Kham d'échapper de tout temps aux envahisseurs.

La guérilla des Khampas pouvait paraître incompatible avec la défense du bouddhisme. Face au rouleau compresseur chinois les maquisards prônaient la résistance comme principe majeur de la survie des Tibétains et de la pérennité d'une croyance voire d'une philosophie assaillie dans son essence même. Existe-t-il des sociétés traditionnelles non tournées par essence vers la guerre ? s'interrogeait Pierre Clastres dans *Archéologie de la violence*.

Lui et d'autres ethnologues ont démontré au fil de leurs œuvres que le désir de guerre était inhérent à toute société. La chasse à l'animal des primitifs s'était muée en quelques générations en chasse à l'homme. Le philosophe René Girard, qui n'était pas prophète en son pays, nous apprit bien plus tard depuis sa thébaïde californienne que l'État s'était créée pour confisquer la violence et enrayer le cycle de la vendetta, trop coûteux en haines renouvelées et en cadavres. L'emprisonnement et l'invention de la peine de mort légale ont contribué à éradiquer la violence ou du moins à se la réapproprier par le droit, qui remplaçait le sacrifice biblique. La geôle pour contrer la vengeance tribale. Les Khampas, eux, avaient préféré les armes et n'avaient pas renoncé pour autant au rite sacrificiel, au fond du ravin. Ces libres cavaliers répondaient avec de ridicules tromblons à une agression à grande échelle. Je revivais l'épopée des Afghans contre les Soviétiques puis contre les talibans puis contre les djihadistes de Daesh, je revivais la saga des Kurdes en butte aux puissances du Moyen-Orient qui leur refusaient un État depuis des lustres. Je pensais aux amis perdus, aux hommes de bien disparus dans les tempêtes martiales, au commandant Massoud, à Jafar Guly, Shah Bazgar, Christophe, Geoffroy, François, ces compagnons de route qui avaient survécu aux tranchées mais pas à l'après, le doigt sur la gâchette. Les champs de bataille vous hantent longtemps après que les canons se sont tus. La fumée des obus épargne parfois la chair mais jamais l'esprit. Les guerres sont d'immenses machines à fabriquer des âmes errantes.

L'Orient est rouge, et le Tibet aussi

L'indestructible Imjun, plus vieux que Mathusalem, vivait des fruits de son tissage qu'il revendait pour les négociants des basses terres ou de Pokhara l'hiver. Filer la laine lui permettait d'oublier les années rebelles. Composer un tapis devenait une œuvre de résistance, les balles en moins. C'était à la fois un art de l'effacement et une délicatesse de la patience. « Ce que fait un homme c'est comme si tous les hommes le faisaient, écrivait Borges dans *La Forme de l'épée*. Il n'est donc pas injuste qu'une désobéissance dans un jardin ait pu contaminer l'humanité; il n'est donc pas injuste que le crucifiement d'un seul juif ait sufi à la sauver. »

Dans ses gestes, Imjun cristallisait de l'inutile et une grande sagesse, celle de l'artiste en embuscade, de l'orfèvre en position de combat. Les pelotes avaient remplacé la poudre, et les doigts semblaient tout aussi agiles que ceux d'un *sniper*. Fileur d'élite, belle reconversion pour un maquisard privé de maquis. Chaque parcelle du tapis en devenir cristallisait les espoirs des résistants, les cris de victoire et les soupirs de défaite. « L'art n'est pas à mes yeux une réjouissance solitaire. Il est un moyen d'émouvoir le plus grand nombre d'hommes en leur offrant une image privilégiée des souffrances et des joies communes », déclamait Camus dans son *Discours de Suède*. L'homme révolté de l'Himalaya était devenu un Sisyphe du tissage. L'artisanat d'Imjun n'en était pas moins émouvant, dans la souffrance et la joie. L'ancien résistant ne comprenait toujours pas pourquoi le monde avait abandonné son peuple et les miliciens qui le défendaient. Il aurait certes voulu pardonner mais il n'avait même rien à reprocher, adepte de la compassion, conscient cependant des arcanes de la politique internationale qui se souciait fort peu d'un si petit peuple.

L'Orient était devenu rouge, selon le vœu de Mao, et le Tibet aussi.

Des bougies éclairaient le modeste intérieur du guerrier-tisserand, garni d'étoffes aux murs qui lui permettaient de se protéger du froid. Une photo du Dalaï-Lama trônait dans un angle et Imjun regardait le maître avec des yeux mouillés. Il avait reçu du chef spirituel des Tibétains un chapelet de prières qu'il égrenait avec révérence et prudence, comme s'il craignait d'abîmer ce divin présent. En 1959, à vingt-deux ans, il avait fui Lhassa comme celui que l'on appelait Sa Sainteté, protégé dans le palais de Potala puis lors de son évasion par les Khampas. L'un des plus jeunes combattants de la guérilla, Imjun, qui était parvenu à rejoindre le Sikkim en Inde, avait été traqué par les soldats chinois et avait joué de ruse pour échapper à maints traquenards. Il craignait encore les soldats de Pékin, même au fin fond de l'enclave du Mustang. Sans doute les radars de l'empire, à l'affût du moindre sursaut de rébellion dans son périmètre, l'avaient-ils repéré dans le bastion montagneux. Il était plein d'espoir, malgré le froid qui s'annonçait, car il gardait toujours présent à son esprit les paroles du Dalaï-Lama. « Il ne peut y avoir pour l'esprit humain que deux univers possibles : celui du sacré et celui de la révolte », écrivait Camus dans *L'Homme révolté*. Imjun, lui, mariait les deux, la révolte et le sacré.

Imjun et ses maquisards avaient mis genou à terre face aux divisions du Karl Marx chinois. Leurs héritiers prenaient la relève mais sans les armes. Aux grandes murailles hérissées de canons ils opposaient les forteresses de l'âme. Sur le plan horizontal et bassement géopolitique, c'était perdu, pour cette vie du moins. Sur le plan spirituel, les nouveaux partisans gagnaient à plate couture.

Tsewang plaisantait avec le vieux rebelle à moitié édenté, sans doute pour lui dire l'espoir qu'il portait dans le Mustang, cet autre Tibet. Le vieux guerrier égrena les billes de bois de son collier. Il voulut me l'offrir, mais je refusai, sachant que le chapelet était entre de meilleures mains. Les perles de prières reflétaient les prunelles de ses yeux tristes.

Le dernier rebelle et le Dalaï-Lama

C'étaient les rebelles Khampas qui avaient obligé le Dalaï-Lama à fuir le palais de Lhassa, lui sauvant ainsi probablement la vie. Il aurait fini sinon ses jours, au mieux, dans une résidence surveillée par des gardes chinois. La résistance des Khampas n'était qu'un leurre face à la toute-puissance de la Chine, que l'Occident allait bientôt accréditer, même en passant sous silence maints massacres.

Descendue de ses sommets, la rébellion oscillait entre illusion et réalité, comme le bouddhisme de ses maîtres.

Imjun me servit du thé, imposa ses mains sur mon crâne en tentative de rédemption depuis plusieurs semaines puis s'en retourna à son ouvrage. Les chandelles scintillaient au fond de sa demeure. Il n'était pas évident de porter sur ses épaules toute la destinée d'un mouvement, à la fois guerrier et bouddhiste. Lui n'y voyait aucune contradiction. Les discours de compassion virtuelle étaient, disait-il, pour les salons des pays nantis ou libres. Il était le porte-étendard d'une identité en voie de disparition, le tribun d'un peuple en train de couler. Je comprenais ses affres. Son dos n'était pas si large que ça. Imjun était un Don Quichotte de la cause perdue. Sans doute existait-il trop de causes perdues désormais dans le monde, comme des guerres oubliées, à force de les engendrer. J'avais tenté moi-même d'en défendre quelques-unes, de l'Afghanistan au Tibet et au Kurdistan. Les guerres ou les oppressions perduraient, avec l'aval des puissants et le mépris des capitales. Il fallait cependant s'obstiner à plaider ces engagements. De jeunes Mustangais et Tibétains reprenaient certes le flambeau du vieux rebelle. Mais lorsque Imjun, le dernier des guerriers tibétains, s'éteindra, la mémoire des Khampas aura disparu.

Au cours d'un réveil impromptu au milieu de la nuit, depuis le gîte du cousin de Tsewang, durant l'une de ces haltes d'altitude qui autorisaient tous les rêves conscients, je grimpai sur l'échelle taillée dans un tronc d'arbre et sortis sur la terrasse en pisé, aux rebords peints en rouge. La voûte était constellée de petits points lumineux, guirlande astrale qui changeait subitement ses hoquets d'étincelles dans une sarabande millénaire. Un vent glacé descendait des sommets. J'apercevais les étoiles au-dessus de la montagne Bhrikuti, à plus de six mille quatre cents mètres. Le noir d'en haut et le blanc des neiges éternelles se mariaient fort bien dans ce « ciel du ciel » qu'évoquaient avec superbe les Psaumes. Il me sembla apercevoir une étoile filante, en tout cas une lueur qui embrasa l'obscur un court instant.

Le visage d'Imjun m'apparut alors. Imjun ou le dernier des Khampas, l'ultime maquisard des Toits du Monde.

La poursuite du rêve, la fin de l'innocence et l'aube de la mélancolie

La montée vers Tsarang, le village natal du prince, était épuisante et chaleureuse à la fois, offrant des contours changeants, gorges étroites, minces terrasses cultivées, doigts de fée rocheuse approchant les cieux, aplombs vertigineux qui bannissaient tout dérapage, poussières de sentier chargées des âmes mortes, fantômes passagers qui flottaient dans les grandes hauteurs. Un machiniste malicieux laissait défiler les décors versatiles de ce théâtre haut perché, dont nous essayions d'atteindre le dernier balcon, avec vue sur l'espérance. Oui, l'espérance nous laissait entrevoir la poursuite du rêve, la fin de l'innocence et l'aube de la mélancolie. Des boyaux étroits auguraient d'un magnifique système de défense naturelle en cas d'invasion, ce terrible mouvement perpétuel, la grande marée martiale des hommes. Deux guetteurs pouvaient tenir le minuscule corridor et son plateau attenant avec un simple tromblon, en sentinelles de la forteresse cachée. L'ennui, c'était que le péril se situait à l'opposé, côté chinois, par-delà la petite steppe d'altitude qui couronnait la face rocheuse. Les défenseurs eussent été pris à revers. Il restait la dernière barre de montagnes, entre six mille et sept mille mètres, qui se situait à quelques jours de marche et que zébraient quelques cols de passage.

J'imaginais le sort des cavaliers du Kham, lorsqu'ils rentraient de leurs folles embuscades à la frontière ou dans le fief de Mao. Ils avaient parlé au vent et aux chevaux mais ne comprenaient pas les hommes, les envahisseurs du moins. Ils revenaient peinés de la lente déchéance du Tibet millénaire, le royaume sacrifié. Le constat était acquis d'avance : face à une société marxiste parfaite, une civilisation spirituelle ne pouvait que plier. Le pays du séjour des dieux subissait peu à peu une double peine : après l'invasion, une nouvelle marque au fer rouge, celle du capitalisme à tous les étages de la Chine, qu'un conseiller avait cru bon d'appeler « le socialisme de marché ». Après la Révolution culturelle de Mao, le slogan de Deng Xiaoping à la Guizot : « Enrichissez-vous. » Ce contrat social signifiait d'abord « Taisez-vous », ce que les sujets de l'empire du Milieu avaient parfaitement saisi, hormis quelques irréductibles.

On comprend mieux le désespoir des cavaliers du Kham, partis se jeter dans les gorges de la grande rivière du Mustang.

La fuite de Siddharta

Le soir, je relus le roman culte de Hermann Hesse, *Siddharta*, écrit bien longtemps avant son prix Nobel de littérature et au terme d'un voyage en Inde. Après avoir reçu les enseignements des brahmanes, qui lui lancent : « Ton âme est tout l'univers », Siddharta, fils d'un érudit religieux, rencontre le Bouddha. Il est ébloui par sa vision du monde et sa sagesse mais ne peut se résoudre à suivre son credo. Il sombre alors dans le plus profond matérialisme, s'enrichit, connaît tous les excès et en arrive à se détester. Il s'enfuit dans la forêt, interroge les cieux et atteint la sérénité pour approcher la sagesse, une « sagesse merveilleuse », au terme d'un long voyage initiatique. Le destin du Tibet ressemblait étrangement au personnage de Siddharta, soumis à toutes les compromissions, dans l'attente de la rédemption, au moins spirituelle, la fuite en avant ou la fuite tout court. Migmar avait connu toutes ces phases, et l'échappée belle par les montagnes avait été son seul salut.

La destinée de Siddharta m'a toujours fasciné. Sa sagesse n'avait rien de doctrinaire, elle s'assouplissait au gré des enjeux, remettait en question le dogme, se méfiait des paroles, soit trop rigides soit non adéquates à la pensée de l'être. Il enseignait à son ami Govinda de n'avoir point de maître pour trouver sa voie. Il respectait les pierres car elles allaient devenir terre puis plante ou animal et peut-être un être humain par le cercle des transmutations. Quand il expira, son ami Govinda lui embrassa le front et alors une chose incroyable survint, il vit d'autres visages, d'autres corps, un poisson, une carpe, un meurtrier, des hommes et des femmes en amour, des cadavres, des sangliers, des crocodiles, des taureaux, des oiseaux. Bref, un Siddharta mille fois réincarné. Misères et grandeurs du renouvellement de la peau.

Migmar à côté de moi priait pour ne pas être réincarné en soldat chinois.

Les funérailles célestes

Le petit village de Tsarang s'accrochait à la falaise afin de ne pas tomber dans l'oubli. Les maisons semblaient y verser au moindre glissement de terrain. Sur le versant occidental, un modeste plateau puis des montagnes grimpant à plus de six mille mètres. Sur le flanc oriental, le grand vide que survolaient les rapaces en quête de proies ou de funérailles célestes, ces offrandes des corps à l'au-delà sans bois ni cuisson, une délicatesse pour ne pas déforester davantage. Mourir chez soi, ce rêve de nomade et de migrant. « Les mortels ne connaissaient d'autres rivages que ceux qui les avaient vus naître », nous enseigne Ovide (*Les Métamorphoses*). Puisque l'on réservait l'échafaud aux voisins chinois, qui chassaient le Tibétain et l'Ouïghour, le bûcher ici-bas n'était pas très apprécié, rappelant les chasses aux sorcières. Le festin des rapaces dès lors paraissait moins cruel. *Jhator*, disait-on en tibétain, littéralement « dispersé par les oiseaux ». Les vautours n'aimaient pas les grillades.

— Tu aimerais exposer ton corps aux vautours ? demandai-je au prince.

— Les nobles préfèrent le feu, répondit Tsewang. Le bois est très précieux et tout le monde ne peut pas s'offrir un bon stère pour consumer tout ça.

— Les vautours, c'est certes moins cher à cette altitude.

— Et c'est plus écologique, j'en conviens.

— Tout se recycle ainsi, dis-je.

Tsewang hésitait. Il avait un faible pour les rapaces à collerette de plumes.

— C'est quand même bien d'offrir son corps à ces danseurs du ciel, comme on les appelle. On nourrit d'autres corps et ainsi de suite.

— Le cycle de la réincarnation charnelle.

— Oui, on s'offre en quelque sorte, on est utile ainsi. Chez vous, vous avez bien le don d'organes.

— C'est très bouddhiste de s'offrir.

— Oui, on transmet. La majorité des gens au Mustang choisissent les vautours comme pompes funèbres.

— Et toi, tu opterais pour quoi ?

Tsewang réfléchit un instant. Il semblait désormais perplexe, et on le comprenait.

— Quand même, le vautour, c'est cruel ! J'ai vu les funérailles célestes à plusieurs reprises. Les rapaces s'acharnent sur les corps. Pas très agréable.

— Qui décide ?

— Les moines et la famille.

— Les moines ?

— Oui, répondit Tsewang, avant les funérailles célestes, ils appellent les vautours avec une *puja*.

J'imaginai la cérémonie en ouverture d'un spectacle gore pour demander aux vautours de bien vouloir se dévouer à décharner les cadavres jusqu'à satiété puis à emmener les gros os dans les airs pour qu'ils se brisent en contrebas afin d'en extraire la moelle. Oiseaux de proie pour sépultures de la foi. Excarnation avant réincarnation. À défaut de donner ses organes à la science, le défunt offre son corps à la nature, un digne retour au sol. Dans la haute vallée les prédateurs étaient économes. Les butins s'avéraient rares, sélectifs de leur mouroir. Délicatesse ultime, ils ne voulaient pas se faire bouffer par n'importe qui. Les proies choisissaient leurs bourreaux.

— Tu crois que ça va changer ?

— Bien sûr, car on gagne mieux ! Avec l'élévation du niveau de vie, beaucoup peuvent se payer le bois.

— C'est l'avantage d'ouvrir une piste pour les camions.

— Oui, l'un des avantages. Ils vont monter des bûchers. Sinon, les candidats à la crémation sont obligés de prévoir une descente de leur corps jusqu'à Pokhara ou Katmandou, ce qui augmente encore le coût.

Tsewang racontait son avenir sépulcral avec un certain allant et beaucoup de naturel, comme s'il évoquait non pas une marche funèbre mais la randonnée du jour ou la soupe du soir. Il laissait le destin entre les mains des moines pour s'occuper du dessein logistique, bois, allumettes ou appeaux pour vautours, dans la poussière des astres et sous les cimetières des étoiles chers à Elias Canetti (*Le Livre contre la mort*). Malgré ses attributs temporels, Tsewang se souciait cependant du spirituel et se préoccupait du sort des mânes, en bon carrossier des âmes. La réincarnation avait beau s'imposer dans tous les corps, le changement de charpente devait être le moins douloureux possible. « Ce qui ne me tue pas me rend plus fort », proclamait Nietzsche. Au Mustang, le wagnérien devenu végétatif aurait trouvé une seconde vie, le corps affranchi de ses pathologies et l'esprit sujet à la tumeur nettoyé par les ailes voraces.

L'angoisse de Lévi-Strauss

Comme les ancêtres du Mustang, les enclaves ne meurent jamais. Elles font la nique aux puissants, du Mercantour au Caucase et à l'Himalaya, s'évadent non vers le nord ou le sud mais vers les cieux. L'homme accourait à grand renfort de billets dans les bastions du monde pour ne pas perdre une miette de cette orgie de la dissolution annoncée dans les empires, sans savoir que c'était lui-même qui se dissolvait dans sa propre anarchie, le grand festin de l'ego. Il pensait avoir trouvé le paradis, la survivance de sa demeure, la perpétuation du paradigme tribal en haute altitude ou au fin fond de la sylve amazonienne, mais il s'abîmait un peu plus. La contemplation des primitifs n'était ainsi qu'un faire-valoir, la garantie d'imposer ses credo et ses dogmes. L'*Homo numericus* se noyait dans la flatterie, dont un pâle reflet était offert aux tribus pour signifier au reste de l'humanité : « Voyez, nous venons de là, et eux ils ne sont pas encore arrivés à notre niveau, mais cela ne saurait tarder, allez, encore un peu d'efforts. » Des voyages organisés déversaient leurs lots de candidats à l'ethnologie de court terme au fin fond d'un village asiatique ou dans la brousse africaine, sous les yeux des tribaux affectés au spectacle et qui mendiaient leurs démonstrations, question de survie financière. On comprend l'inquiétude de Lévi-Strauss, pour ne pas dire son angoisse. Il faut détester non pas les voyages et les explorateurs mais les voyeurs.

Il était temps d'aller à la rencontre des moines de l'enclave.

Le monastère au-dessus du néant

Tsewang m'emmena aussitôt au monastère qui marquait le bord du plateau, au-dessus du grand ravin. Le vénérable Tashi au visage joyeux m'accueillit sur la vertigineuse terrasse de l'entrée, au bord du vide, avec une écharpe blanche de bienvenue entre les mains. C'était un homme intelligent et chaleureux qui parlait bien l'anglais depuis son séjour en Inde. Il suscitait dès le premier abord la sympathie et son doux sourire se révélait extrêmement contagieux. Il semblait comme suspendu dans le vent et au-dessus du vide, soumis à la moindre bourrasque devant son édifice religieux à angle droit. Alors qu'il désignait les sommets, il donnait envie surtout de le retenir par la main afin qu'il ne tombât point cent mètres plus bas. Le moine cependant résistait aux caprices du vent et continuait d'afficher son air amusé. Tout son monastère était perché, suspendu au-dessus du néant. Ce n'était pas un hasard, comme maints endroits sacrés au monde, ainsi que le détaillait Mircea Eliade dans son essai *Le Sacré et le*

Profane. Des tipis des Kwakiutl en Colombie britannique aux cases rituelles des Nad'a de Flores en Indonésie, les grands lieux religieux arboraient leur rapport au cosmique et au néant. Celui-ci était au bord du vide pour mieux convoquer les âmes et rappeler leur grandeur et leur petitesse à la fois. En haut, l'ordre du cosmos, propre à toutes les religions, en bas, le chaos, la géhenne, le ravin, la demeure des vautours nettoyeurs.

La compassion au bord du vide

Gérard et Pierrot me rejoignirent. À l'aplomb de la falaise, nous fûmes décorés d'un *khata*, étoffe autour du cou et bordant le cerveau de moins en moins enclin aux concessions et de plus en plus à la compassion. La position du monastère, en équilibre sur l'arête du petit plateau, ne vous laissait que deux solutions, être attiré par le vide ou regarder comme Tashi vers le ciel. Bien évidemment, les novices ne choisissaient pas la chute libre. La pesanteur aidait à trouver son chemin. C'était un bon endroit pour approfondir sa croyance. Le vent emmenait les dernières promesses, les certitudes de l'ici-bas, et ce n'était pas plus mal.

J'observais les vautours en orbite au-dessus du torrent profondément enfoncé entre les deux murailles de pierres et le large ravin, balafre du fond des temps. Il suffirait de deux pas en avant pour mieux ressentir de l'intérieur l'expérience du *nada* hemingwayen et intersidéral puis de la réincarnation. Comme à choisir entre la peste et le choléra, il fallait savoir d'avance à qui offrir son corps en quête de paix entre le charognard et le ravin. « Cette paix consistait, lorsqu'on l'obtenait, en un émoussement complet de la vie personnelle, elle vous réduisait à n'être plus qu'un simple instrument; c'était la paix du cimetière » (Thomas Mann, *La Montagne magique*). Où irait notre âme après un tel saut sans élastique ? Survolerait-elle l'Himalaya ? S'engouffrerait-elle vers le sud, en descendant les flots rugissants, vers l'amont du vent ? Ou vers le Tibet sous tutelle chinoise ? Le principe de la réincarnation étant d'aller vers une vie meilleure, la perspective de finir dans un *laogaï*, un goulag chinois, ou dans une fabrique d'idéologie ne représentait pas la meilleure des rédemptions. Il nous fallait encore patienter, escompter un meilleur cheminement de l'âme.

La connaissance et la renaissance

En face, de l'autre côté de la large gorge, on apercevait des dizaines de grottes, perchées elles aussi au bord du vide. Bouches béantes sur le néant et le rempli à la fois, elles nous incitaient à venir les rejoindre, à sauter dans le vide avec une gigantesque perche pour se plonger dans le noir et aussi la lumière, celle de la connaissance et de la renaissance, deux mots qui allaient si bien ensemble. Le même mystère se reproduisait, les grottes cachaient leur accès, elles étaient privées de chemin, et l'on se demandait comment l'être humain avait-il pu vivre dans ces excavations pendant des siècles. Cadeau des dieux, folie des ermites, caprices des bergers facétieux. Donnez à un homme une falaise, il en profitera pour s'enfoncer dans une caverne. Platon avait raison. Le tout était d'en sortir.

Tsewang cherchait des explications, à nouveau des échelles tombées du ciel, des passerelles de bois rongées depuis par l'érosion, de minuscules sentiers taillés dans la falaise que le temps avait grignotés. Il me dit que plus haut, à deux jours de marche près de Nyy Phu, une grotte abritait même près de quarante pièces, version troglodyte de l'hôtel de luxe ou raccourci d'un Versailles pour ermite lumineux et sans Roi-Soleil. Insondables profondeurs de la vérité historique et géologique qu'il valait mieux ne pas percer, l'altitude perturbait la rationalité et les esprits cartésiens. Le Toit du monde est le tombeau de toutes les illusions.

Le vénérable du monastère de la branche Sakya du bouddhisme s'amusait de ces interrogations. Tashi ne s'embarrassait guère de questions matérielles et s'en remettait pour le reste à Bouddha.

Il était entré dans le monastère du bord de la falaise à huit ans et depuis trente-cinq ans y priait soir et matin, après un séjour d'études en Inde, à Dehra Dun, non loin des sources du Gange. À Tsarang, il était entouré de très jeunes moines. Aux temps anciens du roi tibétain Muné Tsenpo, le monastère abritait deux mille religieux et Tsarang était alors devenu l'épicentre du petit Tibet. Malheureusement, le roi, qui avait œuvré pour l'égalité des riches et des pauvres, avait été empoisonné par sa propre mère, l'infâme, qui n'aimait pas ce rejeton régnant et humain, trop humain. De quoi certes vous dégoûter de la couronne. Le sang versé immunisait les héritiers des querelles de palais. Non seulement le bouddhisme tibétain avait eu du mal à s'asseoir sur ces hauteurs froides et austères, mais il avait dû affronter dès sa petite enfance le drame de l'infanticide et du régicide.

Le Tibet était désormais armé pour les tragédies.

Antres de la foi et châteaux de souverains

Le petit monastère survivait lui aussi. Même s'ils n'étaient désormais que quelques dizaines de moines, cela signifiait selon Tashi que le bouddhisme retrouvait sa vigueur dans la haute vallée et que les Chinois n'avaient pas totalement gagné dans la contrée.

Il comptait parmi ses élèves moines un jeune membre de la famille royale, donc proche de Tsewang. Le roi défunt, qui n'aimait pas la rénovation d'appartements, disposait d'un palais à deux pas du monastère, au bord du précipice lui aussi, mais lézardé et en cours d'effondrement. Personne dans la diaspora tibétaine ou parmi leurs amis n'avait pu trouver les fonds nécessaires à sa restauration. Splendeurs et misères des demeures des rois. Celle-ci allait basculer un jour ou l'autre dans le vide. Le monastère, lui, était refait à neuf et toisait insolemment la bâtisse menaçant ruines. Le Mustang aimait davantage les antres de la foi que les châteaux de souverains, et c'était plutôt bon signe.

Tashi était très en verve et nous montra les intérieurs de son monastère de la falaise. Il était fier d'avoir incité les familles du Mustang à envoyer des enfants sur les bancs. Les novices jouaient dans la cour entre deux prières. Gérard toucha de sa main le gigantesque gong en laiton qui résonnait dans les rues du village au moindre coup. Il était particulièrement sensible aux caractères qui y étaient gravés, comme un braille tibétain. La matière inanimée prenait vie brusquement sous les doigts de l'aveugle. Il s'agissait, dit Migmar, de l'histoire du bouddhisme dans la vallée et de la saga des vénérables. Des hordes conquérantes, rappela-t-il, avaient labouré le plateau, déferlé dans les gorges, massacré à tout-va. Je comprenais mieux la raison d'être des grottes perchées, qui avaient dû narguer les guerriers pendant des siècles.

Tsewang était pressé. La fête du Cheval, Yartung, l'attendait.

Le village perché dont le prince est un cavalier

Il nous convia chez lui, une grande maison de plusieurs étages au cœur du village. On lui versa du thé et de la bière locale. Il s'habilla en prince, bottes hautes, pantalon blanc, longue tunique jaune, chapeau à large bord légèrement incliné. Les invités lui baisaient la main dans les volutes d'encens. Comme des sujets patients mais en rien obséquieux, ils prenaient des nouvelles du prince avec un mélange de grand respect et de familiarité paysanne.

— Et comment va votre cousin ?

— Les enfants travaillent-ils bien à l'école ?

— La récolte s'annonce sous de bons auspices ?

— La neige va-t-elle descendre plus bas ?

Tsewang aimait retrouver ses habits royaux. Il répondait avec le sourire, en profitait pour se resservir d'une gorgée de bière. La petite assemblée de commerçants, bergers, propriétaires terriens, éleveurs, gens de caste qui défilaient, se mélangeait allègrement, riait, tout en considérant le rang des uns et des autres, question de principe, surtout un jour de cérémonie. On reconnaissait de suite les *bista*, les membres de la caste supérieure à laquelle appartenait la famille royale. Tout le royaume de Mustang qui n'en était officiellement plus un semblait revivre aux prémices du festival.

Pour rien au monde, Tsewang n'aurait manqué cet événement annuel, censé marquer le début de la récolte et l'annonce de l'hiver, qui survenait très vite à pareille altitude. Les festivités avaient lieu dans un monastère des hauteurs, à quatre mille mètres, le plus vieux du Mustang et même du Népal, Lo Gekar, situé à quelques heures de marche vers l'ouest, en remontant le lit de la rivière Charang. Dans la cour de la demeure familiale arrivaient des chevaux de tous les coins du village et du plateau, enguirlandés, avec des selles et des harnais savamment décorés. La monture de Tsewang piaffait d'impatience, ivre de liberté et de désir nomade.

La plaisanterie et la compassion

Dans ces libations très spirituelles, bercées par des prières, une grande place était accordée à l'humour, non pas une ironie mordante mais une taquinerie respectueuse et des espiègleries de bon aloi. La plaisanterie à cette altitude s'accommodait de la compassion. Elle cautérisait les longues solitudes, celles d'hier où l'on croit prendre racine dans des vallées perdues alors que l'on se déracine de l'humaine condition. Elle remédiait aux maux à venir, aux plaies de l'hiver, cette incarcération de moyenne durée dont l'une des peines était de respirer de la bouse de yack fumée pendant des mois, les yeux irrités, les poumons écorchés qui ne demandaient qu'à voir le jour. Le rire est une permission de la douleur.

Oscar Wilde dans un essai évoquait la « sympathie pour la souffrance » comme l'un des premiers instincts de l'être humain, et ajoutant que la reconnaissance de cette souffrance est un préalable à la marche vers l'amélioration de soi et d'une société, condition *sine qua non* de l'avènement de l'utopie. La *Sehnsucht* n'était pas une souffrance mais une nostalgie du lendemain qu'il fallait à la fois accepter et diluer dans l'euphorie du moment et l'espoir de l'après. Je songeai à un ami de l'aventure qui se perdait en France dans des douleurs du poumon, dues non à l'altitude mais aux fumées envahissantes du dedans, ces bouffées qui remontaient au plus profond de vous en laissant croire qu'elles allaient vers le ciel pour mieux voir. Toufik avait couvert tant de conflits, s'était aventuré l'hiver dans la vallée afghane du Panshir du commandant Massoud, avec lequel nous partagions le même amour de la poésie, française et persane. Toufik avait relaté le malheur des autres sur des barricades d'Orient ou au fond des tranchées de montagne, dans les bidonvilles d'Afrique ou des maquis oubliés. Il avait tout vu et je rêvais qu'il puisse restituer tout cela non par un récit mais par un roman de l'intérieur, un coup de projecteur sur son propre regard, un reportage du dedans, un roman du réel à la première personne, un « mentir-vrai » selon le trait d'Aragon qui revendiquait la perception subjective pour expliquer le voisinage du monde. Cent fois j'avais essayé de décrire les guerres, cent fois j'avais remis l'ouvrage sur le tapis, contourné les affres, évoqué les mésaventures du jeune Cervantès enlevé par les pirates barbaresques, relaté d'une manière romancée la mission du peintre Bellini à la cour du sultan ottoman, réinventé la croisière jaune de son tourmenté héros Victor Point, décrit les rêves de paix du commandant Massoud pour l'Orient et le monde, mais nulle confession, ou alors en demi-teinte, entre les lignes. Toufik, lui, y parviendrait, avec son talent de conteur, sa douce faconde et son imaginaire de djinn.

L'ami des montagnes et des maquis n'en a pas eu le temps, un démon le dévorait de l'intérieur, insidieux, « le crabe » comme il l'appelait, un mal qui l'empêchait d'écrire. Les balles n'avaient pas réussi à le faire taire, il avait survécu à maintes batailles et voilà que les volutes gagnaient et le terrassaient, bien plus que la poudre des canons. Et je me disais que nous n'avions rien vu ou rien dit, et que ce que nous avions vu était sans doute indicible, hormis un alignement de chiffres et de dates, une évocation de portraits, des bribes d'entretiens, quelques agencements qui permettaient d'atteindre non pas l'objectivité mais une certaine honnêteté dans le jugement. Le fond restait à décrire, l'empathie pour la souffrance et la perception intérieure, que nous taisions ou que nous ne parvenions à rendre audibles.

Ce roman-vrai, Gérard l'écrivait chaque jour avec son propre ressenti. Il racontait mieux que nous ce que nous avions vu. Le mentir-vrai devenait le raconter-vrai. Avec Toufik et lui, nous étions partis en plein hiver au fin fond de la Sibérie. Le froid avait cautérisé quelques plaies et agrandi l'instinct de survie. Les membres gelés occultaient la frustration de l'écriture qui ne venait pas. Dans une cabane de chasseurs aux rondins froids, dans les monts Khamar-Daban endormis, au milieu du blanc désert virginal qui rehaussait les élans de la poésie, nous avions refait le monde avec nos impressions du jour. Toufik avait longuement parlé de ses guerres, qui étaient aussi les miennes, puis il avait ri, et avoué qu'il n'avait jamais autant ri de sa vie bien qu'il détestât le froid.

La poésie cependant ne pouvait tout.

Elle ne résistait pas au temps ni à l'oubli.

Nous aurions dû noter ces paroles communes.

Elles ont lentement glissé sur la glace aux débris en tourbillon puis se sont envolées dans la brise du lac Baïkal vers l'horizon tangible et invisible, vers le monde réel et imaginé, vers le royaume des âmes éternelles.

Sympathie pour la souffrance

Le sentier qui montait vers le monastère de Lo Gekar, celui du festival, était sinueux et s'insérait entre des flancs vertigineux. Nous quittions la falaise aux grottes tentatrices pour grimper vers le joyau du bouddhisme, un sanctuaire fondé par Guru Rinpoché lui-même au VIIIe siècle. La colonne de chevaux s'étirait en plusieurs segments puis se ressoudait, tel un long serpent glissant sur la poussière du temps. La minuscule piste alternait les pentes rocheuses et les méplats qui permettaient un court trot, dans un ballet savamment ordonné des jambes équestres. Des rochers parsemaient la sente, qui ne lésinait pas en matière de pièges. Je l'imaginais labourée par des siècles de caravanes, de migrations et de pèlerinage.

Tsewang sur son pur-sang jais de montagne donnait de la cravache, par les défilés et les goulets. Il n'allait pas en tête mais entouré, noyé presque par une cohorte de cavaliers agiles et véloces, comme un dignitaire savamment protégé. Les pierres roulaient et ce n'était pas du *rock and roll*. Les guerriers du Kham comme successeurs avaient trouvé d'intrépides cavaliers qui partaient non pas ferrailler mais prier en montagne. Une bonne partie d'entre eux étaient ivres, mais ils donnaient le change, se redressaient à chaque mouvement de travers de leur monture, courbaient le dos pour les raidillons, tentaient tant bien que mal de mettre pied à terre lorsque l'ascension devenait trop difficile. Bêtes et hommes, tout le monde peinait dans la joie. Les chants psalmodiés permettaient d'oublier le reste. Ils montaient vers les versants sauvages des sanctuaires anciens, car les montagnes au Mustang représentaient aussi autant de divinités.

Nous étions déjà à mille lieues de la sympathie pour la souffrance, qui s'abolissait d'elle-même.

Depuis les Grecs, le Parnasse, les religions du Livre, les mythes nous avaient appris que notre ascendance était là-haut, au-delà des neiges. Une centaine de sommets de Perse, d'Asie Mineure, d'Arabie revendiquaient le bercail du patriarche des humains. « C'est bien des hautes cimes que sont descendus les hommes », rappelait le géographe anarchiste Élisée Reclus, longtemps en pèlerinage vers les montagnes. Zeus et Prométhée y avaient élu domicile avant d'aller se frotter au genre humain.

Il était temps d'y retourner.

Le passage d'un torrent furieux éclaboussait les rives de gouttelettes fines, tel un prisme erratique et malicieux. Je me souvins du voile d'eau qui avait tant marqué Hegel lors de sa traversée des Alpes suisses, spectacle qui avait inspiré maintes de ses digressions philosophiques et certains de ses concepts, « l'esprit libéré de la nécessité naturelle ». L'aspect permanent de la chute et la renaissance constante des gouttes ont fait naître cette théorie chez Hegel, alors en quête d'un jugement objectif depuis son *Journal de voyage dans les Alpes bernoises*. Près d'un siècle plus tard, Michelet sera soumis au même envoûtement, pour une description davantage poétique et imagée. Hommage à la montagne qui engendra les hommes mais qui nourrit aussi les philosophes et penseurs à mollets.

Une fine couche d'humidité ourlait l'atmosphère et le décor se chargeait d'une eau vaporeuse, délicatesse pour les voyants que nous étions aux côtés de l'aveugle. Il devina le velours ouaté, se caressa la joue.

— C'est un prisme.

— Avec nos lunettes, on ne voit plus rien.

— Pour moi, ça ne change pas grand-chose, répondit Gérard.

— Ça fait filtre d'eau.

— En fait, j'y vois mieux, l'humidité donne de la profondeur.

Surprenante réplique, surtout à jeun. L'aveugle m'étonnait de plus en plus avec ses dons de voyant. Il ne jugeait pas, il jaugeait, et j'appréciais cela. De la profondeur… Il me rappelait le roman de José Saramago, *L'Aveuglement* : « Nous avons fait de nos yeux des sortes de miroirs tournés vers le dedans, avec pour conséquence, très souvent, qu'ils montrent sans réserve ce que nous nous efforçons de nier avec la bouche. » Le crachin pleuré par le torrent était si fin. Les montagnes apparaissaient plus bleues, le ciel se déguisait en kaléidoscope, découpé par des prismes. De petits arcs-en-ciel jouaient à cache-cache, surgissaient puis disparaissaient, laissant une traînée de lumières sur la rétine, comme une houppelande d'étoiles filantes. Les courbes de lumière donnaient envie de monter sur elles, de glisser vers les cimes, de plonger dans les pastels de cette gouache qui balayait les évidences. C'était un festival de nuances qui se jouaient de la roche, des plantes d'altitude et du limon du torrent déposé au printemps, quand les flots devenaient fous, grossis des humeurs de la montagne. Le lavis se transformait sans cesse, agrandi par les lentilles de pluie. La bruine n'était pas une couche superposée mais un vernis révélateur, celui qui enlevait les autres couches, plus sombres. Depuis l'enfance, nous nous voilions la face, avec cette nuit que l'on supposait ou que l'on créait. La vraie réalité était dans la goutte d'eau, celle qui engendrait les torrents puis les océans.

Je suivais du regard l'une d'entre elles, tombant d'une roche puis qui se joignait à l'eau vive pour dévaler la pente raide. Elle passerait par les hameaux, les villages, grossirait le lit de la Kali Gandaki et se baignerait dans le lac de Pokhara, saluerait la ville sur la rive, glisserait lentement vers le Gange, côtoierait les grandes foules indiennes, caresserait des corps vivants à Bénarès et les cadavres à moitié brûlés au bois de santal, descendrait la plaine indo-gangétique qui nourrissait près d'un demi-milliard d'habitants, se polluerait au contact des cendres de la crémation et des secrétions de la pollution, sourirait aux enfants défiant les bactéries, se vautrerait dans le golfe du Bengale, puits sans fond, paradis des cyclones et de quelques pirates, méritant un bain salutaire avant de remonter chaleureusement vers le ciel. Telle était la destinée d'une goutte d'eau du vallon de Tsarang, dont le berceau était humblement signalé par un éphémère petit arc-en-ciel.

Changer de destin

Je me souvins face à ces écharpes colorées des paroles de Nicolas, jeune malvoyant sur la glace du lac Baïkal en plein hiver. Il avait évoqué son très long séjour adolescent à l'hôpital et ce blanc qui l'obsédait, ce blanc des murs de la chambre qu'il combattait et qu'il avait réussi, à force de rêveries, à transformer en neige soyeuse, cette neige qu'il foulerait un jour, par la volonté, l'envie de marcher alors que la maladie le condamnait à quelques pas par jour, guère plus, dans la souffrance. Ses visions l'avaient poussé à se lever et à changer le destin, sous le regard étonné des médecins qui n'en revenaient pas, non d'un miracle mais de la fureur de vivre de l'Alsacien, un géant de la persévérance. La neige soyeuse tombait devant ses yeux, et bientôt elle serait là, devant nous, dans les tempêtes de Sibérie, en plein hiver, par – 20° C et en autonomie. Nicolas, errant né, me rappelait ce principe de vie, à savoir que l'existence ne prend toute sa saveur que si l'on peut transformer ses chimères en rêves certains. La meilleure façon de marcher consiste non pas à mettre un pied devant l'autre mais à enterrer ses affres sous les semelles.

La neige soyeuse était un paradis que nous avions en chacun d'entre nous, telle l'étincelle déposée par les divinités ou Dieu ou un panthéon selon les dires du brahmane des bords du Gange à Bénarès, celui qui voulait sauver le fleuve sacré. Étions-nous encore capables de rêver la neige soyeuse? D'imaginer cette petite lueur dans les ténèbres de l'humanité?

Piété

La caravane de chevaux s'étirait sur le sentier d'altitude, qui frôlait les antiques précipices. Le festival qui se préparait devait aimer le vide. Le défilé équestre atteignait déjà le dernier versant, qui menait par un raidillon au monastère de Lo Gekar. Les plus audacieux des cavaliers aux bottes soigneusement ouvragées, cosaques du don et de la compassion, étaient sans conteste ceux qui avaient bu le plus de bière au village d'en bas. Leur monture hésitait mais eux n'hésitaient pas à cravacher. Imjun, le dernier des Khampas, aurait été heureux. Un char chinois n'aurait pas résisté à tant de bravoure inconsciente. Les sommets de six mille mètres nous narguaient au-dessus des cols et des falaises, à l'aplomb du monastère aux murailles rouges qui s'annonçait. Je craignais qu'un ou deux cavaliers avant l'arrivée sur les lieux de la fête ne versassent dans l'abîme.

Les vertiges dus à l'accident au retour du voyage mexicain me reprenaient et j'avais du mal à tenir la tête vers le sommet ainsi qu'à me tourner vers le torrent. Serais-je condamné à ne plus pouvoir gravir des parois ou arpenter des versants ? Devrais-je dire adieu aux alpages qui avaient bercé mon adolescence, seul dans un hameau avec livres dans le cabanon ? Au pays des divinités, dans cette enclave de la piété et de la tolérance, l'un n'allant pas forcément avec l'autre, je me dis que c'était sans doute un signe des cieux pour me débarrasser des neurones en trouble, d'un cerveau trop soumis aux guerres et qu'il convenait de laver. Auparavant, j'avais été attiré par les géhennes de l'humanité, désormais par les ravins tout court. D'autres ténèbres. La loi de la pesanteur n'a jamais été amendée.

J'espérais en marchant sur les pas de la troupe équestre que les céphalées permettraient d'effacer de l'esprit une partie de ce qu'il avait vu.

*Les pelleteuses et l'*usus mundi

La piste en construction, le Corridor Kali Gandaki, était loin désormais mais je savais qu'elle ne tarderait pas à nous rejoindre, avec sa horde de pelleteuses. Une course de vitesse était engagée entre ces chars à godets et les chevaux du cortège princier, comme si les cavaliers voulaient donner le change aux chenilles dévoreuses, celles qui avalaient les rochers, la boue et les dernières certitudes.

La progression n'était pas fastidieuse ni pénible mais méritée, euphémisme pour oublier les travers de l'effort dont nous prenions plaisir. Une jouissance qui ne devait pas être selon le mot de Saint Augustin « une patrie » mais « une escale ou une chambre d'une nuit pour le voyageur». À force de fouler la terre, on apprend l'*usus mundi*, l'usage du monde. La frontière chinoise désormais n'était plus qu'à quelques jours de marche. Quand la piste sera achevée, jusqu'au col frontalier, Pékin n'aura plus qu'à ouvrir la barrière, après moult pressions sur le gouvernement népalais, afin de laisser ses produits et sa pacotille envahir les hautes vallées puis les basses terres. Même les maoïstes népalais redoutaient cette déferlante annoncée. D'autant que l'immense majorité des biens chinois à bon marché étaient fabriqués par des prisonniers dans les camps de travail, les *laogaïs*. Détenus dans un millier de prisons, une pour chaque grande ville, quatre millions de bagnards représentaient une main-d'œuvre à vil prix. En 1950, l'Armée rouge de Mao lançait son slogan : « Libérer le Tibet des impérialistes étrangers. » Deux générations plus tard, elle tentait d'envoyer ses propres impérialistes vers le petit Tibet, avec des bibelots en lieu et place des mines antipersonnel, plus efficaces sur le long terme.

Dernier inventaire avant réincarnation

Imjun, le dernier des Khampas, avait bien du souci à se faire. Nulle relève assurée pour résister à cet envahissement. Ses héritiers avaient peine à se maintenir en selle, sous les effets de la bière. La conquête du Tibet oublié s'effectuerait grâce au négoce engendré par le travail forcé et semé sur le Corridor Kali Gandaki. Je n'osais imaginer les petites mains derrière les murs de béton des goulags sinisants, des mains de Tibétains, d'Ouïghours, de dissidents, de contestataires de la bonne parole communisto-capitaliste, celle des apparatchiks pékinois, dépositaires de l'ordre du Grand Timonier Mao. Les embastillés collaboraient malgré eux à l'invasion. À chacun ses besoins de pacotille, selon le principe du grand Karl adapté à la sauce chinoise des petits timoniers. Les nouveaux mandarins ne manquaient pas d'ingéniosité.

Les âmes mortes sous l'écorce

N'en déplaise à Hegel et Engels, les habitants du Tibet oublié étaient devenus très méfiants sur les idéologies grandissantes dans les villes. Elles représentaient des algues envahissantes qui ne demandaient qu'à s'inviter sur les hauteurs, avec des concepts plus ou moins universels qui permettaient de s'imposer au sein de sociétés ancestrales, dans des forêts primaires ou des vallées enclavées.

— Qu'avons-nous fait, lançaient les enclavés, pour mériter une telle punition ?

— Vos idées en *ismes* ne peuvent-elles pas rester en bas ?

— Les citadins ont déjà détruit les forêts, ils ne vont quand même pas détruire les montagnes !

Ils n'avaient pas tort. J'avais vu pendant des mois au fin fond de la sylve le rasage de l'Amazonie à grande échelle par des barbiers vénaux qui contribuaient à appauvrir le poumon de la planète. Ils abattaient aussi les mânes des ancêtres cristallisés dans les troncs. Qu'allions-nous chercher sous l'écorce à secouer les âmes mortes ? Pour l'or de nos bijoux de surcroît, ou pour du soja à vaches qui n'en demandaient pas tant.

Les bergers et paysans tibétains vous rétorquaient que l'Himalaya croyait bien plutôt au pouvoir de l'immensité et à la régulation par la solitude. Sur les grandes hauteurs, on se passait de l'administration et du tout normalisé. Le péril s'avérait omniprésent, inscrit dans les gènes mêmes de la Mère Nature, et cela suffisait, guère besoin d'en rajouter. Là où l'oxygène devenait rare, la compassion grandissait. L'homme se rappelait sa petitesse physique et ne pouvait se rattraper qu'en tendant la main au voisin de l'autre vallon ou du versant adjacent, au risque sinon de périr de froid ou de faim. Les récoltes qui s'annonçaient fournissaient un excellent prétexte. On se prêtait la main le jour pour couper le blé. Le soir, la paille entassée servait à renverser les jeunes conquises. Prométhée ici était déchaîné, Éros aussi. C'était un cycle de régénérescence, des bras contre de la procréation à venir. Les fêtes de la Saint-Jean tibétaine, au thé noir et au fort désir, étaient d'augustes agapes que devaient envier les cimes, plutôt portées sur l'ascèse mais forcément voyeuristes.

Le banquet

Le banquet avait déjà commencé quand la petite troupe à cheval surgit devant les murailles ocre du monastère. Yartung, la fête du Cheval, battait son plein. Les cavaliers mirent pied à terre et s'assirent dans le petit pré en terrasse au-dessus du bâtiment. Des sanctuaires affichaient des filets de drapeaux dont les prières flottaient au vent. Des bouteilles de bière jonchaient le sol et quelques danseurs au son d'une musique ancienne, tambours et gongs, titubaient en regardant le vide puis le boyau par lequel les festivaliers étaient arrivés.

Nullement fatigué par sa chevauchée, Tsewang, drapé dans sa tenue princière, s'assit pour répondre aux uns et aux autres, tandis que trois paysannes déambulaient avec des paniers de viande, d'os à ronger, de beignets et de verres de thé. Le prince était on ne pouvait plus dans son élément. Il prenait des nouvelles, donnait quelques directives, s'informait de l'état des champs en contrebas, millet, sarrasin, blé et orge.

— Il va falloir faire vite, dit un propriétaire terrien.

— Il va neiger bientôt, répondit le prince.

— On a besoin de bras.

— On va vous trouver ça.

— La moitié du village veut partir en amont aider l'autre.

— Il faut d'abord garnir vos greniers.

— C'est bien ce que je dis.

Tsewang répandait les mêmes propos d'un paysan à l'autre tel un engrais bienfaisant. On parlait aussi de l'hiver à venir, la saison que tous redoutaient. Les plus jeunes se portaient pâles afin de garder les demeures et les troupeaux pour les cinq mois à venir. Ils préféraient descendre vers les vallées moins froides, sous prétexte de quelque négoce, habits traditionnels, broderies, artisanat. Tout s'inscrivait dans la lenteur, une lenteur d'altitude et de mots rares que l'on jetait néanmoins dans une débauche car l'on savait que les mois glaciaux tétanisaient les paroles.

Une rupestre anarchie ou Dionysos sur le Toit du monde

La petite foule du festival tibétain était partiellement ivre, dans une joviale et rupestre anarchie. Ivre de bière mais aussi de chants et de danses, dans une symphonie de mille prières et une litanie d'offrandes divines. Les bottes claquaient sur le sol, qui serait bientôt gelé, comme pour le réchauffer avant le grand hivernage. Puis on inspirait et on levait la tête enveloppée dans une toque, le corps aux gilets brodés et les bras des voisins dans une gigue divine et païenne, à la recherche de ceux qui patientaient dans les nuages avant la prochaine réincarnation. Avec ses lignes irrégulières, le balancement des corps sur le côté et de bas en haut, ses faux-fuyants qui donnaient à la troupe des allures de fêtards en goguette avant les libations, la danse était un étonnant éloge de la lenteur et de la rareté, loin de l'agitation d'en bas, loin de la modernité dont les donneurs de leçons tentaient d'envahir ces recoins souriants au pas temporisé. Envoûtés par leur valse à mille temps et d'antan, les danseurs avaient des faces de Dionysos à la veille du passage à l'acte. Les moines étaient dépassés par ces équipées sensuelles et ne le montraient pas. « Ces événements nous échappent, feignons d'en être les organisateurs », disait Cocteau. Un musicien festivalier porteur d'un tambour suivit son conseil et augmenta la cadence sur sa seconde peau.

Les sauts des baladins représentaient les élans du cœur ou de l'amitié. On fêtait le cheval, les chevauchées, les raids des anciens guerriers, les nostalgies des nomades lorsqu'ils quittaient leur campement, les récoltes de demain. On emmagasinait de la chaleur pour le grand hivernage sous les neiges.

Des gestes de tendresse se perdaient entre garçons et filles, dans les rires les plus joyeux qui auguraient d'une soirée encore plus souriante. Le crépuscule qui s'amorçait était déjà une aube.

En bas, dans la basse vallée, les pelleteuses continuaient leur labeur d'expurgation. Des terrassiers venaient de déclencher dans les gorges une avalanche de pierres, dans un roulis qui remontait jusqu'à nous. Les cavaliers et hommes pieux de Lo Gekar répondaient par des prières. Le combat était forcément inégal, piste que rien n'arrêterait contre des paroles de foi, mais au moins celles-ci montaient vers les yacks et les coiffes enneigées.

Les écuyers du ciel et l'enivrement

Tsewang se leva dignement, frappa ses bottes de cuir, deux bouteilles de bière vides devant lui, puis se dirigea sur les terrasses en contrebas pour rejoindre le monastère, par-delà les petits chortens où la foule l'attendait. Des cavaliers titubant n'osaient se remettre en selle et partirent à pied. L'ivresse n'était pas celle des montagnes. Sans doute les écuyers du ciel pensaient-ils que la vitesse de la réincarnation était proportionnelle à l'enivrement, et on leur pardonnait volontiers.

Il se mit à pleuvoir. Une jeune femme assise ne dessillait pas et lisait ses prières au vent, sous un parapluie, et son visage orné de boucles d'oreilles en turquoise et ambre se découpait sur l'éclaircie venue de l'Orient, ce qui lui donnait un délicieux contour que remarqua lui aussi Migmar. Mais la belle paysanne était concentrée, et il nous sembla que rien ne pouvait la dévier de sa ferveur dédiée à Bouddha et à quelques divinités ancestrales, ce dont s'accommodait très bien le vénérable de l'endroit.

Il nous accueillit en haut des marches. À l'intérieur, le temple était plein. Des liasses de billets s'accumulaient en guise de divins présents et une kyrielle de moines psalmodiait tout en tenant des registres de comptabilité. Des incantations sortaient de leurs lèvres au moindre dépôt de billets ou de pièces, dévote version de la caisse enregistreuse. Les paysans, bergers et négociants se saignaient aux quatre veines pour cette fête de la chaleur humaine et terrestre, destinée à encourager la terre à se dégorger de toutes ses richesses. Au-delà de la compassion à crédit, l'action de grâces assurait, en céréales et en légumes, un fort taux d'intérêt. *Om Mani Padmé Hûm*, puis cling cling. Le denier du culte valait tous les bas de laine.

Je me rappelais les rares fêtes de mon adolescence dans le Mercantour et les alpages, lorsque je parvenais à redescendre de mon hameau de berger sans eau ni électricité, à trois heures de marche du plus proche village, et que le festin permettait d'échanger, de rencontrer, de danser. Je ne pouvais rencontrer ni danser car j'avais perdu l'habitude de parler. Je murmurais des semblants de phrases à mes bêtes là-haut, je leur lisais Goethe et Cervantès, elles n'aimaient pas trop l'auteur des *Souffrances du jeune Werther* et préféraient l'hidalgo, et quand je leur parlais allemand, le lait tournait, tandis que l'espagnol faisait un tabac dans la bergerie. J'écrivais depuis l'âge de dix ans avec la seule idée de parler aux montagnes, qu'elles m'entendissent. Les trois langues n'étaient pas de trop pour converser avec les parois, qui paraissaient moins noires, et les sommets, qui devenaient plus proches. Mes godillots étaient lourds de la boue du vallon et d'une mélancolie que je ne connaissais pas. Quand je découvris le sens du mot *sehnsucht*, que je traduisis par la nostalgie du lendemain, je remerciai les cieux, très clairs ce jour-là, de m'avoir offert une telle boussole. L'espérance devenait une légèreté du corps et de l'esprit. L'écriture se muait en une quête du cœur et des horizons qui demeuraient interdits, même proches. Je n'écrivais plus pour les animaux. Je parlais aux montagnes, parce qu'elles étaient là.

Une lamaserie sans lamas

Le monastère de Lo Gekar cherchait à s'abriter de la douce pluie qui rebondissait sur les pavés de la cour. De l'étage supérieur, des enfants observaient la foule avec des yeux ronds, impatients de rejoindre la troupe des danseurs un jour et surtout la horde des cavaliers, successeurs des guerriers du Kham, désormais en tenue d'apparat. Après la fête, le vieux sanctuaire serait déserté pour l'hiver, hormis deux gardiens en roulement, mais tout autant vénéré. Lo Gekar était une lamaserie sans lamas. Comme les grottes qui parsemaient le Mustang en petites cités troglodytes idéales, le monastère oublié était une belle utopie face aux grandes murailles. Les utopies verticales permettent de mieux contempler les étoiles.

Devant le temple haut perché patientait l'escadron de chevaux, soigneusement harnachés, avec des selles de cuir gravées et des couvertures chamarrées. Les montures, à l'encolure basse, énergiques et puissantes, regardaient d'un œil distrait les libations et festivités à quelques dizaines de mètres. J'allais bientôt grimper sur l'un d'entre eux, pour le passage d'un col. Il fallait se faire bien voir et ne pas hésiter à jouer le rôle du palefrenier.

Le cheval était le meilleur ami de l'homme tibétain. Il se réincarnait volontiers, tenait bien l'altitude, n'hésitait pas à porter lourd, se nourrissait d'herbes à yack, à condition que celui-ci le laissât entrer sur son territoire. Les habitants du Mustang adoraient les promenades cavalières pour tirer à l'arc, une vieille pratique dans l'enclave ou pour séduire, autre redoutable tradition. Les virées équestres se muaient alors en chevauchées sentimentales, avec beaucoup de dénivelé, vers le haut ou vers le bas. Grâce à ces chevaux du vent, tous redevenaient nomades pour un temps. Le cheval, cette escapade vers nos racines.

Les algorithmes et les immolateurs

De l'autre côté de la frontière, les Tibétains montaient encore à cheval et pérennisaient quelques fêtes, que les Chinois tentaient d'empêcher. Lors des festivals, les cavaliers étaient entourés de soldats chinois et de pompiers. On craignait l'immolation, toujours gênante pour les images du monde. La boîte d'allumettes devenait une arme dangereuse de contestation potentielle. Les extincteurs pallieraient ce mode fumant de contestation. Les algorithmes prévoiraient le reste, en détectant les futurs incendiaires. Immolateurs de toutes les provinces, cachez-vous ! Et acheteurs de briquets s'abstenir. Pékin n'arrivait pas à éteindre cependant les incendies intérieurs, qui ne demandaient qu'à se propager d'âme en âme. Les mandarins avaient alors trouvé une nouvelle parade, construire des routes et reléguer les équidés au rôle de figures de musée folklorique.

Les Tibétains pestaient. Les Pékinois se moquaient.

Les manuscrits cachés et Milarepa

Nous passâmes la nuit au monastère légendaire, que le mythique Milarepa avait visité au XIe siècle. Le ciel avait enlevé sa toge de gris et le haut, très haut plafond devenait désormais strié de petits points lumineux, à des années-lumière, des siècles-lueur. La vieille bâtisse était vide, hormis un couple de gardiens et un jeune berger devenu négociant. Aux étoiles ils répondaient par des bougies. La lumière du cœur, disaient-ils, est une mèche qui éteint les mauvaises poudres. Elle allume parfois de belles foudres.

Les gardiens se succédaient tous les deux jours, des volontaires des villages voisins afin de ne pas laisser la maison vide avec ses reliques antiques pouvant attirer la rapine et les trésors l'entourant, à savoir des manuscrits de Guru Rinpoché cachés aux abords de la forteresse pour les générations futures. Sans doute Milarepa les avait-il lus, trois siècles après leur sainte écriture, avant de les cacher à nouveau. La pièce à vivre était enfumée à la bouse de yack et le volontaire s'activait à souffler dans le fourneau, les yeux rougis. Le feu lui revenait en pleine gorge et ses poumons se gonflaient d'excrétions, mais il ne s'en souciait guère. Le ventilateur reprenait peu à peu du poil de la bête et rendait hommage à ses restes combustibles. La petite braise permettait de cuire les légumes que Migmar jetait dans une ancestrale casserole noircie et crasseuse qui avait dû rassasier des générations de moines, lorsque le monastère était encore fréquenté. La marmite recevait de maigres légumes et de grandes prières. La foi et la graisse faisaient bon ménage en altitude. Cela permettait de rehausser la solitude, ce faux piédestal.

Les religieux se rendaient plutôt à Lo Manthang, en amont, où un grand monastère était en rénovation, ou à plusieurs jours de marche, dans la vallée de la Kali Gandaki. Il était singulier de constater que le plus vieux monastère du Mustang et même du Népal s'était vidé ainsi, alors qu'il gardait en son sein de précieuses reliques dont la cervelle du dragon honni, celui que Guru Rinpoché avait réussi à vaincre en redescendant du Tibet, prélude à l'avènement du bouddhisme dans l'enclave et dans l'ensemble du Pays des Neiges.

La nuit s'annonça tôt, soudaine et froide. Gérard dormit dans un patio, à la belle étoile, emmitouflé dans son sac de couchage. Sur nos paillasses, nous étions protégés avec nos maisons d'escargot en plume. J'atterris avec Pierrot dans la salle de *puja*, de cérémonie, peinte en rouge, au-dessus du temple, avec des dizaines de bougies qui se reflétaient dans les vitres de la pièce, et autant de l'autre côté de la cour. Les lumières dansaient dans le froid de la nuit et donnaient une sensation de réjouissance nocturne, après le départ des cavaliers vers Tsarang, éméchés mais heureux de la grande kermesse du jour.

Le joyau du bouddhisme et les gardes rouges

Le vent hurlait, en provenance du sud et de l'ouest, des sommets du Bhrikuti, à plus de six mille quatre cents mètres, et s'engouffrait dans le monastère, s'invitait dans le temple sous ma natte. Bouddha résistait comme il le pouvait, ses complices aussi, mais les êtres humains avaient quitté les lieux depuis longtemps, hormis les volontaires qui se relayaient pour garder les lieux saints. Lorsque le Mustang ouvrit ses frontières en 1992, on découvrit ce sanctuaire unique, joyau bien conservé du bouddhisme tibétain. À quelques encablures, les gardes rouges de Mao avaient saccagé quelques années plus tôt les temples tibétains. La Révolution culturelle contre l'évolution cultuelle. Les sbires maoïstes n'avaient contribué en fait qu'à instaurer un nouveau culte, celui des Fils du Ciel marxistes. À Saint-Germain-des-Prés, des étudiants bien nés avaient soutenu la fausse cause du peuple, puis s'en étaient mordu les doigts face aux millions de morts engendrés par le dogme. Le credo avait encore frappé.

Le théâtre du grand opéra « L'Orient est rouge » était maculé de sang. À Lo Gekar, le rouge incarnait bien plutôt la renaissance et la réincarnation. Centurions miséreux, un homme et une femme protégeaient le monastère d'altitude contre toute nouvelle incursion. Bien maigre garde face aux destructeurs de temples qui piaffaient d'impatience et qui, des rives de la Seine aux Bouddhas de Bamyan, continuaient le combat.

La nuit fut agitée, tant en raison du vent que des fantômes qui me hantaient. Ils réapparaissaient singulièrement dans la salle de *puja* du monastère, où je tentai de dormir quelques heures. Sans doute était-ce l'œuvre des moines absents, qui voulaient me signifier que nous étions sur le chemin. Je montai sur le toit venté de l'édifice qui tutoyait les sommets enneigés. Des offrandes avaient été placées pour Bouddha près de l'escalier tibétain taillé dans un ancestral tronc d'arbre, aux marches quasiment absentes tant les absents les avaient usées. Nulle lueur à l'horizon, ni sur les hauteurs ni dans les vallées lointaines, hormis quelques étoiles qui tentaient d'incendier les versants du Bhrikuti. Lo Gekar avait éteint les lumières depuis longtemps. En contrebas, la planète s'épuisait à s'éclairer. L'homme illuminait les villes et fouillait dans les entrailles de la terre pour alimenter à coups d'or noir les lumières urbaines afin de se protéger lui-même, crimes, rapines et délits compris. Les animaux, eux, ne se faisaient pas la peau entre eux, entre gens de la même espèce, dès la nuit tombée, sauf pour des questions de courtisanerie. Dans la ville des hommes, on s'égorgeait pour une bourse plus ou moins emplie dès que l'ampoule était brisée. La parade consistait à augmenter le nombre de lampadaires. Le cambriolage est une pathologie typiquement humaine à très fort coût carbone.

Le monastère ressemblait à une bergerie des âmes mortes. Elles revenaient lentement à la vie sous la houlette des disparus et des vautours qui nous survolaient encore, les pugnaces. Ma couche avait des allures de strapontin dans un vaste théâtre de l'inutile, où l'on était appelé à déposer ses souvenirs à l'entrée, loin des nourritures terrestres, convoqué par un Toit du monde à la charpente savamment percée pour que les rêves puissent s'envoler.

L'aveugle, la gueule cassée et la pierre philosophale

L'ascension devenait étrange chaque jour davantage. Je frôlais le ridicule et j'avais au moins l'excuse de l'altitude. Je demandais de plus en plus à Gérard de me décrire le paysage, les gorges, les sommets dont il pouvait deviner à contre-jour les contours.

— Qu'est-ce qu'on a devant nous, Gérard ?

Et le pire était que le bougre ne disait jamais non. Il extrapolait, imaginait, déduisait, écoutait, palpait.

— Là, je sens un beau sommet blanc. À gauche, c'est casse-gueule !

— Oui, bien joué, le ravin !

— Fais attention.

— Je n'aurais aucun prétexte si je tombais, contrairement à toi.

L'aveugle inspirait, écoutait, tout lui servait à me « donner à voir ». Il avait inversé le trait de Shakespeare dans *Le Roi Lear* : « C'est un malheur du temps que les fous guident les aveugles », et c'était l'aveugle qui guidait une gueule cassée par la guerre et le reste. Être lézardé présentait parfois un léger avantage, en laissant d'autant mieux percer la lumière. Nous savions tous deux que nous cheminions ainsi sur un sentier de liberté.

Je n'étais jamais déçu. Le non-voyant donnait de la profondeur humaine au décor. C'était un peintre impatient qui recomposait des fresques à la fois abstraites et pointillistes, avec un patchwork d'odeurs, de sons, d'impressions. Il jetait sur la toile son imaginaire et son énergie, ses malheurs passés et ses bonheurs à venir. Il donnait raison à Jacques Lusseyran, qui proclamait que « chaque sens peut venir prendre la place d'un autre, s'il est utilisé dans sa plénitude », en ajoutant que « la vue est un sens superficiel » (*La Lumière dans les ténèbres*). C'était une encyclopédie du ressenti, avec la déclinaison de maints synonymes du mot beauté. Je pensais parfois qu'il avait des caméras intérieures, placées dans le corps ou cachées au fond des orbites.

— Tu as dû faire des repérages !

— Ou alors je suis venu ici dans une vie antérieure.

Il ne connaissait pas certaines étapes, qu'il n'avait pu explorer lors de son séjour de voyant. Nous entrions dans une partie de l'enclave qui nous était inconnue à tous. Gérard en devenait d'autant plus étonnant. Il avait manifestement des dons.

— Ça résonne, on arrive dans une gorge.

Et nous arrivions dans une gorge.

— Bientôt un plateau, je le sens !

Et le plateau surgissait.

— En face, c'est une grande paroi, on doit pouvoir repérer des grottes.

Et des grottes s'offraient un peu plus loin à nous, et le vent s'en mêlait, qui s'engouffrait dans les béances ancestrales. Je croyais entendre le Werther de Goethe : « Écouter dans la montagne les gémissements des génies des cavernes » (*Les Souffrances du jeune Werther*). Et les cavernes ici avaient du génie.

Gérard ou la pierre philosophale des paysages. Au premier jour de la création, il aurait été employé sans conteste par Dieu.

Là, mettez-moi Seigneur une montagne, plus loin un col, là je sens bien une belle descente et à l'est, de magnifiques gorges, bien taillées. La face sinon du monde en tout cas de l'Himalaya en eût été changée.

Recomposer la géographie

Dans ce pèlerinage de rédemption, j'étais loin derrière, penaud dans mes tentatives d'oublier les effrois de la guerre, les fantômes qui m'habitaient. Que valait cet obsédant brouillard qui voilait mes yeux face à la nuit permanente ? La lumière que je recherchais dans ce royaume arrivait-elle à la cheville des lueurs qui étincelaient depuis plusieurs jours sur le visage d'un marcheur sans yeux ? Je m'en voulais parfois de mettre sur le même plan nos deux entreprises de résilience ou de renaissance, peu importait désormais le terme. Je retrouvais les altitudes où j'avais vécu la grande solitude, cet autre enfermement même à ciel ouvert, et lui se consolait des spectacles qu'il ne verrait plus jamais mais qu'il pouvait recomposer. Pour rire, il s'affublait parfois du surnom d'« œil de lynx ». Il était en fait l'œil d'un peintre de la Renaissance, celui de la perspective, cette magie de la profondeur humaine.

Je recomposais moi aussi la géographie du Mustang grâce aux nuances et pastels de l'ami. Comme en Sibérie en plein hiver, il me semblait que sans lui je serais passé à côté de nombre d'émerveillements et de paysages recomposés. Voyageur, voici un humble conseil : emmenez un aveugle avec vous. La gouache sera différente, les pastels plus accentués, la fresque dans son ensemble davantage subtile, imaginaire augmenté des sensations. Et les mots seront affublés de couleurs rimbaldiennes. Tout non-voyant est un paysagiste qui s'ignore.

Rêve permanent versus vie à perpétuité

Des chevaux nous attendaient après Lo Gekar. C'était un vieux palefrenier à la fois souriant et bourru, Passang, qui nous apportait sa horde de cinq chevaux. Les montures arboraient leurs coquetteries, selles de couleur, tapis tibétains en dessous, étriers en bois jauni par le temps, brides au cuir sculpté par l'homme et mâchonné par la bête. À la fois nerveux et obéissants, les petits chevaux musclés n'hésitaient pas à crapahuter sur la sente. Ils ne nous jugeaient pas mais nous jaugeaient, s'habituaient à nous comme pour exiger la réciproque. « L'animal ne juge jamais celui qui est différent de lui », disait Gandhi.

Les sabots raclaient la roche en un cliquetis métallique de cohorte conquérante et le palefrenier en selle détectait la moindre ruade ou signe de fatigue. Il guettait aussi les fers qui se perdaient volontiers. Un dérapage et nous eussions plongé dans les gorges, avant de remonter vers le ciel avec l'aide des vautours, ces ascenseurs du salut.

Passang avait une face plate, la peau burinée, un front large et portait une casquette chinoise. Il était né au Tibet et avait pu se réfugier dans l'enclave lorsqu'il en était encore temps. Ses rides étaient creusées comme des ravins qu'avaient dû emprunter des larmes de détresse. Lunettes de soleil rectangulaires tanguant sur son nez, il regardait vers la frontière, plein nord, comme s'il cherchait le Shangri-La, avec le même regard que celui que j'ai porté de tout temps sur les livres, ce magnétisme imparable qui vous entraîne vers les bibliothèques et autres lieux de rappel à l'ordre bienveillant. Passang boitait, sans doute en raison d'une chute lors de ses chevauchées au Tibet et à travers les frontières franchies clandestinement, passe-murailles des exils forcés. « Un cavalier exténué et sanglant vint de l'Orient. » Passang me rappelait le messager d'*Aleph*, le roman de Jorge Luis Borges, juché sur un pur-sang, venant d'une patrie située de l'autre côté du Gange et en route pour l'Extrême-Occident et le fleuve dont les eaux donneraient l'immortalité. La vie à perpétuité, quel ennui ! Préférons-lui le rêve permanent. Définition du songe perpétuel :

« Ne jamais remettre à aujourd'hui ce que l'on peut rêver demain. »

Passang représentant une bibliothèque à lui tout seul, il connaissait tout des rites de l'enclave et du Tibet, des traditions des nomades, de l'histoire de la contrebande entre les deux côtés de la frontière, le commerce clandestin permettant aussi un rapprochement entre les peuples. Les Chinois laissaient faire. Ils savaient que les guerriers de Bouddha étaient matés depuis longtemps. Les irréductibles s'étaient jetés dans le grand torrent puis on les avait oubliés.

Le prince et le palefrenier passe-murailles

Passang caressa l'encolure de son cheval puis mit pied à terre. Il semblait claudiquer de plus belle avec sa jambe gauche amplement arquée. Adepte des folles cavalcades, il se remit très vite en selle et parla longuement avec Tsewang. Le palefrenier trapu et le svelte prince formaient la paire et on leur espérait de croiser bientôt des moulins à vent. L'écuyer et l'aristocrate des hauteurs évoquèrent la saison des récoltes, les conserves d'hiver, les foins à rentrer dans les granges de pierre, le fromage de chèvre durci sur la pierre au pâle soleil de la demi-saison. Ils riaient puis chantaient puis riaient puis palabraient. Tsewang ne pouvait tout me traduire, affairé à discuter dans les éclats de voix qui montaient vers les parois des géants. C'était moi l'aveugle. Le rire était un instrument de renaissance par-delà les tourmentes, les tyrannies pékinoises ou autres. Il contrait la résonance plaintive qui sourdait de l'Occident, affairé dans sa course à la besace. Tsewang et Passang offraient de la joie. J'aurais aimé parler tibétain pour saisir toutes les nuances de leur entente cordiale. Le roturier et le souverain sans sceptre s'entendaient comme larrons en foire. La fatigue y était aussi pour beaucoup. Il valait mieux marcher avec le prince du Mustang que travailler pour le roi de Prusse. « Une heure d'ascension dans les montagnes fait d'un gredin et d'un saint deux créatures à peu près semblables, écrivait Nietzsche dans *Le Voyageur et son ombre.* La fatigue est le chemin le plus court vers l'*égalité* et la *fraternité* – et durant le sommeil la *liberté* finit par s'y ajouter. » Je rêvais pour Tsewang d'un titre à la Montherlant, « l'enclave dont le prince est un manant ». Imaginerait-on un tel mariage d'amitié dans la cour de Buckingham Palace ? On devrait inviter toute la Couronne d'Angleterre sur cette montagne, sans les scrutateurs impénitents du palais.

Des murailles et des hommes

La minuscule capitale Lo Manthang s'annonçait peu à peu. Nous devions encore franchir deux cols, dont le Chogo La à quatre mille trois cents mètres, côtoyer des murs immenses sous les glaciers, ces langues gelées qui regrettaient l'éternité et se réchauffaient lentement en abondant les torrents et dégarnissant les montagnes. Je prenais des notes sur le cheval. Il me fallait patienter pour engranger ce que je voyais et sur le langage que j'apprenais, non celui des Tibétains mais celui de l'aveugle, du braille sonore, une tradition orale qui mêlait l'humanisme, l'aventure, le goût des autres, le choc à des coins de murs, des cris dus à une collision frontale avec un voyant affairé avec son téléphone intelligent et abêtissant à la fois. Le langage de Gérard était une élévation du cœur au pays de nulle part, un pays sans frontières où toutes les enclaves aux rois sans couronne disposaient d'un piédestal.

Des yacks qui paissaient à cinq mille mètres nous saluèrent dans le lit impétueux de la Thulung Khola, un torrent dévalant du sommet du Kekyap Danda, qui avait dû en voir de toutes les couleurs, passages de conquérants, hordes de cavaliers rebelles et de guerriers khampas, espions chinois, fumeurs de chanvre à gros stock, moines bouddhistes fuyant le Tibet, alpinistes en quête de voies inédites. Gérard devait être le premier non-voyant à fouler ses contreforts, et la prouesse ne serait jamais inscrite au livre des records car nous ne le voulions pas. Pierrot, Gérard et moi, nous n'étions là que pour saluer les montagnes, et c'était bien ainsi, c'était bien assez, et nos amis guides pensaient la même chose, et sans doute les yacks aussi.

Je redoutais l'arrivée dans la petite capitale de neuf cents habitants, entourée de murailles mythiques, tout en l'espérant dans ces montagnes intègres susceptibles d'adouber une renaissance que rehaussait le silence des espaces vertigineux. Les rêves disparaissent-ils lorsque nous soulevons le dernier voile ? Les songes savent-ils se régénérer ? La vie, cette vieille chimère, est une alchimie des rêveries qui savent renaître de leurs cendres.

Pour un retour au nomadisme

Lo Manthang était un joyau qui se désirait lentement, comme si sa découverte pouvait en altérer l'appétence. Après le Chogo La, nous prîmes notre temps pour l'approcher. Au côté de nos montures, le pas se fit lent. Chaque gorge était un prétexte, chaque torrent un alibi du ralentissement, ce qui manquait tant à l'époque. Quelques rayons dardaient à travers les nuages, qui savaient se faire discrets pour permettre l'émerveillement, en demi-teinte. Le soleil jouait à la course avec le vent, et le vent gagnait souvent, recouvrant le décor d'un voile translucide. Une trentaine de yacks à la cadence admirable nous surveillaient, gardiens immuables des fiefs de la mouvance sage. Je les imaginais tellement libres. Leurs propriétaires nomades avaient dressé leurs trois yourtes blanches sur le flanc oriental de la montagne, inclinée en chute de reins pierreuse. Ils avaient la journée devant eux et se demandaient juste quand ils allaient envoyer l'un des leurs chercher le troupeau. La courte-paille des pâtres est un jeu du bonheur partagé. Le gardien désigné s'adonnerait à la course sur la crête puis sur la moraine dont les gros cailloux semblaient surgir de la courbe montagneuse comme d'une corne d'abondance.

Les tentes sentaient la bouse, le beurre fermenté et l'innocence des premiers jours. Peu d'entre eux avaient envie de migrer vers les villes, à dix jours de marche, et je les comprenais.

Ces nomades étaient les êtres les plus libres qui fussent, fils du vent, prompts à débiter un arbre en quelques heures, affairés à courir les semblants de pâturages pour rassembler les bêtes. J'aimais leur rudesse et leur sourire à la fois, qui se transmettait de génération en génération, avec insouciance. Le nomade est l'espoir du monde, qui nous rappelle les premières heures de l'humanité et le ressort intime qui nous anime, se lever et marcher.

Le sentier jouait aux montagnes russes pour mieux décourager le promeneur à l'approche du trésor du haut-plateau. La moraine fit glisser nos pieds. En aval, à deux heures de marche, un vallon accueillait une petite base de l'armée népalaise, preuve de la proximité de la frontière chinoise. Je songeai aux jeunes soldats des basses terres qui venaient s'enfermer ici l'hiver. Un désert des Tartares version himalayenne avec une double enceinte, celle de la garnison et celle du Toit du monde. L'empire du Milieu aimait les marches fragiles et Pékin agitait son nouveau hochet, les routes de la Soie en grand format. De ce côté-ci de l'Himalaya, on s'en méfiait comme de la peste.

Une capitale en transhumance

Depuis le dernier col, j'aperçus enfin la minuscule capitale. Lo Manthang avec ses neuf cents âmes s'étalait au loin, en contrebas, à trois mille huit cents mètres d'altitude. C'était donc cela, notre Graal ! De longues murailles ocre de trois mètres de haut cernaient le village et l'on distinguait deux bâtisses qui se dégageaient de l'ensemble des maisons repliées les unes sur les autres, comme pour se tenir chaud. Je ralentis encore le pas pour mieux apprécier l'approche du joyau, par crainte aussi de voir le rêve se dissoudre, ressassant quelques poèmes et le vœu de Rimbaud :

« Je suis un piéton, rien de plus. » Les paradis sont faits pour se dissoudre. Je gardais le mien au creux du cœur.

Gérard et Pierrot étaient heureux eux aussi de s'approcher du village-forteresse, qui s'apprêtait à affronter l'armée suprême, celle du froid. Notre marche était une suspension dans le temps et dans l'atmosphère. La fatigue commençait à se ressentir après tant de jours d'expédition et d'étapes longues mais nul n'osait élever la voix. Nous cherchions à savourer le temps, nous apprenions à aimer la lenteur, ce luxe à développement durable que nos sociétés avaient noyé dans l'accélération. Nous avions aussi appris à garder le silence. Les conversations ne sont pas forcément enclines à être alimentées, au risque sinon d'être trop nourries.

La marche s'apparentait désormais à une déambulation. Le cerveau se ramollissait un peu plus, déjà battu par les vents, les chutes, le froid des cours d'eau. La lente descente devenait notre contribution au monde, dans le silence. Les Mustangais ne parlaient plus. Ils allaient entrer eux aussi dans la forteresse tant désirée.

Deux grandes portes marquaient l'entrée, au nord et au sud, distantes de quelques centaines de mètres. Les maisons étaient peintes en rouge et en blanc. De minuscules échoppes offraient du grain et des vivres de la vallée. Quelques pèlerins bouddhistes attendaient de redescendre. Des moinillons regagnaient l'un des trois monastères ancestraux. La cité rappelait « la vieille enceinte de murailles toute resserrée » des *Villes invisibles* d'Italo Calvino. La population n'avait guère augmenté depuis l'entrée dans Lo Manthang de Michel Peissel, l'ethnologue qui fut le premier étranger à séjourner dans ce royaume interdit dans les années soixante et qui avait dénombré cent cinquante-deux familles soit un millier d'âmes dans la cité *intra-muros*. Les trois monastères luttaient contre l'usure du temps et des moines allaient de l'un à l'autre édifice dans leur longue tunique grenat et orange. Les aristocrates y survivaient telle une vieille noblesse contrainte de vivre au milieu de ses anciens sujets. Des fagots de bois et piles de rondins s'entassaient sur les toits dans l'attente de la bise glaciale – bientôt – 20° C. Rudesse de la météorologie de haute altitude.

Le froid mettait tout le monde à égalité.

La grande salissure sous leurs pieds

Derrière nous et devant nous, la planète agonisait. Les dernières consultations entre États n'avaient pu ralentir la grande salissure sous leurs pieds et au-dessus de leur tête. Les sols se dégradaient. Les airs s'emplissaient de fumée. Les cheminées tournaient à plein. Il ne s'agissait plus du « décès des usines » déploré par Paul Morand mais des décès engendrés par les usines. Quatre mille morts par jour de l'autre côté de la frontière chinoise, droit devant, de Pékin à Shanghai. Les forêts brûlaient un peu plus. L'être humain continuait de fanfaronner et de plaider en faveur de la grande consommation. Près de 8 milliards d'habitants suffoquaient mais en demandaient encore davantage à leur maison, Mère Nature, qui n'en pouvait plus et voyait ses murs se fissurer, tandis que le plastique bouchait ses conduits et s'infiltrait sous ses fenêtres. La Terre était gouvernée par des dirigeants qui ne l'aimaient pas. Au-dessus d'elle, on se massacrait de temps à autre pour vendre quelques armes et relancer la consommation. Les cimetières se remplissaient mais la date de péremption de l'habitant reculait. Les humains perdaient leur humanisme et la raison. La Terre n'avait pourtant pas demandé le droit à l'oubli.

Comme l'ego est contagieux, il fallait emmener dans la sarabande décors et bêtes, promis au cataclysme. L'espace intersidéral était convoité par des capitales et des milliardaires, histoire de trouver une échappatoire, mais les fondations des fusées étaient déjà contaminées. Des logiciels calculaient un monde meilleur sans savoir que la demeure prenait feu. On voulait congeler les corps pour mieux espérer un autre futur mais le pire était à venir, sans le futur. Une réalité augmentée était attendue et c'était l'enfer décuplé et très réchauffé qui prenait ses aises. Des oracles promettaient des changements pour mieux asseoir leurs privilèges et oublier les enfants qui récolteraient les restes, forcément calcinés. Les tribuns aux beaux discours nés avec une cuillère d'argent dans la bouche ne voyaient pas que les poissons naissaient avec du plastique dans les branchies. Les puissants valsaient et réservaient leur dernière valse pour le diable, qui bouillait d'impatience en murmurant : « Les idiots là-haut. » Le chant du monde de Giono s'éteignait peu à peu. « Que ce petit ex-voto de l'homme foudroyé lui serve d'oraison funèbre ! » (Blaise Cendrars). On se soûlait à court terme sans voir que bientôt il n'y aurait même plus de glaçons pour le whisky. On voulait humaniser la vie des bêtes et les bêtes se marraient devant l'abêtissement des bipèdes à gros cerveau – l'arroseur arrosé. Mammifères, quadrupèdes, volatiles n'avaient guère besoin de grands temples de la connaissance que l'on nommait universités pour comprendre que la trilogie du progrès, de la croissance et des idéologies conduisait au désastre. Le monde connaissait un cheminement inverse du nôtre, sortant du grand jour pour aller dans la nuit noire et les ténèbres. Après l'angoisse de Claude Lévi-Strauss sur les ethnies, sa prémonition sur l'être moderne : « Le monde a commencé sans l'homme et il s'achèvera sans lui. » On dansait sur un volcan en souillure sous le regard des animaux qui devaient se dire que nous avions vraiment exagéré.

Sous le regard des pèlerins de Lo Manthang aussi. Devant les murailles, les faciès étaient ridés mais souriants. L'hiver s'annonçait mais des soleils brillaient dans chaque maisonnée. Le Mustang n'espérait pas tant vivre longtemps que d'avoir une belle existence présente, alors que le genre humain avait inventé l'autoliquidation. Ne pas heurter l'autre ni la planète. Éprouver de la compassion pour l'habitant de la Terre comme pour la nature qui l'hébergeait provisoirement. L'éphémère devenait éternel. Quelle bonté ! Je t'héberge, tu me tues à petit feu puis à grand feu.

Si 3 000 langues sur les 7 000 parlées dans le monde étaient en voie de disparition, le dialecte du Mustang survivait et s'accrochait dans les villages. Bergers et nomades résistaient ainsi à la dégradation de l'âme par la pollution et par les écrans. Les Mustangais attendaient la prière du soir et le bol de tsampa, d'orge grillée. Nous en espérions autant, mais guère plus, avec la promesse d'un rapace sur la crête le lendemain, d'un grognement de yack aux aurores et un froissement de drapeaux à supplications lorsque la brise le voudrait bien.

Nous espérions aussi plus de piété pour la Terre. La suite du siècle en cours sera verte ou le siècle ne sera plus.

Migration des capitales et transhumance des hommes

Lo Manthang était une capitale idyllique. Les Mustangais avaient eu la délicatesse de bâtir leur capitale en montagne, à quatre mille mètres d'altitude car l'air y était rare. Pas d'effusion ni de marathon parlementaire, l'oxygène manquait. Minuscule, le village suprême se repliait sur lui-même et fermait ses vieilles échoppes. Une saison arrivait et tout était dépeuplé. Sans ostentation, le bourg prônait la migration saisonnière – plus de la moitié des habitants prenaient la poudre d'escampette avec la venue des neiges. Contrairement aux seigneurs de Carthage qui voyaient leur ville se vider et punirent de peine de mort tout départ, comme le relatait Montaigne dans *Des cannibales*, la famille royale du Mustang laissait faire et donnait même l'exemple – descendre au chaud. Il en allait de la migration des capitales comme de la transhumance des hommes. Faire maigre, emporter le strict nécessaire, se préparer à la fièvre de la partance. Mes propres transhumances me revenaient en mémoire, celles de la montagne d'abord, lorsque je parlais aux bêtes faute d'interlocuteurs et que je leur lisais mes trésors de livres dont *Ainsi parlait Zarathoustra,* que certains caprins semblaient apprécier. Puis les transhumances vers l'Orient et d'autres contrées lointaines, derrière des paravents guerriers, au-delà des lignes de feu et des décors martiaux, sac léger de vêtements et lourd de livres, pas idéal pour franchir les frontières.

L'hivernage des États

Le repli de Lo Manthang était une tactique, une manière de résister aussi à la marée qui se préparait, l'arrivée des pelleteuses du côté sud et la déferlante des négociants chinois côté nord. Un engourdissement de village au bois dormant. Le Mustang, combien de divisions ? Et l'enclave répondait au questionnement de Staline par l'art de la fugue. Une capitale à mi-temps, le rêve des fiefs avec trop d'histoire et si peu de géographie. On fermerait l'assemblée et le sénat pour quelques mois, histoire de faire chambre à part. L'hivernage des États sous une bonne couche de glace revigorerait les institutions à l'éclosion des primevères, après une bonne cure d'amaigrissement. Et les quelques potentats qui avaient déplacé leur capitale devraient en tirer une leçon, tels les généraux birmans qui avaient construit au milieu de nulle part Naypyidaw, qui signifiait « Demeure du roi », sur une surface grande comme six fois New York et avec des autoroutes à vingt voies rarement empruntées. Les ruelles de Lo Manthang, elles, arboraient une largeur souveraine de deux à trois mètres, comme les villes de la Bible, qui n'étaient guère plus étendues qu'une place citadine d'aujourd'hui. Contre la folie des grandeurs, la sagesse de la petitesse. Valable pour les cités comme pour nous, leurs habitants.

Le rire et les canons

Avec sa mise en sommeil prochaine et l'extinction des lanternes, la petite capitale du Mustang faisait la nique au Goliath chinois. À quoi bon envahir une ville désertée ? Autant commander une armée morte. Les nomades avaient inventé la métropole, fût-elle naine, par intermittence. Les grands troupeaux sur la sente étroite engendraient le bruissement du monde. L'enclave décidément avait la bougeotte, et nous aussi. Tsewang, lui, n'hivernait pas encore. Il continuait de saluer dans le froid en souriant aux habitants de la capitale lilliputienne. C'était un prince joyeux, et les Mustangais le regardaient avec respect et complicité en même temps, une lueur dans les yeux qui semblait souligner la phrase d'Homère : « Il n'est pas bon d'avoir plusieurs maîtres ; n'en ayons qu'un seul ; Qu'un seul soit le maître, qu'un seul soit le roi. » Tsewang aimait lui aussi la transhumance des hommes, en repli saisonnier. Les plaisanteries du tendre cacique et de ses sujets malicieux traversaient les épaisses murailles de trois mètres de large. Le rire était plus efficace que les canons.

Certains de ces sujets étaient proches de la mort, à quelques saisons, et paraissaient ne point s'en préoccuper, au-delà du schéma de réincarnation, feu ou vautour, braises ou décharnement.

Les grandes transhumances sous la lune

J'imaginais la descente vers les vallées profondes. La migrante capitale pouvait glisser sur un traîneau de neige ou flotter sur un radeau de planches au milieu du grand torrent avant qu'il ne soit gelé. Après tout, ce mouvement représentait aussi une forme de rédemption pour le village-capitale, qui reviendrait faire peau neuve au printemps. On ne se pressait guère cependant pour fermer boutique. La lenteur, ce luxe des sociétés anciennes que l'Occident considérait comme une faiblesse. Nous accélérions sans savoir freiner. Les mouvements et les transferts de biens et de personnes, tout devait aller vite. La vitesse était devenue un agrégat invisible des modèles économétriques. Le temps était mis en coupe réglée. Qui contrôlait l'horloge, cet instrument de plaisir devenu un outil de servitude, contrôlait le monde. Les flux de capitaux trouvaient une nouvelle jeunesse avec la vitesse, contribuant un peu plus à la virtualisation de l'économie. Substitut de la division du travail et tyrannie de l'existence, la division du temps s'invitait jusque dans le sommeil. L'instantanéité s'érigeait en dictature du corps et de l'esprit. La course contre la montre devenait une course contre la vie. Il n'y avait plus d'espace à conquérir, restait le temps. On marquait non plus le territoire mais la montre. L'homme sans chronomètre au poignet ou dans la tête s'apparentait à un paria. « Comment, vous n'avez pas de montre ? » m'avait-on lancé lorsque j'étais descendu sur la Côte depuis mes montagnes à vaches et à Nietzsche. « Non, et pas de voiture pour l'instant. » Autant se tirer une balle dans le pied. Le mécréant bouseux avait fini par investir dans une montre comme vaincu par les prosélytes de l'aiguille. La puissance devenait une question d'accélération – « la vitesse c'est le pouvoir », prophétisait Paul Virilio. La mondialisation était une affaire de découpage de la durée, non des atlas. La dromomanie s'érigeait en maladie de fin de siècle, voire de race. Dans les villes, celui qui marchait lentement – l'inconscient ! – était bousculé. Même la jouissance était comptabilisée en minutes. La lenteur ? Quelle bassesse ! Qui pouvait prôner une telle antivertu…

À côté de moi, à l'entrée de la capitale pygmée, un troupeau de chèvres semait de la poussière. Il s'agissait peut-être de banquiers réincarnés malgré eux. Ils avaient oublié la montre dans leur transfiguration. Leur viande n'était plus cotée en Bourse et le peuple allait à la traite des pis. Le village ruminait avant l'hiver. Les grandes transhumances sous la lune annonçaient le fracas des étoiles sous leur marche.

Un roi culturel

Le pas de Tsewang était lent et cadencé dans les ruelles de la capitale. Une bâtisse décrépite trônait en plein milieu, à deux pas de la muraille, le palais royal. C'était donc cela, la demeure des princes du Mustang, avec ses fenêtres cassées, ses façades lézardées, ses terrasses effondrées ? Quelques maçons et manœuvres s'activaient avant la venue de la neige, qui gèlerait dans tous les sens du terme leurs travaux.

— C'est un peu cassé, dit Tsewang.

— Pas pratique d'être roi ici.

— Ça va quand il fait bon.

Le souverain de l'enclave n'était pas un Roi-Soleil. Sa demeure fripée datait du XVe siècle et avait dû affronter séismes et invasions.

— Le roi ne vit pas là ?

— Mon cousin est juste à l'extérieur des remparts.

Tsewang m'emmena voir le monarque sans couronne, celui que les Mustangais considéraient encore comme leur roi, malgré l'abolition de la monarchie au Népal en 2008. Il vivait à deux pas, dans un hôtel aux murs blancs.

Nous attendîmes un moment avant que le cousin daigne entrer dans le salon aux murs ornés de photos des rois, reines, princes, princesses et divers cousins depuis le début du XXe siècle. On nous servit du thé pour patienter, que Tsewang me recommanda de finir. Quelques décennies plus tôt, le visiteur qui laissait un peu de breuvage au fond de la coupe finissait dans un cachot humide du palais en décrépitude. Je préférai avaler le thé et le beurre de yack salé pour parer à toute éventualité.

Deux portes s'ouvrirent et le roi Jigme Bista apparut. Les serviteurs s'inclinèrent avec respect. Souriant, il avait une cinquantaine d'années et il ressemblait à son cousin Tsewang. L'habillement en revanche n'avait rien de royal. Baskets aux pieds, il portait un anorak et une casquette à l'effigie d'un porte-avions américains. Il régnait sur les destinées du Mustang depuis 2016 sans pouvoir exercer pleinement, mais les sujets s'en moquaient. Lui-même naviguait avec habileté pour respecter la tutelle népalaise. Tsewang trouva la parade, avec une superbe parole :

— Mon cousin est un roi culturel.

Un étrange dialogue s'ensuivit.

Tsewang. – Il est très aimé par le peuple.

Le roi. – Je suis le gardien des traditions.

Tsewang. – On est à la fois au Népal et au Mustang.

Le roi (visiblement gêné par la remarque sur la vassalité de son royaume). – Je ne peux pas répondre.

Tsewang. – Le roi et nous, ses cousins et frères, on préserve la coutume.

Le roi. – Oui, on aime bien les fêtes.

Tsewang. – On ne craint pas les Chinois.

Le roi. – Le palais royal sera rénové dans trois ans et je quitterai l'hôtel.

Tsewang. – On aime bien les Américains et on a une fondation de San Francisco installée ici qui nous aide.

Le roi (qui secoua sa casquette *US Navy*). – Je ferai alors de mon palais un musée.

Tsewang. – La frontière avec le Tibet est fermée.

Le roi. – J'espère qu'on l'ouvrira un jour et qu'on pourra aller en pèlerinage à Lhassa.

L'audience royale s'achevait, et je finis en catimini le fond de ma seconde tasse afin de ne pas tâter du cachot au fin fond du palais en réfection, s'il ne s'était pas écroulé avec la tour. Le roi culturel se leva, ajusta sa casquette bleu marine avec porte-avions et s'en alla dans un coin du salon discuter affaires avec le cousin.

Ainsi en allait-il d'une journée dans la vie du roi sans couronne du Mustang, sans couronne mais avec coiffe d'amiral américain.

Des contrebandiers en voie de reconversion et de réincarnation

Le souffle était court sur les murailles de Lo Manthang. Autant en raison de l'altitude que de l'émotion. Nous étions au cœur du mythe, dans l'ancienne cité interdite du royaume longtemps interdit. Pierrot, Gérard et moi, nous craignions sans nous l'avouer la fin prochaine du voyage. Il nous fallait certes encore monter vers la frontière et vers une haute vallée inconnue, qui était à peine mentionnée sur les cartes. Elle servait de repaire aux contrebandiers qui ne trafiquaient plus grand-chose. Quand la piste avec la Chine serait ouverte, ils perdraient leur fonction. Comment allaient-ils se reconvertir ?

Le haut de la muraille était étroit, à près de dix mètres du sol. Migmar nous y emmena, impatient de nous montrer le reste du village bientôt endormi. Gérard réussit à escalader le petit escalier taillé dans un tronc qui menait au chemin de ronde, effondré à plusieurs endroits. Point besoin de garder quoi que ce soit face au bataillon d'excavatrices en aval qui pouvaient surgir de tous côtés au prochain printemps.

Un vent soufflait du sud. La neige, elle, était tombée durant la nuit sur les hauteurs. Les montagnes au nord marquaient le plateau tibétain.

— C'est la frontière, là-bas, dis-je à Migmar dont la tunique beige flottait dans la brousse. La frontière chinoise.

— Elle est encore très loin !

— Mais non, je la vois !

— C'est encore notre pays.

— Mais... c'est la frontière chinoise.

— Totalement faux, c'est le Tibet !

— Question de point de vue.

— Question d'histoire.

Migmar ne manquait jamais de me taquiner ni de rappeler que son pays était « très grand ». Il redessinait la cartographie d'un coup de crayon. Il peignait les frontières ou plutôt les abolissait, tout en sachant qu'il ne pourrait plus jamais revenir dans le village qu'il avait fui à l'âge de vingt ans. Le Mustang entier pensait de même. De la malédiction d'être né David face à Goliath. « Pourquoi ne naît-il jamais de goliathéens ni de goliathéennes ? » s'interrogeait Jacques Lacarrière dans *Chemin faisant*. Au Mustang, beaucoup s'estimaient nés davidiens.

Il nous fallait économiser le temps et jouer la montre pour ne pas redescendre trop vite dans la basse vallée. Chaque instant était précieux, chaque rencontre aussi.

Le moine guérisseur et le violeur de sommets

Tsewang, qui en avait fini avec ses affaires de famille et ses affaires tout court, m'emmena à l'école des *amchis,* les guérisseurs traditionnels tibétains. La bâtisse trônait à deux pas de la muraille, de l'autre côté de la rue qui longeait son flanc occidental.

Le moine Tenjing Bista au sourire radieux et au crâne soigneusement rasé avait remis sur pied l'école car bientôt il n'y aurait plus aucun médecin-guérisseur au Tibet. Les meilleurs élèves étaient sélectionnés très jeunes au sein d'une petite cohorte de volontaires et ils en prenaient pour onze à douze ans d'études en uniforme grenat à cravate avec travaux pratiques dans la montagne, récoltes de plantes et de racines, près d'un millier au total, et apprentissage des décoctions et onguents pour soigner tout ou presque.

Une vingtaine d'enfants et d'adolescents chantaient dans le patio qui servait de cour de récréation avant le début des cours. Ils entonnèrent avec diplomatie l'hymne népalais puis tibétain, ce qui était courageux sous cette latitude, moins à cause de la vindicte chinoise qu'en raison de la colère probable des fonctionnaires népalais dans la vallée, soucieux de nationalisme et surtout de ne pas froisser le grand voisin, qui ne supportait pas l'idiome du Dalaï-Lama. Devant des carabins en culottes courtes tout ouïe, le moine Bista détaillait les vertus de la sarriette, de l'ail sauvage et du thym de montagne, choses fort utiles à l'homme moderne en temps de crise comme au nomade en temps de transhumance. Il fallait encore apprendre huit cents recettes et décoctions, susceptibles de soulager tous les maux ou presque. Je ne réussis pas à savoir si les tisanes des *amchis* guérissaient du mal des frontières. Au mur, des *thangkas,* des peintures tibétaines représentant habituellement des divinités ou la vie de Bouddha, affichaient les secrets du corps humain, les arcanes de ses maladies et les mille et une recettes pour le sortir du pétrin.

Le docteur et moine Tenjing aux oreilles en pointe aimait détailler les recettes de sa pharmacopée, l'une des plus anciennes au monde, la plante *lokmé* pour le mal de tête, le *solokorpa* pour les poumons, le *achigonda*, sorte de rhododendron, appelé « l'élixir de vie », pour le foie, le *lug mig* du nom d'une déesse tibétaine ou Aster des Alpes, surnommée « l'ennemi de 404 maladies », à recommander à n'importe quelle altitude, même et surtout dans les villes. Tout avait été vérifié par des centaines de générations de médecins-guérisseurs, qui avaient reçu au cours des siècles les approbations de leurs patients et même leurs engueulades, là une plaie mal cicatrisée, ici une bronchite non soignée. Le Tibet avait accueilli au VIIIe siècle la première conférence internationale de médecine, avec des praticiens venus de Chine, d'Inde et de Perse. Le médecin en chef tibétain qui avait convié ses confrères, Yuthok Yonten Gonpo, avait ensuite synthétisé le tout, sans oublier les connaissances antérieures.

Tenjing Bista nous convia à venir cueillir des espèces rares avec ses élèves sur les contreforts du Kyangkung Dula, qui culminait à six mille mètres. Au bout d'une piste très pentue, des flancs verts accueillaient un hétéroclite tapis végétal. La récolte était gracieuse, et les garçons et filles, tous dans la même tenue, se courbaient, ramassaient, apportaient les plantes au maître qui se réjouissait de cette moisson d'avant l'hiver. Soigner le malheur des autres était une belle vocation. Alors que les besaces des carabins commençaient à se remplir, je levai la tête. Le Kyangkung Dula trônait dans des neiges éternelles au-dessus de nous. La blancheur était aveuglante et cela me mettait à pied d'égalité ou presque avec Gérard, qui n'en discernait que l'éclat. Je me souvins qu'un accompagnateur français avait appelé des randonneurs à gravir l'un des sommets, en dépit des appels des Mustangais à protéger les cimes sacrées. Le guide s'était entêté, évoquait une mauvaise croyance stipulant que les randonneurs à skis ou en raquettes, peu importait, contribuaient à la fonte des glaciers. Il s'en offusquait ! Bien sûr que non, chacun de nos pas ne va point réchauffer la planète ! Venez gravir ces pentes, pour quelques milliers d'euros, dont une belle commission pour moi, clamait-il. Et le voyagiste, pourtant habitué à l'Himalaya, se plaignait de ces crédulités, un terme prononcé avec une certaine commisération de nanti car il voulait apporter la vérité au bout de ses skis, il désirait conquérir son propre désir, de gloire et de finance, il entendait apporter la connaissance aux arriérés de la haute vallée, aux bergers enclavés, aux paysans de hauts plateaux qui n'y connaissaient rien en modernité, aux miséreux de l'isolement qui ignoraient la mondialisation, il avait même donné des noms aux cols qui n'en possédaient point, par générosité, il se félicitait que « les choses changent doucement », il donnait les coordonnées des sommets sacrés pour les Tibétains. Il ignorait ainsi le message des Mustangais et du moine-guérisseur qui n'en démordaient pas de la préservation des sommets bénis des dieux. Toute gloire est éphémère, professaient-ils.

Comme Tsering et ses amis avaient raison ! Le Népal est le pays de l'injuste milieu, coincé entre deux empires et qui vénère quelques cimes sacrées en guise de planches de salut, à condition de ne pas les violer. Je n'ai pas eu de nouvelles de l'accompagnateur-violeur de sommets mais je sais qu'il a pu s'acheter une belle maison en France. Plutôt que de tenter de gravir quelques cimes, il aurait mieux fait de venir séjourner longuement à Lo Manthang dans une auberge improbable ou dans le dispensaire sans eau courante du bon moine-guérisseur Tenjing Bista. Bons princes, les bergers d'altitude préféraient laisser leur virginité à ces frères de l'éternité, qui rappelaient le principe d'humilité face à la démesure du divin.

Une cure de jouvence pour l'humanité

À écouter le moine-guérisseur, on prenait une véritable cure de jouvence. Le savoir et la sagesse étaient cristallisés non pas dans chacune des plantes mais dans la manière de les préparer et de les assembler. Je n'osais demander à Tenjing si tous les effets s'additionnaient, mais le médecin du Toit du monde devança mon interrogation et annonça qu'il n'avait pas testé toutes les combinaisons, auquel cas il aurait fait fortune dans le monde entier. Il restait à espérer que, lorsque l'humanité aura disparu, des voyageurs de lointaines galaxies puissent récupérer non seulement les tablettes de l'écriture sumérienne et quelques livres saints mais aussi ces recettes ancestrales afin de sauver d'autres civilisations avant qu'elles ne devinssent folles.

Je trouvais que Migmar présentait des signes d'inquiétude lorsqu'il tendait le cou vers le nord et la frontière qui se dessinait par-delà les cimes. Il devait songer à son village natal qu'il ne reverrait plus jamais. Il avait longuement mûri sa fuite, sachant qu'elle serait sans retour. Il s'en accommodait, par choix et avec tristesse. « La liberté n'est pas qu'un bien ; la liberté est difficile, elle est parfois malheur, elle est la vie » (Vassili Grossman, *Vie et destin*).

Le moine-guérisseur, lui, empaquetait les plantes cueillies par ses élèves, les médecins de demain. Il était pressé de redescendre à l'école des *amchis* de Lo Manthang pour préparer pendant les jours prochains les décoctions et différentes recettes de l'ancestrale pharmacopée car la moisson se révélait excellente, apte à soigner l'hiver durant la petite capitale et les autres villages.

À la saison glacée, le Mustang compterait moins de bronchites.

Les morsures de l'homme

Tsewang passait son temps à saluer les habitants de la petite capitale qui chauffaient leurs os au maigre soleil avant la saison froide. Il refusait les courbettes et préférait les sourires. Le repas du soir fut pantagruélique, après une si longue journée. Migmar avait concocté des *momos*, les raviolis tibétains, en fredonnant une chanson de son village. Des galettes d'orge grillée et du fromage de brebis séché sur les pierres, à mastiquer goulûment, complétèrent le repas.

Il nous fallait préparer le dernier tronçon du périple, monter jusqu'à Samjong près de la frontière chinoise puis sur le plateau de Gamaar, après un passage à plus ou moins cinq mille mètres, que Tsewang ne connaissait pas. Un paysan nous renseigna sur la sente, que nous traçâmes sur la carte de plus en plus froissée et abîmée. Gérard sans doute ne pourrait nous suivre, vu la raideur des pentes et le parcours sinueux, entre saillies dans les gorges, ravins et barres rocheuses. Une autre barre se formait devant nous, celle qui s'inscrivait sur le front de Tsewang. Le prince était inquiet, non pas de notre trajet mais des progrès accomplis par l'armée de pelleteuses qui montaient à l'assaut de Lo Manthang. Dans quelques saisons, la piste serait achevée et la Chine pourrait forcer un peu plus le destin du Mustang, soumis à la pression de l'empire du Milieu et du petit Népal. Le Toit du monde résistait comme il le pouvait à ces incursions planifiées et avalait parfois des engins, qui tombaient au fond des torrents. Ses flancs éternels ne supportaient pas toutes les morsures de l'homme. La montagne griffait, résistait, grondait. Bientôt, elle serait néanmoins contrainte de plier.

Wangyé était heureux de retrouver l'école où il avait enseigné l'anglais et les mathématiques quelques années plus tôt, à l'âge de vingt-trois ans, avant de partir pour un monastère. Il voyait d'un très bon œil la renaissance de l'école de tradition ancestrale car il craignait par-dessus tout la perte de la culture tibétaine. Il était à la fois émerveillé d'un tel renouveau de l'enseignement traditionnel et effrayé par l'invasion montante, celle de l'*Homo numericus*, qui peu à peu détournait le Mustangais de ses racines.

— Un jour, murmura-il, un enfant du Mustang demandera à ses parents ce qu'est un nomade, et là il sera trop tard.

Tout était dit.

L'amour dans les foins

Les moissons commençaient et elles s'annonçaient joyeuses. Le village entier s'y rendait. On conviait les cousins, les amis, de lointaines connaissances. Sur le sentier d'une ancienne demeure royale, au fond d'un vallon, sous les sommets enneigés du massif Mustang Himal, un grand-père et trois jeunes se jettaient dans les foins près de la rivière, la coupe de la luzerne, du chardon, du pissenlit et de l'avoine sauvage, excellent assortiment pour les bêtes. Plus haut, à une demi-heure de marche, Nima Tsering, paysan et commerçant de Ghami, moissonnait à la faucille avec une partie de la famille l'orge, le blé et le seigle, excellent cocktail pour les humains. Les sillons étaient gorgés d'épis, qu'avaient labourés au printemps les chevaux et les yacks, avec des charrues antiques. La terre ici n'était pas généreuse mais les hommes le devenaient, qui désiraient donner un sens tangible au sentiment de compassion. Wangyé ne résista pas à l'idée de donner un coup de main et se mit à manier la faucille à vive allure, comme s'il n'attendait que ce moment depuis un an. Le ciel saupoudrait de sa bienveillance l'équipe de fossoyeurs des épis. La geste champêtre s'adonnait à la coupe par instinct. Et la tradition prenait racine dans la rusticité et la sensualité.

Wangyé, qui ne cessait de regarder la paysanne en bottes blanches à ses côtés, ahanait, soufflait, prenait la pause, repartait de plus belle. Son redoublement d'énergie servait visiblement à masquer son trouble face à la grande beauté de sa voisine. Rien ne semblait l'arrêter et il fallait lui dire que bientôt il allait entamer la paroi du Mustang Himal, au-delà du torrent. Il cristallisait, au sens stendhalien du terme, à sa façon, non par les mots ou par les livres, ce procédé bien connu des bergers perdus, mais par les bras, cette autre façon de dire je vous désire. Sa compassion était aussi et d'abord sentimentale, et à voir sa voisine on le comprenait. Loin de mettre du foin dans ses bottes, il plaçait ses bottes secrètes dans les foins. *L'Angélus* de Millet pouvait aller se déshabiller. La paysanne souriait devant tant de force séductrice. Ses lèvres découvrirent une dent en or, qui donnait encore plus d'éclat à son visage buriné par les lueurs célestes se frayant un chemin entre sommets et nuages. Lui aurait tant aimé qu'elle lui coupât l'herbe sous le pied.

La terre promettait un beau trésor. Elle aimait ceux qui se penchaient vers elle, lui chantaient des fredaines tibétaines, murmuraient un amour profond pour la glèbe, ce qui galvanisait d'autant plus le faucheur fou. Avec son sourire de mille soleils, Wangyé était un charmeur de l'arrachage, un coureur de fond des champs d'altitude. Sa fredaine devenait une incantation à l'amour, le front en sueur, les mains se rapprochant de la jolie fermière. Pour un peu, il se serait bien permis d'emmener la belle à la dent d'or sur une meule de foin, au bout de la terrasse. L'air était vif et propice à d'autres butins sur les gerbes. À haute altitude, être sur la paille signifie vivre avec les anges.

Moissons célestes et nourritures terrestres

Wangyé retrouvait les gestes de son enfance et les fêtes de son adolescence, les Saint-Jean tibétaines prémices à tous les bourgeonnements. Dans le Mercantour et ses quelques enclaves, on se livrait encore à de telles agapes, festins après les moissons sur les parcelles d'altitude, concours de pétanque au plus proche village voisin après les blés, lesquels s'étageaient sur des planches dans des hameaux que plus personne ne fréquentait. La vallée alors était une fête et les hameaux se repeuplaient entre deux fauches. Les filles montaient le jour pour récolter les épis puis restaient la nuit pour la tendresse des jeunes bergers, quand il en restait encore et qu'ils ne s'étaient pas jetés dans le ravin. Lorsqu'ils survivaient, ils connaissaient un an de solitude qui en valait cent, jusqu'à la prochaine moisson du ciel. La pauvreté de petite durée est un tremplin, la pauvreté longue est un désespoir. Les enclaves sont promises au même destin. Elles permettent de se projeter si l'on aperçoit sa porte de sortie, et c'est alors l'enchantement du passe-murailles. Elles garantissent la perte de l'innocence si la frontière est close, et c'est alors l'enfermement du reclus, le syndrome du repli sur soi. Le livre sert dès lors de saute-frontières et le rêveur des confins est appelé à redoubler d'imagination pour s'élancer vers les grands horizons.

Wangyé virevoltait malgré l'altitude, papillon guère effrayé de se brûler les ailes à la bordure frontalière toute proche. Le grain était séparé de l'ivraie sur les lieux mêmes de la récolte, sur des chevalets en bois et en métal que les moissonneurs frappaient de leurs gerbes à tour de rôle dans des chants qui montaient vers les parois sombres. Toute la mélancolie à venir, celle de l'hiver, était ainsi battue d'avance. « Si le grain de blé qui est tombé en terre ne meurt, il reste seul ; mais, s'il meurt, il porte beaucoup de fruit » (Jean, 12-24). À la pause, le thé et la bière locale circulaient de main en main, et les deux boissons se mélangeaient pour donner encore plus d'allégresse au tableau.

Vacances d'hiver dans le monde invisible

Les meules furent chargées sur le dos des paysans et des paysannes et le tout emporté avant la tombée de la nuit. Les uns et les autres savaient qu'on allait se séparer, que la fête se prolongerait différemment, dans une certaine routine au seuil de l'hiver, que seul le souvenir des moissons permettrait de soigner. Il y avait là un maelström de sentiments qui survivait et dont la flamme se perpétuerait dans les chaumières d'en haut ou dans les basses vallées, à l'heure de l'exil saisonnier. L'enclave des hommes allait bientôt se fermer et quitter le monde visible. Pour ceux qui décidaient de rester, il s'agissait des conditions idéales pour méditer et aspirer à une réclusion intérieure à perpétuité. Paysans du Mustang et marcheurs avaient au moins un point commun. Les ermites modernes tirent leur révérence et optent pour un périple vers l'au-delà de soi, qui vaut toutes les réincarnations. Le vagabondage n'est pas un abandon, il est une communion avec l'univers et marque les retrouvailles avec soi. Il permet de réenchanter le réel et d'oublier la course des ego et celle du soi-disant village planétaire qui gomme les cultures et les accents, dans lequel s'effacent les tribus des forêts et s'effondrent les arbres-esprits. Les pas de la grande randonnée tirent un trait pointillé sur la cartographie des dissolutions et des désillusions.

Il fallait chercher la sortie, par le bas vers les plaines ou par le haut vers le dernier village, vers un hameau inconnu, ignoré des cartes et des voyageurs, comme Gérard de Nerval dans *Aurélia* : « Je n'ai pu percer sans frémir ces portes d'ivoire ou de corne qui nous séparent du monde invisible. »

J'accompagnai les paysans et paysannes jusqu'au village, atteint après une courte marche, une pente raide jusqu'au torrent puis une montée qui l'était encore plus. La récolte devait être finie en trois jours pour que les bras valides puissent aider le hameau voisin, avec un sens du troc qui permettait aussi de déclencher la saison des amours. Puis ce serait la grande transhumance des humains.

On laissait dans les hameaux perdus les ermites et les anciens.

Certains mourraient avant la venue du printemps.

On ne savait pas encore si les oiseaux de proie allaient prendre leurs vacances d'hiver.

La boucle du temps et la ruée vers le grand dehors

Les chevaux furent prêts avant nous. Passang était pressé de monter avec ses bêtes vers Samjong, sans doute en raison du premier tronçon, très long, à plus de quatre mille mètres, avec un raidillon avant le col. On mit de la nourriture sur les selles, de la farine d'orge, des galettes, quelques légumes, ainsi que beaucoup d'espoir. Tsewang nous assura de trouver du ravitaillement dans le hameau là-haut, au terme d'un chemin vertigineux creusé dans la falaise puis d'un long boyau où personne ne s'aventurait ou si peu, trop éloigné du grand sentier, trop près de la frontière tant honnie. Quelques alpinistes empruntaient parfois la sente pour le grand tour et remonter vers les sommets de Bhrikuti et des montagnes voisines, des contrebandiers aussi. Une équipe d'archéologues américains avait séjourné en amont, dans la dernière haute vallée, après la découverte d'un petit trésor que Tsewang promit de nous montrer, avec un masque d'or digne de celui de Mycènes et dont l'origine très ancienne demeurait inconnue. Sans doute là-haut apercevrions-nous des moutons bleus, coincés sur des parois ou migrant avant les grands froids.

L'allégresse et l'assèchement

Samjong apparut vers la fin de la journée, après une longue montée puis une descente vertigineuse le long d'une paroi fripée aux nuances ocre et rouges, que la lumière rasante transformait en décor de film d'outre-tombe, rides de démons, plissements de géants, béances de géhennes ancestrales, gouffres qui tentaient d'attirer les lueurs du ciel et les poussières d'étoile. Les calcaires et les granits offraient au pâle soleil toutes leurs nuances savamment déclinées en une offrande minérale, paradis géologique et réserve naturelle de l'allégresse.

Nous ne croisâmes que trois vieilles paysannes souriantes au visage buriné qui marchaient d'un bon pas, hotte d'osiers sur le dos, l'une pour aller chercher de l'argent au village le plus proche, une journée de marche, les deux autres pour récolter des bouses de yack destinées à chauffer leurs os dans les semaines de froid qui s'annonçaient.

Le petit village se nichait entre deux parois, sur un détour du vallon où le soleil disparaissait vite. Une moto nous doubla sur le sentier acrobatique de la combe, qui était davantage un lit de rivière dont le flot s'était presque tari. Je me demandais comment l'engin avait pu arriver jusque-là, dans une vallée si encaissée, en pièces détachées sans doute. Il ne pouvait guère aller loin et devait circuler dans ce bout de défilé, malgré les passages à gué risqués. Le conducteur avait une grosse turquoise dans le lobe de l'oreille, sertie de deux petites pierres rouges. Il nous guida jusqu'au hameau et se proposa de nous accompagner le lendemain, afin que nous puissions trouver le chemin de sortie de cette enclave dans l'enclave, le bout du bout du monde. Des maisonnées peintes à la chaux et au toit recouvert de ronces et de bûches de bois se collaient les unes aux autres. Les poêles chauffaient déjà et les repas frugaux se préparaient lentement dans l'odeur âcre de la bouse de ruminant. Alerte, pressé en raison de l'heure tardive, un jeune berger tentait de rentrer des dizaines de chèvres dans un enclos à l'entrée du village, sous la falaise. Le vallon devenait alors pour quelques instants une baronnie de la poussière qui s'invitait jusque dans les cieux. La combe à cet endroit était élargie, avec la rivière qui laissait de la place à de maigres champs. Toute la haute vallée souffrait du manque d'eau, dit Tsewang.

— Le réchauffement ?

— On est en plein dedans.

— C'est grave pour les paysans.

— Ils sont en train de déménager.

— Ils vont aller vivre plus loin ?

— Plus bas surtout.

— Le village-capitale déménage lui aussi.

— Lo Manthang, ce n'est que pour l'hiver. Ici, ce sera à vie. Bientôt Samjong sera abandonné. Notre famille royale a donné des terres pour que Samjong soit reconstruit à plusieurs heures de marche.

— Il n'y aura alors plus personne ici ? demandai-je avec désolation.

— Non, plus personne. C'est triste mais c'est la seule façon de survivre.

— C'est pourtant le Toit du monde et il y a des neiges partout.

— Les glaciers fondent trop vite. La terre n'est plus assez bien irriguée.

Tsewang détailla le déménagement en cours, les maisonnées qui se vidaient, les paysans qui ne cultivaient plus pendant les mois d'été, avec un débit d'eau si maigre au milieu du vallon. Il s'agissait sûrement du plus haut transfert de population de la planète. Les montagnes aux neiges éternelles avaient été généreuses pendant des siècles et désormais le confort de l'homme en contrebas détériorait ce décor-là.

Yeux nouveaux et boucle sans fin

Gérard n'irait pas plus loin car le sentier de la fin du périple était trop raide. Il rentrerait vers la grotte de Choser avec Migmar et nous le rejoindrions lors des prochaines étapes, sur le sentier du retour. Avant de nous séparer, je lui dis que grâce à lui j'avais vu des lueurs, que j'avais redécouvert l'Himalaya avec de nouveaux yeux et que le paradoxe de voyager avec un aveugle prenait là toute son ampleur.

— Avec toi aussi j'ai vu autrement, me répondit-il.

— Les paysages se sont mêlés.

— La perception aussi, avec chacun la sienne.

— Si on avait été peintres on aurait dit qu'on s'est emmêlé les pinceaux.

— Le tableau reste admirable, sourit Gérard.

Il reprit le sentier en sens inverse, accompagné d'un guide. Avec Pierrot et Tsewang, nous n'étions nullement inquiets car la trace était plus aisée au retour, malgré la montée spectaculaire des gorges et des falaises aux tubulures d'orgue.

Le tracé que nous avions concocté pour la suite de la Longue Marche représentait une boucle, avec des vallons perdus, des falaises à gravir, des hauts plateaux à franchir avant de replonger dans des canyons, itinéraire que nul n'avait encore emprunté, ni Tsewang ni nos deux amis du cru. Nous rîmes du péril qui était d'emprunter la boucle sans fin, en circumambulation, monter, redescendre, et gravir à nouveau le col aux drapeaux flottant dans le vent, le tout dans le sens inverse des aiguilles d'une montre, histoire de contredire le temps, et cela nous convenait car nous retrouverions ainsi nos racines de nomades. L'homme n'avait été sédentaire après tout que lors d'une toute petite partie de son histoire, deux ou trois millénaires, et il redevenait nomade avec la mondialisation, comme s'il renouait avec ses origines et les habitudes des pères fondateurs. Les civilisations devenaient mortelles *aussi* par sédentarité et un ressort inconnu parvenait de temps à autre à les sauver. L'élan voyageur était ancré en nous, avec une folle énergie vagabonde. Le mystère de l'allant, en désir du mouvement perpétuel. Migrations volontaires ou forcées, les oscillations du monde s'accompagnaient d'une course des peuples à saute-frontières. On assistait à la ruée vers le grand dehors.

Bienveillance et glaciation

Au bout du village, dans une longue maison bâtie pour la circonstance, le jeune maire, qui était paysan, me montra le trésor découvert par les archéologues américains. Vêtu d'un gilet élimé et soigneusement brodé, il souriait sans cesse mais paraissait un peu inquiet de devoir veiller sur ce pactole des temps immémoriaux. Des centaines d'ossements en très bon état, des bijoux, un médaillon en bronze, des dagues en fer et deux masques en or, les fameuses parures inconnues dont m'avait parlé Tsewang.

C'était la fierté de Samjong et d'une bonne partie du Haut Mustang. Les trésors avaient été découverts quelques années plus tôt dans des grottes transformées en tombes, accrochées à la falaise, à la faveur d'un tremblement de terre. Extirpés de ces chambres funéraires, les masques d'or, curieusement plats, représentaient des visages semblables à celui de Mycènes. La feuille aurifère était légère, très légère, sensible à la moindre palpation. Elle flottait dans l'air et disait qu'elle pouvait s'adapter à d'autres visages. Cela donnait une belle allégorie de l'enclave, qui luttait contre la réclusion à éternité en offrant l'hospitalité et en rappelant la tolérance ancienne, celle des origines. Ce visage en décalque pouvait être le mien ou celui de n'importe quel voyageur.

Tsewang essayait de trouver des explications à ce trésor ancestral. Un masque d'or est un plagiat de l'immortalité pour cacher la rouille du temps. Toutankhamon, s'il se réveillait, découvrirait son faciès à dix-huit ans, figé dans la nuit. Les avatars à l'époque étaient plus subtils que les doubles numériques d'aujourd'hui. L'aristocrate himalayen me rappela que l'or était un métal étirable à l'infini, plusieurs centaines de mètres avec un gramme, et cela le rassurait. La découverte des joyaux représentait surtout la preuve du passage de la route de la Soie par ce vallon-défilé. Si les Américains avaient pu dater les bouts de squelette, les masques ne dévoilaient en revanche aucunement leur pedigree, comme si le secret devait être jalousement gardé. Sans doute deux millénaires, m'assura le maire. On le croyait sur parole, et qu'importait après tout.

Tsewang était lui aussi fasciné par ce qui émanait de la coiffe funéraire en métal jaune. Le masque resplendissait de mille lueurs et des nuances du secret, tandis que les rayons du dehors traversaient les ajournements dans la petite façade et venaient taquiner la parure. Le royaume de la lumière était sans doute né ici, dans la grotte qui avait dégurgité cet astre perpétuel reconverti en talisman. Étrangement, le trésor était caché dans un village qui mourait, victime du réchauffement climatique, avec des glaciers en amont en fonte accélérée et des montagnes aux neiges de plus en rares qui ne permettaient plus au printemps d'irriguer les cultures en terrasse. Le hameau agonisait, le trésor survivait, à l'abri de maintes convoitises. Et le masque incarnait la réplique inoxydable du Tibet oublié.

Le soleil vint réchauffer toutes nos mélancolies. À quoi bon les expliquer, les décortiquer, en chercher les origines comme celles des trésors cachés ? La *sehnsucht* était là, la nostalgie du lendemain, et elle serait là pour toujours, comme une étoile qui ne voulait pas décliner sous peine de périr et ne plus indiquer le chemin. Une mélancolie n'est pas une blessure, elle est souvent un sillon de vie.

L'histoire de la bestialité humaine

Je levai la tête. Au-dessus des ruines d'un monastère très ancien, ou plutôt de deux bâtisses distinctes, l'une pour moines et l'autre pour nonnes, tout cela afin de ne pas tenter la chair malgré l'altitude, des moutons bleus s'accrochaient à la face vertigineuse. Les cornes tournées vers l'aval, ils défiaient la pesanteur et contemplaient la vallée des hommes, ces bipèdes lourdauds qui en voulaient à leur peau. Touchés par la grâce comme l'on peut être frappé par la foudre, ils prenaient leur temps, n'apercevaient nul prédateur dans leur fief restreint des hauteurs, avaient prévu une échappatoire par le haut. Le mouton bleu dans la contrée était un sage, avec sa conception de la gravité et du temps étirable à l'infini, ou presque, comme l'or. Deux joyaux de l'instant. Extrapolation des données précédentes et des souvenirs enfuis, pour mieux sublimer le présent. La sérénité habitait toute la paroi. Grandir au-dessus d'un monastère, fût-il en ruine, vous incite à la béatitude. De brefs bêlements remplaçaient les coups de gong et permettaient de sonner l'alerte. Les bêtes nous toisaient, souveraines. Lorsque nous nous déplacions de vire en faille, elles évoluaient avec lenteur, comme si la durée œuvrait pour elles.

Il paraissait incompréhensible de les voir parader sur une telle déclivité.

Nous montâmes sur le promontoire rocheux où avaient été bâtis les monastères. Un long boyau y menait puis des raidillons, que nous détections en examinant la paroi et la ligne de montée. Nous regardions la montagne comme s'il s'agissait d'une personne, avec ses rides, ses traits d'expression, son hospitalité. Parler aux montagnes comme parler aux hommes. Il fallut sauter au-dessus d'un ravinement, sans se rater à la réception, puis passer par une étroite gorge dans laquelle on ne pouvait écarter les bras. Au-dessus, les falaises se vrillaient en grands radiateurs de pierre, avec de longs tuyaux plus ou moins réguliers que le vent caressait avec envie. Ces plissements de la roche, dantesques et dérisoires par leur fragilité, devenaient une métaphore de la culture du Mustang, sapée dans ses fondations et appelée à disparaître. La sortie du boyau, de plus en plus étroit, une largeur d'épaule, donnait directement sur l'un des monastères décatis, à flanc de falaise, dominant les maigres terres perchées. Un seul archer aurait suffi à défendre tout le défilé, lorsque la haute vallée subissait les invasions, forcément saisonnières, à la fonte des neiges. Les canons se repliaient souvent face au pire ennemi, la glace. Avec davantage de froid dans le monde, l'histoire de la bestialité humaine eût été moins meurtrière. Prévoir lors de la prochaine création du monde et de la Bible afférente un chapitre de la Genèse avec forte glaciation.

Le secret des grottes du ciel et l'étreinte des moutons bleus

Pour l'heure, la montagne devant nous réchauffait ses vieux os. L'Himalaya saupoudrée de blanc déployait sur ces parois neiges, névés et glaciers, parure des éminences froides. Elles fondaient, et cette fonte engendrait des ruissellements dans les yeux de Tsewang.

Le vent s'engouffra dans les trompettes ocre de l'orchestre minéral pour profanes, pointes dressées vers un chœur céleste et un parterre miséreux mais généreux. Les murs des deux monastères étaient délabrés mais les remparts des forteresses spirituelles décaties semblaient encore régner sur ce dernier fief du petit Tibet, comme de vieux aristocrates sur le retour. Ils résonnaient de bienveillance protectrice sur le contrebas des humains tandis que des chants rebondissaient sur les parois des grottes du ciel, dont nous n'étions pas parvenus à percer le secret. La lumière rasante berça nos âmes et accroissait aussi les mélancolies. L'émerveillement devant la vie sauvage. Nous savions tous sans mot dire que le spectacle des hauteurs avec souffle court et vent fort guérirait les plaies. Les grands chagrins se dissolvent dans la beauté du monde.

Bientôt je dirais adieu à nos amis tibétains et mustangais, à l'exilé Migmar, qui dans quelques semaines connaîtrait un second exil dans l'exil, jusqu'à Katmandou, au noble Tsewang, prince sans couronne, à l'orphelin Wangyé, arpenteur de l'Himalaya qui cherchait dans le Dalaï-Lama une nouvelle paternité.

Avant le rut et le vide

Les moutons bleus, eux, ne cherchaient pas à fuir leur repaire vertical. La saison du rut n'avait pas encore commencé, à l'opposé des moissons d'automne, cette autre fête du charme. Les danses rituelles et martiales se préparaient, la farandole du sexe allait commencer et les mâles bientôt entrecroiseraient leurs cornes pour la conquête des femelles. Pas le temps d'une parade nuptiale ou alors version acrobatique. La haute voltige se passait de mots et le genre pensait à l'économie, un accouplement martial. Les étreintes sous la neige sont toujours brèves. Avant la saison, on aiguisait les cornes, tandis que les femelles guettaient l'heureux élu. Gagner l'accouplement ou mourir : dans cette loterie du désir, le choix était drastique.

Le pugilat des cimes en fait était une anti-orgie. Le faible expirait avant l'acte. Un coup d'os creux dans les flancs ou le grand bond vers le ravin. L'élan du cœur avant l'éventuel saut dans l'inconnu vertigineux. Basculer dans le vide pour une belle, le rêve ! Une vraie fin, contrairement aux terrasses de la récolte des humains plus bas. Pour l'heure, les batailleurs des parois blatéraient et c'était déjà beaucoup. Le sexe féminin avait accouché depuis quelques mois ou semaines. Bientôt repus, les chefs de clan pourraient passer l'hiver sans souci de conquête. Le peuple des *bharals* était tranquille. Eux aussi, comme les masques d'or du hameau, représentaient un mystère et un trésor. Une main céleste les avait sans doute déposés sur les petites vires, ou alors ils flottaient dans l'air purifié, en acrobates himalayens. J'en déduisis que ma tête avait été sérieusement ébranlée par le périple, à moins que ce ne fussent les fruits du vertige. Les caprins montagnards paraissaient à la fois très proches et éloignés, comme par un effet de miroir ou de longue-vue au mouvement perpétuel. Ils se jouaient de nous, avançaient, reculaient. J'eus l'impression de caresser leur encolure. Les moutons bleus étaient des géants. Ils résistaient. Ni les prédateurs ni les braconniers n'auraient raison de leur malice et de leur audace.

Le malaise de Confucius

L'épaule gauche, récemment fracturée, recommençait à faire parler d'elle, la sournoise, réminiscence de gueule cassée qui me faisait aimer les tableaux de Georges Braque ou Juan Gris avec leurs carcasses en accent aigu. J'espérais la bière d'orge dans la vallée pour calmer le mal en songeant au poème de René Char : « Pleine sera la vigne / Où combat ton épaule. » Le sac à dos tirait sur les os, le manque d'oxygène sur le cerveau, le décor sur la mélancolie. Après plusieurs heures de montée dans les éboulis, une grotte s'offrit à nous, idéalement tournée vers le nord et la frontière. Elle servait d'abri de berger, à près de cinq mille mètres.

Wangyé eut un regard à la fois chagriné et souriant. C'était lui le berger, le gardien du Mustang. Les cimes de l'Himalaya nous assuraient de leur protection. Les neiges effaçaient les pas, non les caméras installées sur plusieurs cols. L'enclave se défendait comme elle le pouvait, et elle ressembla un peu plus ce jour-là à la petite vallée du Mercantour où j'avais rêvé les confins, dans un arrière-pays replié sur lui-même. Derrière les sommets, la Chine préparait son nouveau *limes*, à l'ombre de ses routes de la Soie savamment dessinées et qui désiraient investir le monde, instaurer de nouveaux dogmes, conquérir les terres lointaines, soumettre les âmes, mettre au pas les croyances. Le petit timonier chinois entendait désormais réécrire la Bible, pour qu'elle fût davantage conforme au credo pékinois. Selon Pékin, les textes saints de toutes les religions devaient être révisés, avec des cultes sous haute surveillance. Le premier commandement de la Bible, « Tu ne tueras point », était très mal perçu par les caciques du Parti communiste chinois, qui voyaient là une critique de la peine de mort en vogue dans tout l'empire – la balle payée par la famille du condamné. L'opium du peuple était désormais toléré s'il versait dans l'adulation du guide suprême, et le matérialisme dialectique glissait vers la religiosité mécanique. Aux ordres, la foi ! Habilement, la Chine relançait le grand bond vers l'idolâtrie, de la patrie et du chef. Elle révisait les bons vieux principes du régime policier et du contrôle des âmes, sous le couvert d'une harmonie sociale et de la philosophie traditionnelle.

Confucius devait se retourner dans sa tombe.

L'espérance et la sagesse des fous

La frontière se tenait devant nous, au milieu de la montagne en contrebas. Le mitan représentait à la fois le dessein du voyage et son commencement, en un mouvement perpétuel et une boucle qui s'annonçait. Les vertiges dus à mon accident s'atténuaient enfin, mal sans doute vaincu par le mal, le tournis des hauteurs ou par l'éblouissement. Si le fléau aigu des montagnes n'avait pas frappé, la mélancolie appuyée des mornes plaines et des champs de bataille, elle, s'était évanouie. « Je voyage pour vérifier mes rêves », lançait Nerval. Il nous faudra trouver d'autres chimères.

C'était dans ce genre d'endroit, un retour aux sources et à nos origines de nomades, que l'on avait envie d'arrêter d'écrire tout en continuant à vouloir percer le mystère de l'existence. Le songe d'une nuit d'automne devait être renouvelé, lui aussi, non pas en chimère mais en promesse d'espérance. « Je viens de si loin que je n'espère pas arriver, écrivait Borges. J'ai au moins le désir de m'approcher, de tenter une étape. »

Wangyé soupirait, tandis que sa tunique flottait au vent, comme s'il était convaincu que la bougie du Mustang un jour allait s'éteindre. De notre grotte de berger j'apercevais la moindre de ses expressions à contre-jour, le visage découpé sur le grand ailleurs, le bleu du Tibet et de l'au-delà. « La lucidité est la blessure la plus proche du soleil », osait René Char dans *Feuillets d'Hypnos*. Une certaine nostalgie envahissait les yeux de Wangyé, qu'il tournait vers moi de temps à autre, sans nulle impression de tristesse désormais. Nous n'avons plus l'envie d'admirer les visages, et c'est dommage. Il est doux de contempler les traits d'un homme ou d'une femme, d'accepter son regard, de voir ce qu'il y a de plus beau en lui, de lire parfois son histoire, ses doléances et ses angoisses. Depuis les montagnes, j'avais appris à contempler le regard des bêtes et celui des bergers. Dans les villes, celles que je connus ensuite, Nice, San Francisco et Paris, je ne vis bien souvent que des appétits de loups, et la solitude y était plus forte malgré la promiscuité. Prévoir un nouveau plan d'évasion. Wangyé était en proie à la *sehnsucht* lui aussi, la nostalgie du lendemain, le spleen de l'attente et des rêves à venir. L'espérance, cette sagesse des fous.

La compassion et la dictature de l'hyperconnaissance

Wangyé devait songer à ses amis et frères tibétains, qui menaient une autre résistance que celle des combattants khampas, celle du cœur et de la croyance. Par-delà la dernière montagne régnait l'ordre des camps. Le proverbe de mes amis kurdes qu'ils prononçaient si souvent dans leurs maquis et leurs fiefs, « Nous n'avons pour amis que les montagnes », valait tout aussi bien pour les Tibétains, dans les contreforts de leur cause perdue. Le Tibet historique était devant nous, au-delà du mitan des montagnes, romantique et mystérieux dans notre imaginaire. Depuis notre belvédère suspendu, ouvrant sur le château d'eau auquel s'abreuvait plus de la moitié de la planète avec les fleuves qui y prenaient naissance, le Yang Tsé, le Mékong, la Salween, le Bramapoutre et tant d'autres, nous assistions à un autre grand festin de l'Orient. La confrontation entre deux mondes, entre bienveillance et esprit totalitaire, entre le Tibet libre et le Tibet sous domination, entre l'enfant et l'ogre. La compassion et la dictature de l'hyperconnaissance, jusqu'à l'intime. Ce grand festin était celui de l'humanité entière et donc le nôtre aussi. L'Occident dans son entreprise de mise en collectivité avait réussi à exacerber les ego, sans nouveau contrat social, jusqu'au niveau de l'absurde et au règne du nombrilisme absolu. L'Orient extrême dans la même intention de collectivisation avait réussi à dissoudre les âmes.

Mais là-bas, dans l'autre Tibet, les âmes n'étaient pas encore mortes, malgré les caméras dans les monastères, la délation dans les chaumières, les cadences du plus grand atelier capitaliste au monde. Le petit royaume montagneux où nous nous trouvions servait de duplicata et de réserve à la fois au grand frère tibétain. Au Pays des Neiges éternelles se collait pour le soutenir et le réconforter son double en miniature, avec des monastères aux toits dorés et des ravins à vautours. Cette enclave-là était un symbole de l'émancipation et de la liberté. Le Mustang devenait la métaphore du Tibet, et les moutons à toison bleue qui erraient au-dessus de moi avec une douce audace son éclatant reflet.

Planification de l'enthousiasme

Les pelleteuses œuvraient loin derrière. Les postes-frontières n'étaient pas encore construits. Il nous restait un long chemin avant la prochaine halte, par-delà le haut plateau de Gamaar, pour rallier la vallée où nous attendait Gérard qui apercevait désormais son bonheur et qui m'avait ouvert des portes. Comment expliquer en bas qu'un aveugle m'avait fait découvrir des paysages? Le quolibet guettait. La remontrance se tenait en embuscade, tel un chasseur de mythes, de l'ombre à la lumière. Gérard s'en moquait, et Pierrot et moi aussi. Les cavernes s'éloignaient tout doucement. Le voyage était un pèlerinage du cœur, vers les dernières enclaves intérieures.

Nos chemins désormais se rejoignaient, au terme prochain de cette longue marche. Vu des pentes raides, le royaume de la lumière nous tendait ses bras. Depuis le haut plateau, on apercevait la pointe de l'Annapurna, qui se découvrait enfin. De l'autre côté, l'Himalaya mustangais arborait quelques-uns de ses sommets vierges. Pierrot en profita pour prendre des photos de la face nord, incroyablement insolente. Une petite tente de nomade avait été plantée à quelques centaines de mètres au-dessus de la grotte, et le berger crapahutait loin devant, à la recherche de ses bêtes. Avec son long manteau et une couverture de laine, il passerait la nuit dans un froid sec, supportable si le vent se calmait. « Si tu arrives au sommet de la montagne, dit un proverbe de la Haute Asie, poursuis la montée. » Nous n'avions qu'une envie, continuer de grimper.

Bientôt nous rentrerions, par un autre sentier, le souffle court, saisis par le froid, afin de finir une boucle et de longer la frontière chinoise. Nul contrebandier à l'horizon, pas plus que de fuyards en déroute d'un Tibet enfermé. Une herbe rase d'altitude se mêlait à de la mousse et au lichen, formant une humble toundra d'avant les neiges. Je divaguais, la fatigue accumulée ralentissait davantage encore le cerveau, déjà bien malmené par la purge et la cure d'oubli que je lui imposais. Lorsque les hauteurs s'invitent dans les mollets et les genoux, à en trébucher, l'âme s'incline face aux certitudes de la nature et l'esprit s'accommode d'une veille dans les humeurs du vent. Pierrot et moi nous ressemblions à des bêtes de somme en train d'acheminer leur maigre bât vers une étape inconnue que nos amis tibétains nous réservaient, eux aussi ahanant mais moins que nous, sujets à une certaine indolence qui confinait parfois à l'euphorie. Ils avaient le sourire aux lèvres malgré l'effort, et leur bonheur n'était pas feint. Les lents cheminements valent toutes les catharsis.

En face, à une encablure, l'empire du Milieu, qui avait su transformer par un extraordinaire tour de passe-passe le socialisme historique en capitalisme autoritaire, organisait le bonheur collectif avec une planification de l'enthousiasme qui me rappelait l'approche de Raymond Aron dans *Démocratie et totalitarisme* : l'encouragement de l'unanimité et de l'exaltation. On y ajoutait désormais le contrôle social, et de ce côté-là de la frontière, dans le petit Tibet encore libre, l'autocontrôle montait aussi, venu des basses vallées en voie de mondialisation et de l'Occident en voie de dématérialisation. Bientôt du bonheur en plan quinquennal. Les masses suivaient. Les pelleteuses de la piste en construction et les boîtiers collés à nos oreilles formaient la même légion. Le Mustang à ce titre représentait un îlot de survie, une enclave de la double résistance, celle d'un autre Tibet, en pérennisation, et celle d'un monde.

Sur la petite steppe, les chèvres noires formaient un tableau pointilliste en perpétuelle recomposition, démontrant une nouvelle fois l'art éphémère dont se jouait la nature, cette géniale fantaisiste. Les rapaces étaient restés en bas, dans la vallée, et nos corps amaigris ne risquaient plus grand-chose. Penser à commander une autre cérémonie que les funérailles célestes pour nous réincarner en cas de chute. Le voyage depuis son commencement était à la fois tangible et profondément irréel, comme si l'imaginaire imprégnait chacune de nos traces.

Goethe avait raison en prêtant ces mots au jeune Werther : « La vie humaine est un songe. »

Les routes imaginaires sont les plus belles.

Là où bat le cœur du monde

Je me souvins alors des paroles de l'Amérindien du Brésil, Ildomar, membre de la tribu des Tikunas, à la parure de plumes de toucan et au visage fardé de noir pour les cérémonies et grandes occasions. Oui, nous sommes aussi des arbres, des oiseaux, des pierres, des ruisseaux, réincarnés ou pas, les pieds dans la glèbe en tout cas. Nous plantons des graines, récoltons parfois leurs fruits. Jacques Lacarrière nous le rappelle dans *Le Pays sous l'écorce*, les arbres nous invitent à nous glisser sous leur peau, et les pierres sous leur matelas minéral, là où bat le cœur du monde.

Il nous faudrait bientôt redescendre. Repartir vers les basses vallées et d'abord faire halte « à la capitale », Lo Manthang, à près de quatre mille mètres d'altitude, alors qu'elle se vidait pour l'hiver. Il était temps de relire Sénèque. « Solitude et société doivent se composer et se succéder, écrivait le philosophe dans *De la tran-*

quillité de l'âme. La solitude nous donnera le désir de fréquenter les hommes, la société, celui de nous fréquenter nous-mêmes, et chacun sera l'antidote de l'autre, la solitude nous guérissant de l'horreur de la foule, et la foule, de l'ennui de la solitude. » Pierrot et moi regardâmes les vallées profondes et les canyons qui nous entouraient. L'ivresse des cimes m'envahissait à nouveau. Une ivresse totale et soudaine, bien plus sereine que celle des boissons fortes, une aspiration vers le haut, antonyme du vertige qui avait régné des mois durant. Nous arriverions en principe avant la nuit tombée dans le hameau en contrebas, près de la grotte de Choser, avec un dénivelé de près de mille mètres, où Gérard nous attendrait, sujet lui aussi à la rédemption, en état total de dépassement progressif depuis un mois. Il avait prouvé une fois de plus qu'il était un homme d'aventure, au sens d'aventure de la vie, et d'ardeur. L'aventure est un bandit d'honneur qui sans cesse nous relance dans la passion.

L'Annapurna était plus pur que jamais, perçant un collier de nuages épais aux deux tiers de sa hauteur comme un sabre s'enfonçant dans un bouclier. Celui du Mustang demeurait pour l'heure épais et protecteur, mais en contrebas, sur les cols de la frontière chinoise, veillaient les yeux des cerbères.

Le berger au long manteau avait disparu de la montagne. Je savais d'avance qu'il aurait aimé partager les fromages de sa besace. Et nous lui aurions offert nos galettes d'orge. Cette contrée de la Haute Asie était une fenêtre ouverte sur la générosité et sa compagne obligée, la lumière. « Veux-tu vivre heureux ? demandait Goethe. Voyage avec deux sacs, l'un pour donner, l'autre pour recevoir. » Au bord du vide, la plénitude des décors et la nécessité de l'engagement ne pouvaient conduire qu'à la délivrance et à la sérénité, loin des tumultes du dedans et du dehors.

Lorsqu'il fallut s'apprêter à dégringoler, au bout du haut plateau à angle droit, Wangyé prononça une nouvelle fois le mantra *Om Mani Padmé Hûm* devant un petit chorten et y jeta une pierre. J'en lançai une aussi, avec plus ou moins de précision, en tentant de prononcer tant bien que mal la formule magique, *Lha gyalo!* Je ne danserai plus jamais avec Satan. Ivresse de la métamorphose. Je fermai les yeux puis les rouvris sur ce petit paradis perché. Un monde imaginé permet de mieux transmettre celui que l'on a reçu.

Bientôt apparaîtraient les genévriers à l'odeur forte. En bas, les divinités antiques des Bôn et Bouddha continuaient à se faire la nique et à se moquer gentiment, singulier mariage qui assurait un syncrétisme de cœur aux vallées perdues. Mon cerveau doublement atteint par l'altitude et les reliquats du vertige ancien me demandait de redescendre, sans doute par crainte d'être confronté à l'irrationnel. L'avalanche guettait. Le corps, lui, beaucoup plus raisonnable, me recommandait de rester. La narcose des profondeurs a sa symétrique des cimes. Couper le tuyau d'air est une décision parfois sage. Comme Naples pour Goethe ou Florence pour Stendhal, la contemplation de l'Himalaya fait perdre les sens. Appelons cela le syndrome du royaume de la lumière.

Les moutons bleus dans leur houppelande de fourrure continuaient de gambader sur les parois raides, rois de l'apesanteur. Ils semblaient reculer au fur et à mesure que nous avancions. Je me collais à la paroi, comme pour passer sous l'écorce de pierre, pour me glisser dans la peau du géant himalayen. Les *bharals* demeuraient stoïques. Ils n'affichaient point de mépris mais exprimaient bien plutôt la tranquillité de l'âme. Le Graal ne sera jamais conquis, telle était la leçon du périple, et peu importait de réaliser le rêve puisque les songes étaient amenés à se réincarner aussitôt accomplis. Le fief de la lueur d'éternité, lui, nous ouvrait les bras à jamais.

La descente dans les moraines et ses larmes de pierre était épuisante mais joyeuse. Wangyé sifflotait et Tsewang essayait de l'entreprendre mais sans guère de succès. Ces sacrés gaillards allaient nous manquer. Le roturier était devenu important et le prince s'en accommodait, dans un jeu de rôles inversés, suzerain et vassal. Mark Twain avait décrit cela dans son roman *Le Prince et le Pauvre*, avec le fils du roi d'Angleterre Henry VIII qui voulait devenir roturier dans les rues de Londres et un enfant indigent qui rêvait de coiffer couronne, les deux personnages finissant par prendre chacun la place de l'autre. À vingt mètres devant moi, sur la pente raide comme un trône gullivérien, les deux Mustangais paraissaient interchangeables. La hiérarchie des maisons royales devenait inversement proportionnelle à l'altitude, et je voyais là un clin d'œil du divin.

La trace du retour était floue, à travers des canyons et des engouffrements, des hauts plateaux rassurants et des vires glissantes, des boyaux dantesques et des falaises d'une genèse inconnue, des gorges bibliques et des géhennes démobilisées faute de proie, des divagations solitaires et des rires partagés, des souhaits procrastinés et des ténèbres abandonnées. L'idée de boucle me plaisait car nous aurions pu poursuivre le périple à l'infini, dans l'enchantement et la béatitude, avec le tour de la haute vallée de Samjong, la montée vers le monastère perdu et en ruine, l'ascension du massif de Gamaar, et redescendre vers le col, avec différents itinéraires mais dans le même sens, comme les pèlerins bouddhistes autour d'un sanctuaire, celui-ci étant immense, rocheux, à la fois austère et accueillant, même à trébucher d'éreintement lors de cette circumambulation de commencement du monde, sous le regard amusé et néanmoins amical des moutons bleus.

Au pays des âmes errantes, le sommet ne fut pas atteint, et c'était tant mieux.

Les grottes accrochées aux falaises, ces autres présents du ciel, gardaient leur mystère, et c'était bien mieux ainsi.

OUVRAGES PARUS DANS LA COLLECTION ***TERRE HUMAINE***

(1955 → 2021)

* Ouvrages augmentés d'un dossier de Débats et Critiques

□ Ouvrages parus également en Terre Humaine/Poche (Pocket)

Les titres publiés dans la « Bibliothèque Terre Humaine », Plon/CNRS Éditions font l'objet d'une liste particulière. On la trouvera dans les dernières pages de ce volume.

Jean Malaurie. * □ — Les Derniers Rois de Thulé. *Avec les Esquimaux Polaires, face à leur destin.* 1955. Cinquième édition 1989.

Claude Lévi-Strauss. □ — Tristes Tropiques, 1955. Deuxième édition 1993.

Victor Segalen. * □ — Les Immémoriaux. 1956. Troisième édition 1993.

Georges Balandier. * □ — Afrique ambiguë. 1957. Deuxième édition 1989.

Don C. Talayesva. * □ — Soleil Hopi. *L'autobiographie d'un Indien Hopi.* Préface : C. Lévi-Strauss. 1959. Deuxième édition 1983.

Francis Huxley. * □ — Aimables Sauvages. *Chronique des Indiens Urubu de la forêt amazonienne.* 1960. Troisième édition 1993.

René Dumont. — Terres vivantes. *Voyages d'un agronome autour du monde.* 1961. Deuxième édition 1982.

Margaret Mead. □ — Mœurs et Sexualité en Océanie. I) *Trois sociétés primitives de Nouvelle-Guinée.* II) *Adolescence à Samoa.* 1963.

Mahmout Makal. * □ — Un village anatolien. *Récit d'un instituteur paysan (Turquie).* 1963. Troisième édition 1985.

Georges Condominas. □ — L'exotique est quotidien. *Sar Luk, Vietnam central.* 1966. Deuxième édition 1977.

Robert Jaulin. □ — La Mort Sara. *L'ordre de la vie ou la pensée de la mort au Tchad.* 1967. Deuxième édition 1982.

Jacques Soustelle. * □ — Les Quatre Soleils. *Souvenirs et réflexions d'un ethnologue au Mexique.* 1967. Troisième édition 1991.

Theodora Kroeber. * □ — Ishi. *Testament du dernier Indien sauvage de l'Amérique du Nord.* 1968. Deuxième édition 1987.

Ettore Biocca. □ — Yanoama. *Récit d'une jeune femme brésilienne enlevée par les Indiens.* 1968. Troisième édition 1993.

Mary F. Smith et Baba Giwa. * — Baba de Karo. *L'autobiographie d'une musulmane haoussa du Nigeria.* 1969. Deuxième édition 1983.

Richard Lancaster. □ — Piegan. *Chronique de la mort lente. La réserve indienne des Pieds-Noirs.* 1970. Deuxième édition 1993.

William H. Hinton. □ — Fanshen. *La Révolution communiste dans un village chinois.* 1971. Deuxième édition 1981.

Ronald Blythe. — Mémoires d'un village anglais. *Akenfield (Suffolk).* 1972. Deuxième édition 1993.

James Agee et Walker Evans. □ — Louons maintenant les grands hommes. *Trois familles de métayers en 1936 en Alabama.* 1972. Réédition 2017.

Pierre Clastres. * □ — Chronique des Indiens Guayaki. *Ce que savent les Aché, chasseurs nomades du Paraguay.* 1972. Deuxième édition 1985.

Selim Abou. * — Liban déraciné. *Fils et filles d'émigrés (Argentine),* 1972. Troisième édition 1987.

Francis A. J. Ianni. — Des affaires de famille. *La Mafia à New York. Liens de parenté et contrôle social dans le crime organisé.* 1973. Deuxième édition 1981.

Gaston Roupnel. □ — Histoire de la campagne française. Postfaces : G. Bachelard, E. Le Roy Ladurie, P. Chaunu, P. Adam, J. Malaurie. 1974. Troisième édition 1989.

Tewfik El Hakim. * □ — Un substitut de campagne en Egypte. *Journal d'un substitut de procureur égyptien.* 1974. Troisième édition 1983.

Bruce Jackson. * — Leurs prisons. *Autobiographies de prisonniers et d'ex-détenus américains.* Préface : M. Foucault, 1975. Deuxième édition 1990.

Pierre Jakez Hélias. * □ — Le Cheval d'orgueil. *Mémoires d'un Breton du pays bigouden.* 1975. Troisième édition 1985.

Per Jakez Hélias. — Marh al orh. *Envorennou eur Bigouter.* 1986. (Edition en langue bretonne.)

Jacques Lacarrière. * □ — L'Eté grec. *Une Grèce quotidienne de quatre mille ans.* 1976. Deuxième édition 1993.

Adélaïde Blasquez. □ — Gaston Lucas, serrurier. *Chronique de l'anti-héros.* 1976.

Tahca Ushte et Richard Erdoes. * □ — De mémoire indienne. *La vie d'un Sioux, voyant et guérisseur.* 1977. Troisième édition 1991.

Luis González. * — Les Barrières de la solitude. *Histoire universelle de San José de Gracia, village mexicain.* 1977. Deuxième édition 1982.

Jean Recher. * □ — Le Grand Métier. *Journal d'un capitaine de pêche de Fécamp.* 1977. Troisième édition 1991.

Wilfred Thesiger. * □ — Le Désert des Déserts. *Avec les Bédouins, derniers nomades de l'Arabie du Sud.* 1978. Deuxième édition 1993.

Joseph Erlich. □ — La Flamme du Shabbath. *Le Shabbath, moment d'éternité, dans une famille juive polonaise.* 1978.

C. F. Ramuz. * □ — La pensée remonte les fleuves. *Essais et réflexions.* Préface de Jean Malaurie. 1979. Troisième édition 1993.

Antoine Sylvère. □ — Toinou. *Le cri d'un enfant auvergnat. Pays d'Ambert.* Préface : P. J. Hélias. 1980. Deuxième édition 1993.

Eduardo Galeano. □ — Les Veines ouvertes de l'Amérique latine. *Une contre-histoire.* 1981. Deuxième édition 1998.

Eric de Rosny. * □ — Les Yeux de ma chèvre. *Sur les pas des maîtres de la nuit en pays Douala (Cameroun).* 1981. Deuxième édition 1996.

Amicale d'Oranienburg-Sachsenhausen. * □ — Sachso. *Au cœur du système concentrationnaire nazi.* 1982. Deuxième édition 1990.

Pierre Gourou. — Terres de bonne espérance. *Le monde tropical.* 1982.

Wilfred Thesiger. * □ — Les Arabes des marais. *Tigre et Euphrate.* 1983. Deuxième édition 1991.

Margit Gari. * □ — Le Vinaigre et le Fiel. *La vie d'une paysanne hongroise.* 1983. Troisième édition 1993.

Alexander Alland Jr. — La Danse de l'araignée. *Un ethnologue américain chez les Abron (Côte-d'Ivoire).* 1984.

Bruce Jackson et Diane Christian. □ — Le Quartier de la Mort. *Expier au Texas.* 1986. Deuxième édition 1993.

René Dumont. * □ — Pour l'Afrique, j'accuse. *Le journal d'un agronome au Sahel en voie de destruction.* Postfaces : M. Rocard, J. Malaurie. 1986. Deuxième édition 1993.

Emile Zola. □ — Carnets d'enquêtes. *Une ethnographie inédite de la France.* Introduction : J. Malaurie. Avant-propos : H. Mitterand. 1986. Deuxième édition 1993.

Colin Turnbull. □ — Les Iks. *Survivre par la cruauté. Nord-Ouganda.* Postfaces : J. Towles, C. Turnbull, J. Malaurie. 1987.

Bernard Alexandre. □ — Le Horsain. *Vivre et survivre en pays de Caux.* 1988. Deuxième édition 1989.

Andreas Labba. □ — Anta. *Mémoires d'un Lapon.* 1989.

Michel Ragon. □ — L'Accent de ma mère. *Une mémoire vendéenne.* 1989.

François Leprieur. — Quand Rome condamne. *Dominicains et prêtres-ouvriers.* 1989.

Robert F. Murphy. □ — Vivre à corps perdu. *Le témoignage et le combat d'un anthropologue paralysé.* Postfaces de Michel Gillibert et André-Dominique Nenna. 1990.

Pierre Jakez Hélias. □ — Le Quêteur de mémoire. *Quarante ans de recherche sur les mythes et la civilisation bretonne.* 1990.

Jean Duvignaud. □ — Chebika *suivi de* Retour à Chebika. *Changements dans un village du Sud Tunisien.* 1991.

Laurence Caillet. □ — La Maison Yamazaki. *La vie exemplaire d'une paysanne japonaise devenue chef d'entreprise de haute coiffure.* 1991.

Augustin Viseux. □ — Mineur de fond. *Fosses de Lens. Soixante ans de combat et de solidarité.* Postface de Jean Malaurie. 1991.

Mark Zborowski et Elizabeth Herzog. * — Olam. *Dans le shtetl d'Europe centrale avant la Shoah.* Préface d'Abraham J. Heschel. 1992.

Ivan Stoliaroff. □ — Un village russe. *Récit d'un paysan de la région de Voronej. 1880-1906.* Préface de Basile Kerblay. Postface de Jean Malaurie. 1992.

Angelo Maria Ripellino. □ — Praga magica. *Voyage initiatique à Prague.* 1993.

Philippe Descola. □ — Les Lances du crépuscule. *Relations jivaros. Haute-Amazonie.* 1994.

Jean et Huguette Bézian. — Les Grandes Heures des moulins occitans. *Paroles de meuniers.* 1994.

Jean-Luc Viramma et Josiane Racine. □ — Une vie paria. *Le rire des asservis. Pays tamoul, Inde du Sud.* 1995.

Dominique Fernandez. □ Photographies de Ferrante Ferranti. — La Perle et le Croissant. *L'Europe baroque de Naples à Saint-Pétersbourg.* 1995.

Claude Lucas. □ — Suerte. *L'exclusion volontaire (roman).* Préface du Père Arnaud. Postface de Jean Malaurie. 1996. Deuxième édition 2002.

Kenn Harper. □ — Minik, l'Esquimau déraciné. *« Rendez-moi le corps de mon père. »* Préface de Jean Malaurie. 1997.

Hillel Seidman. □ — Du fond de l'abîme. *Journal du ghetto de Varsovie.* Commenté et annoté par Nathan Weinstock et Georges Bensoussan. 1998.

Jean Malaurie. □ — Hummocks 1. *Nord-Groenland, Arctique central canadien.* Hummocks 2. *Alaska, Tchoukotka sibérienne.* 1999.

Roger Bastide. □ — Le Candomblé de Bahia. *Rites Nagô (Brésil).* Préface de Jean Duvignaud. Adresse de Jean Malaurie. 2000.

Jean Cuisenier. — Mémoire des Carpathes. *La Roumanie millénaire : un regard intérieur.* 2000.

Pierre Miquel. □ — Les Poilus. *La France sacrifiée.* 2000.

Anne-Marie Marchetti. — Perpétuités. *Le temps infini des longues peines.* 2001.

Patrick Declerck. □ — Les Naufragés. *Avec les clochards de Paris.* Lettre de Jean Malaurie à l'auteur suivie de la réponse. 2001.

Armand Pelletier et Yves Delaporte. □ — « Moi, Armand, né sourd et muet... ». *Au nom de la science, la langue des signes sacrifiée.* 2002.

Darcy Ribeiro. — Carnets indiens. *Avec les Indiens Urubus-Kaapor, Brésil.* Adresse de Jean Malaurie. Préface de José Pasta. Préface de l'auteur. 2002.

Dominique Sewane. □ — Le Souffle du mort. *La tragédie de la mort chez les Batãmmariba du Togo, Bénin.* 2003. Nouvelle édition 2020.

Barbara Tedlock. — Rituels et Pouvoirs. *Avec les Indiens zuñis (Nouveau-Mexique).* 2004.

Barbara Glowczewski. □ — Rêves en colère. *Alliances aborigènes dans le Nord-Ouest australien.* 2004.

Jacques Lacarrière. — Chemins d'écriture. Postface de Jean Malaurie. 1988. Deuxième édition 1991. Troisième édition 2005.

Pascal Dibie. □ — Le Village métamorphosé. *Révolution dans la France profonde.* 2006.

Y. L. Peretz. □ — Les Oubliés du shtetl. *Yiddishland.* Préface de Jean Malaurie. 2007.

Edouard Cœurdevey. □ — Carnets de guerre. *1914-1918. Un témoin lucide.* Préface de Jacques Marseille. 2008.

Davi Kopenawa et Bruce Albert. □ — La Chute du ciel. *Paroles d'un chaman yanomami.* Préface de Jean Malaurie. 2010.

Kudsi Erguner et Dominique Sewane. — La Flûte des origines. *Un Soufi d'Istanbul.* 2013.

Ricciotto Canudo. □ — Les Libérés. *Mémoires d'un aliéniste : histoire de fous.* Préface de Tobie Nathan. Essai Anouck Cape. 2014.

Jean-Marie Blas de Roblès. □ — En Libye sur les traces de Jean-Raimond Pacho. 2016.

Roland Vilella. □ — La Sentinelle de fer. *Mémoires du bagne de Nosy Lava (Madagascar).* 2016.

Rémi Bordes. □ — Le Chemin des humbles. *Chroniques d'un ethnologue au Népal.* 2017.

Robert Colonna d'Istria. □ — Une famille corse. *1200 ans de solitude.* 2018.

Caroline Audibert. □ — Des loups et des hommes. *Enquête en France sauvage.* 2018.

Vincent Hiribarren. — Un manguier au Nigeria. *Histoires du Borno.* 2019.

Michèle-Baj Strobel. □ — Les Gens de l'or. *Mémoire des orpailleurs créoles du Maroni (Guyane).* 2019.

Philippe Charlier. — *Vaudou. L'homme, la nature et les dieux (Bénin).* 2020.

Mireille Aïn. — Cinq tambours pour deux serpents. *Itinéraire d'une Française en Haïti.* 2021.

TERRE HUMAINE — *COURANTS DE PENSÉE*

N° 1 : **Henri Mitterand.** — Images d'enquêtes d'Emile Zola. *De la Goutte-d'Or à l'Affaire Dreyfus.* Préface de Jean Malaurie. 1987. Deuxième édition 1997.

N° 2 : **Jacques Lacarrière.** — Chemins d'écriture. Postface de Jean Malaurie. 1988. Deuxième édition 1991.

N° 3 : **René Dumont.** — Mes combats. 1989.

N° 4 : **Michel Ragon.** — La Voie libertaire. Postface de Jean Malaurie. 1991.

N° 5 : **Jean Duvignaud.** — Le Pandémonium du présent. *Idées sages, idées folles.* 1998.

N° 6 : **Jacques Brosse.** □ — Retour à l'origine. *Itinéraire d'un naturaliste zen.* 2002.

ALBUMS **TERRE HUMAINE**

N° 1 : **Wilfred Thesiger.** — Visions d'un nomade. 1987.

N° 2 : **Jean Malaurie.** □ — Ultima Thulé. De la découverte à l'invasion. Plon/Bordas. Paris 1990. Deuxième édition (revue et augmentée). Paris. Le Chêne. 2000.

BIBLIOTHEQUE TERRE HUMAINE
PLON / CNRS EDITIONS
FONDEE ET DIRIGEE PAR JEAN MALAURIE

Déjà parus :

Un village russe, Ivan Stoliaroff. Préface de Basile Kerblay. 2008.

Un substitut de campagne en Egypte, Tewfik El Hakim. 2009.

Les Quatre Soleils. Souvenirs et réflexions d'un ethnologue au Mexique, Jacques Soustelle. 2009.

Un village anatolien, Mahmout Makal. Préface de Benoît Fliche. 2010.

Affables sauvages, Francis Huxley. 2010.

La Flamme du sabbath, Josef Erlich. 2011.

Le Quartier de la mort, Bruce Jackson et Diane Christian. 2011.

La Mort sara, Robert Jaulin. 2011.

Yanoama, Ettore Biocca. Préface de Jean Malaurie. 2012.

Le Quêteur de mémoire, Pierre Jakez Hélias. Préface d'Alain Lemoine, postface de Jean Malaurie. 2013.

Pour l'Afrique, j'accuse, René Dumont. Avant-propos de Jean Malaurie. 2015.

Les archives du fonds de Terre Humaine peuvent être consultées à la Bibliothèque nationale de France au département des Manuscrits du site Richelieu, à la cote NAF 28421. Elles ont été données à la BnF par les éditions Plon le 26 juin 2006, avec l'accord de Jean Malaurie. Le numéro d'entrée est D0623. Le responsable de ces archives est monsieur Clément Pieyre.

Pour en savoir plus
sur les Editions Plon
(catalogue, auteurs, vidéos, actualités…),
vous pouvez consulter
www.plon.fr
www.lisez.com

lisez!

et nous suivre sur les réseaux sociaux

Editions Plon

@EditionsPlon

@editionsplon

MIXTE
Papier issu de
sources responsables
FSC® C003309

L'Éditeur de cet ouvrage s'engage
pour la préservation de l'environnement
et utilise du papier issu de forêts gérées
de manière responsable.

Achevé d'imprimer en mai 2021
par Normandie Roto Impression s.a.s.
61250 Lonrai
N° d'impression : 2102050

Imprimé en France